西遊記

水滸傳

三國演義

紅樓夢

另眼看
四大名著

馬亞麗
——著

第五個「女流浪者」

——序馬亞麗新作《另眼看四大名著》

賀雄飛

作家永遠是一匹害群之馬。

——米蘭・昆德拉

老實說，世界上的女思想家並不多，數來又數去，除了法國哲學家薩特的情人西蒙・波娃之外，剩下幾位都是猶太女人。猶太女人堪稱世界上「最會思想的女人」，她們在流浪中思考著自己的命運和人類的命運。

第一個會思想的「女流浪者」就是美國最著名的公共知識分子和發行量最大的暢銷書作家安・蘭德，她生於一九〇五年，逝於一九八二年。安・蘭德最具哲學挑戰意義的哲理小說《阿拉特斯聳聳肩》被評為「繼《聖經》之後對當代美國人影響最大的一本書」。此外，她還著有長篇小說《生而為人》、《讚歌》和《源泉》，以及四部代表性思想論著。她推崇理性，認為人的最高美德便是推理的能力，並力倡極端個人主義精神，與利他主義和自我犧牲的倫理學形成最為尖銳的對抗。有人說，不瞭解安・蘭德，就無法理解美國精神。許多大名鼎鼎的人物，包括前美聯儲主席葛林斯潘、甲骨文執行長拉里・埃里森都是安・蘭德哲學的擁躉。安・蘭德出生於俄羅斯聖彼德堡的一個猶太人家庭，一九二六年初，得到一份護照，媽媽出錢為她買了一張去美國的頭等艙船票，離開蘇聯前往紐約流浪。從此開始她人生的轉捩點。

第二個會思想的「女流浪者」就是西方近代最引人矚目、最有爭議的女作家和評論家蘇珊・桑塔格。她的作品被翻譯成三十二種文字，在世界各地廣為流傳，並先後獲得二〇〇〇年度美國圖書獎、二〇〇一年耶路撒冷國際文學獎，以及二〇〇三年度德國圖書大獎——德國書業和平獎。桑塔格一九三三年出生於美國紐約，父母都是猶太人。生父曾在中國天津做過皮革生意，母親隨夫在中國住過。六歲那年，其父因患肺結核不治身亡，這使桑塔格從小就對死亡及其意義非常關注。晚年的桑塔格身患癌症，由於沒有醫療保險，生活異常艱難，靠朋友的幫助來維持生活。她一邊頑強與病魔搏鬥，一邊筆耕不輟。

第三個會思想的「女流浪者」是被文壇譽為「黑暗時期三女哲」之一的漢娜・阿倫特。阿倫特生於一九〇六年，逝於一九七五年，是二十世紀最偉大的、最具原創性的思想家之一。曾寫過著名的政治哲學專著《專制主義的起源》、《人的條件》和《黑暗時代的人們》等。阿倫特出生於德國的一個中產階級的猶太家庭，是著名哲學家海德格爾和雅斯貝爾斯的學生，獲得了哲學博士學位。一九三三年納粹上臺後，阿倫特流亡巴黎，並於一九四一年移居美國，開始了她偉大而傳奇的一生。

第四個會思想的「女流浪者」是西蒙娜・薇依。薇依一九〇九年生於法國巴黎一個富裕的猶太中產階級家庭，畢業於著名的法國巴黎高等師範專科學校，是哲學家阿蘭的學生。薇依對古希臘思想、笛卡爾哲學、康德哲學等都有深入廣泛的研究，是二十世紀法國思想界一位非常獨特的天才人物。她的作品《重負與神恩》、《在期待之中》、《扎根》等著作，被翻譯成中文以後頗受歡迎。她最關注的問題是：貧困、不平等、弱者所受的屈辱、專制權力與官僚制度對精神的摧殘。她信仰神秘思想，體現了濃厚的基督教神秘主義氣息。二戰期間，她因絕食而死。

上述這四位「女流浪者」都出生於猶太家庭，只因為是猶太人，命運就註定和別人不同。她們的心中都懷著一種強烈的願望：要瞭解這個怒氣衝衝的人世間，要和這個世界和解，無論如何都要熱愛命運、熱愛人類。她們經歷的都是二十世紀最重大的政治現象，如：法西斯主義、帝國主義、資本主義、反猶主義、專制主義等。對這些問題，她們都做過深入的思考。由於反猶主義等原因，她們被迫走向了流浪之路和逃亡之路，她們不僅要做「黑暗時期的見證人」，同時也要做「積極參與演出的觀眾」。最終，她們必須理解這個世界，同時用自己的思想引導這個世界。

西蒙娜・薇依在〈關於愛上帝的無序思想〉一文中寫道：「基督說過，誰是近處的人，就令人們去愛她。人們看到躺在大路上的，就是這裸露的軀體，流著鮮血，失去了知覺。首先令我們去愛的是不幸的人，人類的不幸，也就是上帝的不幸。」因此，每當漢娜・阿倫特在社交場合碰到一個年輕學生，並從他的話語中看到永恆人類又有希望出現一個新的開端的時候，她都會習慣的低聲嘟囔起歌德《浮士德》中一句她非常喜愛的話：「人類生生不息、直至永遠，世界有可能得救的原因也就在這裏。」而安・蘭德則大聲地〈致新知識分子〉：「理念是世界上最強大最現實的重要力量。」人類現在正面臨著一個選擇：是前進還是後退？人類是明天唯一的創造者。

當這些偉大的猶太「女流浪者」用自己的思想和智慧同世界抗爭的時候，中國也出現了一些流浪的女思想者，我所認識的中國遼寧本溪的馬亞麗就是其中的一個，我稱之為第五個「女流浪者」。她在臺灣剛剛出版的新著《掀開集權的面紗》一書中，對梁啟超、陳獨秀、孫中山等一大批中國思想者和袁世凱、蔣介石、張作霖等軍閥的精神世界進行了深刻的探索和剖析。在後記中，她悲涼地寫道：「歷史，我們無法逃遁，無法脫離……歷史給了我們智慧，也給了我們沉重。寫下的粗淺文字不過是我沉重後的一點小小感慨，對與錯，都是女人眼裏的東西。」每每想到人生的價值和意義，她不願意將來雙手空空去天堂與他們的父母相聚，於是她拿起筆來憤筆疾書，儘管作為一家地方小報的普通員工，她每個月只能得到三百元的工資。她是一個真正的流浪者，是一個從鄉村跑到城裏的「女流浪者」，她睜著一雙淳樸好奇的眼睛，凝視著外面的世界，她和都市無法相容，無論是在寂寥的深夜還是喧鬧的人群，她都常常感覺到苦悶和孤獨。正是這苦悶和孤獨，讓她能夠用旁觀者的心態冷眼看這紛繁的世界，另眼看中國古典的四大名著。雖然她還沒有形成系統的思想，但每一篇文章都有她非常獨特的體悟和感受。

猶太哲學家維特根斯坦說：「一個真正哲學家的最終歸宿是在火車站。」當馬亞麗開始背上自己的背包去往遠方旅行的時候，也就開始了一段與眾不同的精神之旅。思想是精神的絕對創造，熟悉的地方沒有風景。

是為序，祝賀馬亞麗的新作《另眼看四大名著》在臺灣出版。

作者簡介：賀雄飛，著名出版家，猶太文化研究專家，中國猶太經濟與文化研究中心研究員。

目次

第三輯 俯視三國

第四輯　探秘紅樓

第一輯　尋蹤西遊

為何偷跑下界做妖怪

我小時候知道，神和仙來到人間的都是好人，像七仙女、像織女，像白娘子。可例數《西遊記》，無論是從天庭，還是從西方偷跑出來的，在人間都成了妖魔鬼怪。他們為什麼都要在人間做妖怪，而不做凡間的好人呢？現如今，年齡已大的我知道了作者吳承恩的深意，也知道了他們為什麼來到人間就要做妖魔鬼怪了。

從做凡人的狀態來看，妖魔鬼怪不可能選擇做好人。凡人的人數很多，妖魔鬼怪的數目相對如蟻凡人來說，是少數。其生存狀態處於最底層，他們所受到的「大山」壓迫更多，所擁有的民權不及妖魔鬼怪的「神權」或「仙權」的萬分之一。「神權」或「仙權」的獲得在人看來，幾乎都是從高層得來，他們都不是憑藉自身的力量與才智而取得，而是借他人之力，偷他人之物。擁有了這樣特權優勢，他豈能下界成為一個弱勢階層的凡人。凡人本身不具有和「神權」或「仙權」抗衡的力量，只能成為妖魔鬼怪手下永遠的被欺者、被吃者。

由此，造成凡人所擁有的幸福指數與為所欲為的妖魔鬼怪的幸福指數相比，更是不可同日而語。人的幸福程度並不完全取決物資的豐富與否，人的幸福還與尊嚴、自由、權利有關。與妖魔鬼怪相比，人擁有多少的自由、尊嚴、權利呢？人在如來佛那裏，不過是應被他教化的惡人而已。如來佛曾說：「我今有三藏真經，可以勸人為善。」哪三藏真經呢？「《法》一藏，談天；《論》一藏，說地；《經》一藏，度鬼。」唯獨沒有談論人的一藏。談天，是不是談對天庭的膜拜；說地，是不是說對皇帝的忠順；度鬼，是不是對幽冥的堅信。無法說清，但可以說，人是不自由的。「人生而自由，但又無處不在枷鎖之中。」凡人的人身自由被緊緊地束縛在人間，最後可去的地方是如來佛說的地獄。他們沒有妖魔鬼怪那種可任意來往各地的自由，也沒有可以不受他人制約的權利。能夠降伏妖魔鬼怪的，都是他的主人，而懲治凡人的卻有無數個。選擇受制於一人，還是選擇受制於無數人，妖魔鬼怪會做出非常明智的選擇。

《西遊記》裏，凡人只是被妖魔鬼怪吃掉的一族，並且是慢慢吃掉，絕不竭澤而漁。妖魔鬼怪似乎也懂得生態規律，一下子都吃掉了，以後就沒有可吃的了。這似乎是凡間世人唯一可以存活的理由，而這樣的理由，使他們的生活處於無限淒苦的境地。妖魔鬼怪不是仙女，仙女嫁窮漢不過是窮困、潦倒、懶惰之人的一個美麗白日夢罷了。當人們在現實中無法實現自己正常的願望時，那他只好寄希望於一個無法實現的幻想，幻想中的人是幸福而快樂的。

從做妖魔鬼怪的狀態來看，妖魔鬼怪不可能選擇不做壞人。自由自在不受約束是妖魔鬼怪的生活狀態，也是他們逃離他們原來生存空間的一個原因。是自由，還是受管制，不需要多言。當做壞人比做好人更能獲得自由、尊嚴、權利和更多的好處時，無疑人會毫不猶豫地選擇做壞人。如果在一個壞人橫行天下的制度下，這無疑地可以這樣說，是在鼓勵或說縱容壞人繼續壞下去，繼續橫行下去。盧梭在《社會契約論》裏說過這樣一句話：「在君主制下，走運的人只是一些卑鄙的騙子、誹謗者和陰謀家。」其實，他們不是走運，而是這個制度需要這樣的人物來支撐這個體制，沒有了這樣的人，沒有了這樣邪惡的手段，這個制度就沒有了依存的載體，妖魔鬼怪是這樣制度的必然產物。他們所獲得的自由等諸多好處，不過是制度給予他們的一種報酬。與絕對弱勢的凡間好人相比，他們的生活狀態，那是佔有絕對的優勢。一個個大小妖魔鬼怪成了那個地盤的大小不一的君主，而這樣的君主「要保持自己的地位和權勢，就必須學會怎樣不做好事情，並且必須學會視情況的需要與否，採取與之相應的措施。」（馬基雅維利，《君王論》）所以無數這樣的君主，為自己的地位和利益不斷的變化著自己的身段。妖魔鬼怪的一個最大的外在特點，就是善於變化，而變化能讓他們處於得勢狀態。哈耶克在他的《通往奴役之路》裏，說：「由於有些需要做的工作本身就是壞的，是所有受到傳統道德教育的人所不願做的，因而願意做壞事就成為升官得勢的途徑。」這樣的途徑，對妖魔鬼怪是永遠敞開的。

當然，來自上界的妖魔鬼怪，在顛覆了其主子的利益之時，主子是該出手時就出手。不過，出手總是溫柔的一手，然後領回了上界。這是共識，不需多言。如此的溫柔出手，並不一定是顧惜往日的情感與效命，更多的是數量可觀的妖魔鬼怪，已經成為了能弘揚上界法力無邊的宣傳者或反面教材：服從還是背叛，逃離還是歸順，都在我們的手心裏。不過，比起凡人，妖魔鬼怪他們擁有的實在太多了。

我要是妖魔鬼怪來到人間，還能做其他的選擇嗎？

玉皇大帝的才能

每次拿起《西遊記》來讀，對那個天庭第一把手玉皇大帝的印象都不好，翻過來看，掉過去看，也沒看出他到底有什麼才能。

首先，他不能根據人才的個人情況來使用人才。比如使用孫悟空，孫悟空是個猴類，猴類愛吃什麼？玉皇大帝難道連桃子是水果都不知道？居然讓孫悟空去看桃園，這無疑是讓強盜去看守金庫嘛！那讓人吃了成仙得道，體健身輕的桃子；那吃了讓人霞舉飛升，長生不老的桃子；那讓人吃了與天地齊壽，日月同庚的桃子，誰不想吃？一個還沒有認識到天庭法規的嚴酷性、無情性，野性還沒有被磨去的猴子，不去吃他個腰圓肚飽才怪呢！這不是明擺著在創造機會，讓人利用職權腐敗犯罪嘛！招降孫悟空時，已經知道他在龍宮輕鬆地拿走定海神針，到幽冥大鬧地府的「這般有道」，起碼也應給個禁軍教頭或警衛大將或擒妖辦公室主任，真正的好領導量才定位。玉皇大帝根本不看不想，就隨便問手下有什麼空位子，給他一個，像打發一個小討飯花子一樣。在第四回裏，孫悟空對巨靈神說：「他（玉皇大帝）甚不用賢！老孫有無窮的本事，為何教我替他養馬？」一個負責整個天庭全面工作的領導，怎能這樣安排人員？作為天庭第一把手的玉皇大帝，竟然沒有認識到這一系列問題，那不是他的嚴重失職嗎？領導不需要親自幹什麼，但要知道什麼人該幹什麼，什麼人不該幹什麼，什麼人不能幹什麼。這說明玉皇大帝在識人用人上，絕對沒有一個一把手的眼光和水準。難怪孫悟空那麼看不起他這個第一把手。

其次，他對人才沒有一個系統而清晰的把握。對孫悟空這個下界石猴的才能可以不瞭解，但對自己手下人的才能還不瞭解嗎？一個托塔李天王打不過的孫悟空，就讓玉皇大帝慌了手腳，不知派哪路神兵去助戰，還是觀世音給他指明了方向。他人的才能不知道尚可，自己的外甥大名鼎鼎的二郎神的才能還不知道？連觀世音都知道他昔日「曾力誅六怪，又有梅山兄弟與帳下一千二百草頭神，神通廣大」。如此的神通，玉皇大帝怎麼就忘得一乾二淨。可見玉皇大帝平時對人才的情況，既沒有一個系統認識，也沒有一個整體把握。一遇到大事情，就只會派李天王及十萬天兵出去，再沒有其他的轍了。所以，面對突發事件不知如何去對付，只曉得用李天王領導的天兵去維穩這一招。如此，也造成了他不具備臨危不亂、氣定神閑、指揮若定的一把手風度。真給大帝這樣的名號丟份兒。

還有，用人上，玉皇大帝讓人產生嫌疑。李天王每次出來都帶著自己的三太子哪吒，哪吒每次又都是一馬當先去打鬥，托塔李天王的才能在書中實在找不到多少。後來知道李天王的背景很大且很亮：大兒子金吒，「侍奉如來，做前部護法」；他的「二小兒名木叉，在南海隨觀世音做徒弟」。這個二兒子就是觀世音的得力助手惠岸行者。民間有話，「不看僧面，看佛面」。人家是借爹老子的光，而他似乎是借了兒子的光。以前總想為什麼他一出來就托個塔，事情原來是這樣：一出生就左手有「哪」右手有「吒」兩字的哪吒，不是個奇仙，也是個奇神。可我們的李天王沒有賈母那麼聰慧，將三兒子當成賈寶玉那樣供起來，而是在兒子三朝兒惹了禍後，要殺他。爹要兒子的命，兒子一氣之下割肉還母，剔骨還父。如來佛救了哪吒的命，哪吒在如來佛處成了一個了不起的人物。成了人物的哪吒，想起了父親當年的無情，就動了要殺父親的心。李天王一看大事不妙，就去求了如來佛。如來佛將一座玲瓏剔透舍利子如意黃金寶塔賜給了李天王，讓哪吒以佛為父。這樣哪吒每天見到的托塔李天王，就不是父親，而是佛了。寶塔成了李天王的救命符，一刻也不能離身，離了就有生命危險。每天一起來就得將這麼個玩意小心翼翼地托在手裏，而不是揹在或挎在身上，不托著就得膽戰心驚，還有多少心思幹事？由此，知道為什麼他在下界認了一個乾女兒金鼻白毛老鼠精後不長時間，就將這個事情忘得一乾二淨。唉，人的精力是有限的。用這樣一個沒有遠見又健忘的人，來做統帥十萬天兵的大元帥的玉皇大帝，實讓人犯核計！

作為天庭第一把手的玉皇大帝，武斷而小家子氣。作為一把手的領導，不僅要有才能，還要有肚量。宰相肚子能撐船，管宰相的人的肚子那要能開出航空母艦。「那廝三年前十二月二十五日，朕出行監觀萬方，浮游三界，駕至他方，見那上官正不仁，將齋天素供，推倒餵狗，口出穢言，造有冒犯之罪，朕即立三。」鳳仙郡主不敬，何要備供齋天？上官歐陽穢言怎麼罵的一定就是你玉皇？如此的監觀萬方，如此的只看到了結果，不進行調查就武斷判案，不知道要有多少冤假錯案在發生。從立下的小雞吃米山、哈巴狗兒吃面山、燈花燎黃金大鎖三事，也可看出玉皇大帝的氣度，實在不怎麼樣。另外，即使你玉皇大帝不去調查，非要懲治郡主，那也不必去折磨無辜的鳳仙郡人民。這是明顯的判案錯誤。這樣的一個玉皇大帝，真枉負了人民在悲苦之時呼喊你：老天爺啊！老天爺啊！！

玉皇到底有什麼本事坐到了大帝的寶座上？還得回到第七回，透過如來佛的尊口，我知道玉皇大帝一把手的歷史是這樣的：「他自幼修持，苦歷一千七百五十劫。每劫該十二萬九千六百年。你算，他該多少年數，方能享受此無極大道？」這段話，沒說玉皇大帝都有什麼功勞、幹了什麼政績、為小神仙們造了多少的福祉，只知道他就是經歷了太多太多的年頭，熬的天數說也說不清了，別人沒熬過他，只是他的熬功讓他當了一把手。所以如來佛為玉皇大帝所說的話，根本沒有說服孫悟空，讓孫悟空有一百個不服氣。認為「強者為尊該讓我，英雄只此敢爭先」的孫悟空哪裏曉得，仙境的規則並不比人間的潛規則好到哪裏！

誰放出這個消息

第一次出現吃唐僧一塊肉能長生不老這類的字，是在《西遊記》的第二十七回裏。白骨夫人看到唐僧坐在地上，不勝歡喜道：「幾年家人都講東土的唐和尚去取『大乘』，他本是金蟬子化身，十世修行的原體。有人吃他一塊肉，長壽長生。」於是，我就在想是誰放出了這個消息？

文中沒有交代白骨夫人的家人是誰，但對唐僧的內裏情況卻是瞭若指掌：是去取「大乘」，是金蟬子化身，還是十世修行的原體。這三個內裏乾坤，即使是人世間的皇帝也不知道，要說知道也就知道個去西方求取大乘經，大乘經到底是個什麼內容，唐皇帝未必弄得明白，只知道求的這個「大乘」經對他的江山有好處。

回頭再翻看到《西遊記》第十二回，觀音菩薩受如來佛命令來長安尋訪去西方取經之人，一看到法師壇主唐僧，就知道「是極樂世界降下的佛子，又是他原引送投胎的長老」。內裏乾坤，此時只有觀音菩薩一個人知道。書裏沒有寫觀音向如來佛彙報她找到了金蟬子等情況，但從如來佛對觀音佈置的任務和交到他手裏的袈裟等物件以及三個箍兒來看，他對此情況已經了然於心，只差一個人去對其大政方針進行具體落實了。我們知道磨難的始作俑者乃如來佛，而磨難的落實者乃觀音菩薩。就觀音菩薩來講，她是如來佛最信得過的人：「別個是也去不得，須是觀音尊者，神通廣大，方可去得。」可以說，對如來的精神、宗旨、方針理解得最透徹，貫徹得最到位的人，當屬這個菩薩了。否則，如來佛也不會把這個如此重要的任務交給她。

確定方針者確定完了，落實方針者落實完了，承載這個方針者也上路了，那麼下一步該做什麼？我們都清楚輿論的作用不可低估，一般的情況下，我們都知道以輿論為先導。

對袈裟的宣傳就很到位。觀音帶著徒弟穿著破百衲衣，又變成了癩和尚，在喧鬧的「首都」大街上叫賣華美而又天價的袈裟，本就有轟動效應，到了東華門對著朝廷大官又說穿我袈裟能「不入沉淪，不墮地獄，不遭惡毒之難，不遇虎狼之災」。朝廷大官最想要的是什麼？有這樣的好事情，怎能放過。觀音菩薩對取經事情的宣傳，已經由民間過渡到了對官方的宣傳，而民間的口耳相傳與官方的宣傳力度、宣傳面積無法相比較。此時，觀音一箭雙鵰，效果奇好！唐僧不僅由佛家的一個壇主和尚成為了皇帝的御弟，而且聲名一下子就躍進似的提高擴大了無數倍。

知道唐僧歷史背景的人物只有兩個，一個是如來佛，一個是觀世音。如來佛對觀音佈置任務之時，一點兒沒涉及唐僧是「金蟬子化身，十世修行的原體」等內部情況，只是說「去東土尋一個善信，教他苦歷千山，詢經萬水，到我處求取真經。」到了第一百回，如來佛才在眾人面前，公開說出唐僧的真實身分。這個消息就只能是觀音放出去的。當然，她不是無意的放出，而是有意這麼幹。

觀音在長安沒有透露半點唐僧的歷史背景，因為在長安沒有必要。其他的地方就不同了，那裏是「妖魔」的世界，「鬼怪」的天下，「妖魔鬼怪」來自哪裏？「人對真理是一塊冰，對謊言是一團火。（拉封丹）」觀音不知道這句話，但深悟謊言的潛在力量。把這個虛實參半的內部消息放出去，既能製造磨難之數，又能警示「魔鬼」們隨時入我彀中，之後脫胎換骨，更能彰顯自己的神通。看誰敢和我挑釁，看誰敢與我做對，看誰敢動我的寶貝！欲動者，來試試吧！戈倍爾曾說，混雜部分真相的說謊比直接說謊更有效。「吃唐僧一口肉，能長生不老」的謊言，驗證了這個妖魔般的法西斯說的話。可恨可憐的聽信者就這麼輕易的上了人家早就設計好的圈套陷阱。不少就因為此圈套陷阱，而進了他們的隊伍，紅孩兒就是一例。

如來佛給觀音「緊箍兒」時這樣說：「假若路上撞見神通廣大的妖魔，你須是勸他學好，跟那取經人做個徒弟。他若不伏使喚，可將此箍兒與他戴在頭上，自然見肉生根。各依所用的咒語念一念，眼脹頭痛，腦門皆裂，管教他入我門來。」黑熊精便因此上了觀音菩薩的落伽山。應該讓人從心裏甘願拜服在腳下，而不是用強力來讓人歸順，更不是用圈套的辦法陷入「我門」。這種陰暗而狡詐，也不乏兇狠的辦法來讓人「入我門來」，實在是不大讓人賓服！所以我常想與其說法力無邊，不如說手段超常規。

這個消息，也屬超常規手段之一吧！

唐僧——體制內的寵兒

十四年的取經路，其艱辛不是常人能承受的，這也是佛教、天庭、地獄、人間整個體制保護唐僧的一個主要原因，但更根本的原因在於唐僧對這個政權體制的敬服和膜拜，使他成為體制內不可多得的寵兒。仔細分析《西遊記》裏的天堂、佛教、地獄、人間，分屬四個不同地域，卻在一個體制統治之下，彼此形成了一個穩固的龐大的密切聯繫的整體。就唐僧而言，他是行走在這個境內的虔誠行者，因而唐僧既被整個體制所喜愛，也被其他不在這個體制中的妖魔鬼怪所喜愛——要吃他，要吃他是因為他被體制內的人寵愛。

地獄也可以走後門，人間皇帝到了地獄，本該盡了陽壽，透過崔判官就改加了二十年；佛家世界，如來佛也縱容手下跟人要「人事」；天庭世界，也是官官相護，貪婪成性。在統治上，四者一脈相承，並互相勾連，形成一個足夠大的網路。如來佛世界的代表人物觀世音的大徒弟木叉，乃天庭玉皇大帝最得意的人托塔李天王的二兒子；人間皇帝是天庭上的真龍下凡；地獄的判官是人間皇帝曾經的下屬。唐僧和這四者都有著緊密的關係：唐僧是天庭裏某個龍王救命恩人的兒子；是地獄裏一個冤死之人（唐僧父親陳光蕊）的復仇者；是人間朝廷裏祈保江山穩定的精神使者；是如來佛世界裏的佛家二徒弟。唐僧行走在這樣龐大的集團裏，成為一個令人矚目的特殊人物，具有了擔負特殊使命的背景。「一個人只因為他是那個集團的成員才受到尊敬，也就是說，並且只有他為公認的共同目標而工作才受到尊敬，並且他只是從他作為該集團成員的資格中獲得他的全部尊嚴。單純依靠他作為人的資格卻不會帶給他什麼尊嚴。」（德國哈耶克著，《通往奴役之路》，京華出版社）唐僧成為了整個集團的成員，也在為整個集團的共同目標工作。

上述只是獲得這個龐大體制認可的條件，並不能獲得整個體制的寵愛，獲得寵愛的最根本原因還在於，唐僧他自身所具有的整個體制所需要、所符合、所喜歡的性格特點：膽小愚昧、懦弱無能、優柔寡斷、心地單純，以及篤信整個體制的各種規則的正確性、真理性、偉大性。

唐僧被人間統治政權所喜愛。唐僧率領一千二百高僧在長安城念經，人間皇帝每每前去拈香拜佛。在知道了大乘佛法「能解百怨之結，能消無妄之災」後，人間皇帝就要差人前往去取，「來修善果」。當問到誰願前往時，唐僧一馬當先：「貧僧不才，願效犬馬之勞，與陛下求取真經，祈保我王江山永固。」唐王激動地說：「法師果能盡此忠賢，不怕程途遙遠，跋涉山川，朕情願與你結為兄弟。」唐僧也是血液流動加快趕忙頓首謝恩：「陛下，貧僧有何德何能，敢蒙天恩眷顧如此？我這一去，定要捐軀努力，直至西天；如不到西天，不得真經，即死也不敢回國，永墮沉淪地獄。」唐僧為皇帝陛下求取真經，唐僧為皇帝陛下永保江山求取真經，使得皇帝高興萬分，為唐僧大開方便之門。皇帝陛下要取這樣的經，還不是為了他的統治安寧而永恆。百怨之結，不是鞏固江山的好事。怨結，則憤生；憤生，則怒起；怒起，離造反就不遠了。心無旁騖甘心為皇帝陛下的體制穩定而不辭辛苦之人，不論是不是唐僧，最高領導者都會喜歡欣賞，恰好唐僧成為了這個角色。因為無論是誰都是在為這個體制服務的奴才：從精神上導引更多的人徹底歸屬依附這個政權體制。

唐僧被如來佛統治政權青睞。如來佛要向東土宣傳他的《三藏真經》時說：「我待要送上東土，叵耐那方眾生愚蠢，譭謗真言，不識我法門之旨要，怠慢了瑜迦之正宗，怎麼得一個有法力的，去東土尋一個善信，尋找這樣的人，他苦歷千山，詢經萬水，到我處求取真經。」這樣一個人首先要善信「我法門之旨要」，不能有追求獨立和自由的觀念，更不能有崇尚反思追問的思想，否則就是「譭謗真言」。其次要有追求並忠貞我《三藏真經》的思想，一不怕苦，二不怕難，三不怕死的精神。深悟如來佛心思的觀世音一馬當先，請纓前往長安尋找這樣一個善信而虔誠的忠實信徒。這樣一頂帽子，正正好好戴在唐僧的腦袋上。思想上，唐僧既是如來佛政權的徹底歸順者，也是該政權意識形態忠貞的如來佛主義者；行動上，唐僧是如來佛政權堅定的執行者。無人能超越像唐僧對佛教的膜拜程度，此一點徹徹底底地滿足了如來佛政權人才選拔的最高要求標準。這樣的人物，極具強大的號召力，也極具廣闊的宣傳面。拋開唐僧前世是如來佛的二弟子這一面，唐僧憑藉著這兩點，也完全會成為如來佛政權體制下一名最能幹、最受歡迎的人物。

唐僧被天庭統治政權所矚目。不只如來佛政權需要虔誠的信徒，所有的體制都需要執著而堅定的追隨者。天堂玉帝、如來佛主、人間皇帝三個統治體系沒有區別，前兩者甚至有時顯得比人間統治更殘酷更無情。天堂裏那麼好，為什麼他們一個個勇敢地來到人間？極樂世界那麼好，為什麼還要千方百計逃離極樂之地？人間不見得多麼的好，天堂也不見得多麼的妙。玉帝和如來佛的統治也以忠誠、不背叛為其統治的基礎，遵循的精神與如來佛政權的要求不僅沒有區別，有時更多地表現為互助。對待大鬧天宮的孫悟空時，天堂、地獄、如來佛聯手對付這個體制外的能人，直至他歸順體制才罷手。天堂與如來佛的世界，是兩個極為密切的集團，不時發生著這樣那樣的關係。唐僧的虔誠在符合如來佛政權的要求之時，也完全符合天堂的用人規則。玉帝為唐僧的大徒弟大開綠燈，並不僅僅是因為如來佛的面子。玉帝是在為一種甘心順從體制，服從體制安排的行為開路，因為他手下人也不時地背叛遠離他的統治，私自下凡。唐僧身上更多地體現了體制需要的一種精神，而這種精神為體制內的統治鳴鑼開道。

唐僧被這麼多權力集團喜歡，而悖離權力集團之人就要認真瞧瞧這個寶貝到底有什麼能耐，到底好在哪裏。軟弱無能的唐僧只有一個還算不錯的無能肉身，那就逮來瞧瞧這個被整個體制寵愛的肉骨凡胎。實際上，妖魔鬼怪的背叛和逃離，是在向整個虛偽的體制挑戰，紛紛要吃唐僧，是在向一種無能者被寵的體制公開宣戰。吃唐僧一口肉，能長生不老，不過是企望永保那種不被體制管束的自在狀態的物化。雖然每每被打壓下去，最終失敗又回歸原有的體制，但總有這麼一股力量在掙扎，總有這麼一個聲音在對抗。孟德斯鳩在《論法的精神》裏曾說：「如果對於專橫已沒有別的阻力，那麼製造一點障礙總是好的，這是因為既然專制主義給人類帶來可怕的危害，那麼這個能夠制約專制主義的壞東西自身也只是有好處的。」實際上，沒有了這樣的掙扎和對抗，也就沒有了被體制所喜歡的唐僧式人物。這種集團體制既產生了唐僧，也產生了妖魔鬼怪。

西遊的「兩會」

縱觀西遊，裏面比較大型的會議有兩個，一個是蟠桃會，一個是安天大會。蟠桃會是個常規性的大會，大致是每年開一次，而安天大會屬於一次性的慶功大會。先來說一次性的安天大會。

多才多能的孫悟空，憑他的本事打遍天下無敵手，攪亂天堂，致使天堂的秩序不能穩定下去，更有甚者他去挑戰玉皇大帝的靈霄寶座。玉皇為了維穩天堂，採用了軟硬兼施兩手辦法，都沒有把孫悟空制服，沒奈何只好請求外援力量來消滅這個挑戰者。如來佛閃亮登場，一舉將造成天堂不穩定的「因素」壓在五行山腳下，判了「鬧事者」一個五百年徒刑。經過五百年的監獄生活，犯人悟空終於醒悟並被釋放。後來在讀西遊時，深切體會到為什麼悟空對師父的感情那麼深，我們知道一個人在經歷了多年的折磨後，誰解救了他，誰就是他一輩子要為這個人火裏火裏去，水裏水裏去的人。即使不是唐僧，就是街上的傻蛋毛二，悟空也一樣。

天庭不穩定「因素」孫悟空被剷除了。玉皇為了酬謝如來的功勞，啟動了最大規模的會議程式。可以說這是個維穩的勝利大會，是個慶功的歡聚大會，是個圓滿的答謝大會。

玉帝傳旨，天上地下東方西方南方北方的神仙全部旨請，天庭最重要的三大殿「玉京金闕、太玄寶宮、洞陽玉館」全部金門大開，鮮花擺放。「剿滅」孫悟空的功臣，高高坐在「七寶靈台」。桌上「龍肝鳳髓，玉液蟠桃」，場面無法想像的壯觀。天堂第一夫人王母娘娘，親自出馬，親手摘下大蟠桃並帶領「仙子、仙娥、美姬、毛女飄飄蕩蕩」，「唱的唱，舞的舞」供如來佛享用觀賞開心。

　　悟空這個不安定分子被剷除，天上複歸安寧，各路神仙為玉皇大帝歡喜，也為自己歡喜，紛紛感謝這個安天之佛，拿出自家寶物送於如來，如來也不客氣地讓自己的秘書一一收起各方禮物。回雷音寺的如來對此有一段話：「那廝乃花果山產的一妖猴，罪惡滔天，不可名狀。概天神將，俱莫能降伏；雖二郎捉獲，老君用火鍛煉，亦莫能傷損。我去時，正在雷將中間，揚威耀武，賣弄精神；被我止住兵戈，問他來歷，他言有神通，會變化，又駕筋斗雲，一去十萬八千里。我與他打了個賭賽，他出不得我手，卻將他一把抓住，指化五行山，封壓他在那裏。玉帝大開金闕瑤宮，請我坐了首席，立『安天大會』謝我，卻方辭駕回宮。」如來佛主對著「三千諸佛、五百羅漢、八金剛、四菩薩」進行了簡短全面的工作報告。得意洋洋的如來佛主躍然紙上。這個慶功大會到底花了多少錢？用了多少天下上供者的財物？又掠奪了多少民脂民膏？吳承恩沒寫，誰都不曉得。

　　再來說常規的蟠桃會，更像一個每年各方人士交流感情，互通情況的派對。蟠桃不過是個聚會的由頭，沒有蟠桃，也會有蘋果會、瓊漿玉液會什麼的。蟠桃會來的人，都是在玉皇正確領導下的一些友好人士，請的是「西天佛老、菩薩、聖僧、羅漢、南方南極觀音、東方崇恩聖帝、十洲三島仙翁，北方北極玄靈，中央黃極黃角大仙、這個是五方五老。還有五斗星君，上八洞三清、四帝、太乙天仙等眾，中八洞玉皇、九壘、海岳神仙；下八洞幽冥教主、注世地仙。各宮各殿大小尊神，俱一起赴蟠桃嘉會。」這些來自五湖四海的人在大會上，有吃有喝，有歌有舞，有仙女有美姬，這些下界可變成妖魔，上天固定做神仙的人，極可能會說出些雷死人的仙話神語。神仙們不用想什麼天庭的庭間大事，也不用想民間妖孽作怪造惡之事，也不用想民間黎庶生活的好還是不好，是水深火熱，還是虛假的安康幸福，他們只負責高高興興來赴一次會就可以了，或者來這裏說幾句雷人的話。

這個大會沒什麼實際內容，最多可以體現一個參加者的身分，當然身分很重要，體現出在圈內還是在圈外的重大問題。不入流的弼馬溫，對沒能參加此會表現出那麼強烈的憤慨，原因就在這裏。弼馬溫的本次破壞性行動，導致整個天庭各路人馬群起而攻之，也就不奇怪了。如果弼馬溫被體制真正接納，那麼也就沒有攪亂蟠桃之罪，這似乎也是放任那些妖魔在地上為所欲為的一個原因，天庭裏安全，秩序依舊，便可安享天庭的盛世之樂。

蟠桃會告訴我們，能擠進去就是被這個天庭所接納，可以分享天庭裏特權者所能共用的特權——蟠桃。蟠桃不是必吃的水果，那是進入圈子門檻的胸卡。就像紅樓夢裏的秋紋得到王夫人兩件衣服及賈母的幾百文錢時說的「這可是再想不到的福氣。幾百錢是小事，難得這個臉面」。「衣裳也是小事，年年橫豎也得，卻不像這個彩頭。」「臉面」還是「彩頭」和「蟠桃」在本質意義上沒有什麼區別。參加蟠桃會的大部分人，就像秋紋一樣，在那自我歡喜，自我滿足罷了。在玉皇的決策層人物中，如李天王的軍事機構，太白金星的參謀機關中哪有他們的份兒。其存在的價值，不過是裝點玉皇天庭盛世的一道不得不有的華麗擺設，這個擺設裏面落滿灰塵污垢。

「安天大會」還是「蟠桃會」，都滾他的罷！

唐僧日記

貞觀十四年××月××日 晴

今日觀世音送我的一領綿布直裰，一頂嵌金花帽，囑咐我給悟空穿戴上，結果這個不聽話的猴子，在我念動「定心真言」後，立刻伏首聽命。以後只要孫猴子不聽話，就念這個「定心真言」，看他還敢跳起來和我作對不！

貞觀××年××月××日 陰

孫悟空這個小猴子因了這個緊箍咒，老實多了。

貞觀××年××月××日 晴

八戒今日成了我的徒弟，這個徒弟長得實在讓人不開心，可也沒辦法。他是玉皇大帝的天蓬元帥，有令來我這裏工作，只好讓他來了。好在從他今天的表現看，還聽話，不像孫悟空，再看看他以後的表現吧！

貞觀××年××月××日　晴

悟空這個小猴子真是沒長個人心。今天我就說了一句：「徒弟，今宵何處安身也？」這個小猴子就反駁了我一句：「師父，出家人莫說那在家人的話。」我說了一句：「在家人怎樣？出家人怎樣？」小猴子又給了我一大堆話：「在家人，這時候溫床暖被，懷中抱子，腳後蹬妻，自自在在睡覺；我等出家人，哪裏能夠！便是披星戴月，餐風宿水，有路且行，無路方住。」這道理我還不知道？讓我在沙僧和八戒面前丟盡了面子。該死的小猴子，不能給我創造更好的條件不說，還當面讓我下不來台。為了他能好好地成長，以後真要時不時地念幾回「定心真言」，要不他長不大！

貞觀××年××月××日　小雨

豬八戒吃得多，幹得少，意志不堅定老是提散夥的事，很讓人惱火。不過，他很能逗人開心，他講了很多笑話，把他在高老莊時的可笑事情，做天蓬元帥時知道的天庭秘聞不時講兩段給我聽一聽，倒是讓人開心。還有他肯服從我的領導，雖然有時愛撒個謊，但不駁我的面子。取經路上，如果沒有他，極可能很乏味、很無聊，所以還是讓他做徒弟，帶著他一起往靈山走。

貞觀××年××月××日　晴

沙僧這個最聽話、最老實、最誠實、最沒有怨言的人，就知道埋頭幹活，就讓他幹活吧！以後也不用提拔他了。

貞觀××年××月××日　晴空萬里

終於到了靈山腳下，受到了靈山腳下玉真觀金頂大仙的隆重接待，享受了從未有過的待遇。這裏的一切都那麼好，那麼美，難怪貪官一個個都願意出國來定居呢！

貞觀××年××月××日

八戒被封為淨壇使者後，利用這個得天獨厚的位子大搞私事，對上香的人，上供的人，吃、拿、卡、要，無所不為，完全腐化墮落了。不時還利用到外國取經這幾年的資格，到處作報告，搞講學，講他取經的經驗，講他取經的感受，講他的經濟學理論，還說什麼他是取經事情中的利益最大受害者，要求給予適當的補償，才能完成取經後的工作改革。

貞觀××年××月××日　陰

孫悟空本就是個不聽擺弄的主，自從悟空這個小猴子頭上的緊箍咒沒了，成了鬥戰勝佛以來，見到我也不師父長師父短了。要知道這樣，就不救他來做我的大徒弟了。現今聽說他正在他那一畝三分地上搞什麼改革、創新，說什麼要把在取經路上學的外國經驗進行實驗，要抓反腐敗、反貪污什麼的，看他能搞出個什麼名堂？腐敗和貪污，那麼好搞？哼！

貞觀××年××月××日　大雨

八戒的「二奶」問題，今日被他手下的人給捅出來了。說他生活一貫腐化，其實，哪裏是這個問題，都怪八戒存了心思要爭坐那個佛位。

貞觀××年××月××日　晴

已經成為金身羅漢的沙僧，今日打來電話，說他下崗了。在不久的將來，大概沙僧也要加入討薪大軍了。

貞觀××年××月××日　晴

當初不取經也罷了，西方的經到了咱這裏就是不好念，不是走樣了，就是變味了。就像那ＧＤＰ、恩格爾、基尼系數怎麼就不是那個味了呢。這經是怎麼念的呢？

孫悟空與唐僧只是師徒關係嗎

認識字的和不認識字的人只要知道西遊記這個故事就都知道，孫悟空與唐僧之間是師徒關係。可是什麼事情就怕認真，一認真就會發現好多問題。再讀《西遊記》，猛然發現孫悟空與唐僧之間有著比師徒關係更加複雜的關係。

能者與無能者的最佳結合

敢和玉皇大帝叫板的孫悟空無疑是一個能者，憑藉自己的能力開闢出花果山這塊領地，沒有依靠任何人，沒有走任何關係網，是個實實在在的獨立創業者。能者有能者的波折，無能者有無能者的幸運。唐僧這個無能者，就佔了無能的幸運。別看他無能，可他身後站著強大的一個支持群體，人間、天宮、地府、佛家統統聯合起來做了唐僧的後盾。孫悟空這個沒有任何後盾的獨立者被更大的願望——長生不老——所牽制，而被他所挑戰的唐僧後盾集團所征服。在這個強大無比的集團裏，唐僧的無能立刻轉變為有能者，因擔負著集團的巨大歷史使命，而有能力的孫悟空也角色轉換成為依附這個集團的一員，否則永世被壓在五行山下，永世沒有自由的可能。無能者在巨大集團的支持下，也會逐漸地長大起來，變得狡詐而殘忍。唐僧從觀世音那裏得到變了相的緊箍：一領綿布直裰，一頂嵌金花帽後，這樣騙孫悟空：「是我小時穿戴的。這帽子若戴了，不用教經，就會念經；這衣服若穿了，不用演禮，就會演禮。」唐僧的騙人之招非常高明，而他的高明來自觀世音那裏：「這一領綿布直裰，一頂嵌金花帽，原是我兒子用的，他只做了三日和尚，不幸命短身亡。我才去廟裏哭了一場，……長老啊，你既有徒弟，我把這衣帽送了罷。」騙人的把戲如出一轍。時時念著慈悲語錄的唐僧念起咒來也蠻兇狠，看著疼痛難忍的孫悟空還要恐嚇：「今番可聽我教誨了？」孫悟空：「聽教了！」「不敢了！」於是，無能的唐僧徹底地擁有了對能人孫悟空的控制權。其實，不要以為孫悟空是能者，他只是體制外的能者，體制內的無能者；唐僧才是能者，體制內的能者，體制外的無能者。

主人與僕人的有機搭配

唐僧是師傅，悟空是徒弟，只是對外聯絡和宣傳的一個名片，既有益孫悟空打前站，又利於擴大唐僧的影響。從第十四回孫悟空拜唐僧為師開始到第一百回功德圓滿為止，全書唐僧沒有傳授給孫悟空什麼知識，倒是孫悟空不知好歹地向唐僧說了不少常識。唐僧渴了，孫悟空去找水；唐僧餓了，孫悟空去化齋；唐僧遇到災難了，孫悟空解除危難。沙僧和豬八戒不過是偶爾客串一下，起到陪襯孫悟空這個大僕人的作用。一路走來，孫悟空充當的都是僕人的角色，就像豬八戒說的：「原說只做和尚，如今拿了做奴才，日間挑包袱牽馬，夜間提尿瓶焐腳（三十七回）。」本質上他們兩人是絕對的主僕關係。唐僧也沒把孫悟空看成是自己的徒弟，動不動就臭罵悟空一頓，「你這猢馬瘟，帶累我哩」之類的話唐僧說了無數次。第五十七回唐僧念了二十多遍咒，還不解恨，又對痛苦萬分的孫悟空說：「快走！遲了些兒，我又念真言。這番決不住口，把你腦漿都肋出來哩！」有這樣的師傅？有這樣對待徒弟的師傅？唐僧靠著外力，對孫悟空的人身自由進行了和平贖買，贖買的成本是他到山上揭下金字壓帖，就成為了不可違抗的主人，隨時可以根據自己的意識判斷標準念動緊箍咒。孫悟空為獲得身體的自由，同時獲得了另一種更可怕的不自由。可以說，孫悟空從成為唐僧名義上的徒弟那天起，就徹底失去了他的獨立和自由。

強者與弱者之間的較量

表面看來孫悟空是個強者，奮起千鈞大棒，橫掃妖魔鬼怪，但他更是一個弱者，無力對付一句小小的咒語。如來佛說：「咒語念一念，眼脹頭痛，腦門皆裂，管教他入我門來。」如來佛的體制力量，就是如此的霸氣。唐僧身體上是整個取經班子裏的弱者，但他又是最具實力的強者。他的強，在於他是整個班子的思想控制者，任何人不得違背他的思想方針，一旦違反就要懲治，而且絕不手軟。唐僧奈何不了妖魔鬼怪，卻能奈何得了本事通天的孫悟空，孫悟空能奈何得了妖魔鬼怪，卻不能奈何軟弱的唐僧。能力非凡的大師兄孫悟空都被師傅念咒「教訓」得痛不欲生死去活來，無法和孫悟空相比的沙僧和豬八戒有膽兒叫板？服服帖帖才是硬道理。孫悟空屈服的不是唐僧，而是唐僧背後的強大勢力對他的控制，這種控制先從身體上下手，對孫悟空進行緊箍咒政策，再從意識形態上進行軟化與誘惑，軟化的手段就是在服從體制領導，成為體制幫兇的情況下，給予孫悟空足夠的便利，許諾給孫悟空一個美好的結果，比如觀世音給予孫悟空的各種大力支持，以及時時提醒孫悟空只有保護佛門裏的唐僧，才能有好結果。在這個強大的體制中，表面上的強者已經淪為實際上的弱者，成為實際上的奴僕，表面上的弱者已經上升為實際上的強者，成為體制末端的主人。主僕們共同完成體制要求的「取經」正果——成為傳授這種體制精神的佈道者。

孫悟空的三次離開

中國人講究事不過三，通觀《西遊記》全書，孫悟空總計離開唐僧有三次：一次是主動，兩次是被動，但也符合這個規律。細細地讀關於孫悟空離開的章回，覺得蠻有意思，且聽我慢慢道來。

孫悟空主動離開出現在第十回，原因是六個強盜攔路搶劫唐僧的白馬和行李，孫悟空打死了這些強盜，唐僧很生氣地批評了孫悟空，孫悟空一生氣，就自己離開了唐僧。我們來看看唐僧是如何批評孫悟空的：「他雖是剪徑的強徒，就是拿到官司，也不該死罪；你縱有手段，只可退他去便了，怎麼就都打死？這卻是無故傷人的性命，如何做得和尚？」我們來分析這段話，強盜是不該死罪，但強盜代表對唐僧說了這樣的話：「那和尚，哪裏走！趕早留下馬匹，放下行李，饒你性命過去！」這是半句話，應有沒說出的下半句，即你不放下馬匹和行李，就要你的命！從法律上講六個強盜確有實施犯罪，侵奪他人性命的事實：六個強盜「一擁前來，照行者劈頭亂砍，乒乒乓乓，砍有七八十下。」這是大聖，要是唐僧早成了肉泥了。看來孫悟空不是無故傷人性命。再看「只可退他去便了」。退他這六個強盜保其性命是對的，那麼這些個強盜在退了之後是否會立地成佛，再不做傷天害理的搶劫？這種可能性有多大，唐僧沒有考慮。這些個強盜往日對他人財物生命的傷害，唐僧也沒有思考。那麼唐僧思考的是什麼呢？唐僧後來的話才讓人真正明白：「執著棍子，亂打傷人，我可做得白客，怎能脫身？」白客就是清白無辜的人，後來在書中看到唐僧說孫悟空「連累了我多少」，「專撞空頭禍，帶累我哩」之類的話，不少於五次。這是唐僧真正惱怒的根本原因。因為這次離開，孫悟空付出了慘痛的代價：戴上了緊箍。師父那句冷森森的「你今番可聽我教誨了？」讓大聖吃盡了苦頭，縱然那教誨不時地表現出錯誤的傾向。

孫悟空第一次被動離開，出現在第二十七回裏，即著名的「三打白骨精」故事。來聊聊這回的開頭，唐僧說肚子餓了，要孫悟空去化些齋飯來，我們來看這段書中他們兩人的全部對話。

孫悟空「陪著笑臉」說：「師父好不聰明。這等半山之中，前不巴村，後不著店，有錢也沒買處，教往哪裏尋齋？」

唐僧心中不快，口裏罵到：「你這猴子！想你在兩界山，被如來壓在石匣之內，口能言，足不能行；也虧我救你性命，摩頂受戒，做了我的徒弟。怎麼不肯努力，常懷懶惰之心！」

孫悟空道：「弟子亦頗殷勤，何嘗懶惰？」

三藏道：「你既殷勤，何不化齋我吃？我肚餓怎行？況此地山嵐瘴氣，怎麼得上雷音？」

行者道：「師父休怪，少要言語。我知你尊性高傲，十分違慢了你，便要念那話兒咒。你下馬穩坐，等我尋哪裏有人家處化齋去。」

以唐僧看來，我救了你孫悟空，你就該感恩戴德，時刻記著我的恩德。就像我們東北農村人說的，給了人家一些好處就念念不忘，一逮著機會就「翻小腸」。另外一層意思就是做了我的徒弟，就應該努力，絕不能有懶惰之心，至於我有沒有懶惰之心，你孫悟空管不著。因為我救了你，是你的大救星，你就得無條件的服從我的命令，不服從就是懶惰，就是忘了救星，就是不殷勤。還有唐僧只知道自己「肚餓」，可沒有考慮過徒弟饑餓不饑餓，也沒考慮徒弟面對的是什麼樣的困難。從孫悟空的話裏，也可看出他並沒有感念唐僧的恩德，而是懼怕念緊箍咒而不得不去化齋。正生著一肚子氣的唐僧恰在此時見到了青沙罐裏裝著香米飯，綠瓶裏裝著炒麵筋的俊俏「女菩薩」，而這樣的一個「及時雨」，又被孫悟空打死了，孫悟空的命運還能好？人在氣順的時候，難事也好辦，正撞著他氣不打一處來時，你還有個好？不知時務的孫悟空又說了一句不該他說的話：「師父，我知道你了。你見他那等容貌，必然動了凡心。若果有此意，叫八戒伐幾棵樹來，沙僧尋些草來，我做木匠，就在這裏搭個窩鋪，你與他圓了房成事，我們大家散了。」不念你個孫悟空腦筋迸裂，不趕跑你個孫悟空，那才怪呢！後來悟空又打死了假老太婆和假老頭，那不過是在火上又加了一小把柴。

孫悟空第二次被動離開，是在五十六和五十七回，也是因為強盜攔路搶劫財物而引起。強盜先劫持了唐僧，唐僧看形勢不好，先說自己是個出家人沒有錢財物，求強盜放他過去。強盜不肯，讓他把衣服和白馬留下，唐僧一看如此，就罵了一句：「只是這世裏做得好漢，那世裏變畜生哩！」於是唐僧挨了一頓棒子，挺不住了就把徒弟出賣了：「我有個小徒弟，他後面就到。他身上有幾兩銀子，把與你罷。」這無疑是把孫悟空推到了解決問題的最前沿。被悟空救下的唐僧不管不顧強盜對悟空說的「若道半個『不』字，就都送了你的殘生」之語，一溜煙兒跑了。如同主動離開那次一樣，孫悟空一樣被強盜合夥頭上身上打了「五六十下」。這個場景逃跑的唐僧是無法看到了。唐僧讓徒弟掩埋被打死的兩個強盜後，在墳前如此的禱告：「拜惟好漢……你到森羅殿下興詞，倒樹尋根，他姓孫，我姓陳，各居異姓。冤有頭，債有主，切莫告我取經僧人。」孫悟空聽了忍不住說了一句：「師父，你老人家忒沒情義。我費了多少殷勤勞苦，如今打死這兩個毛賊，你倒教他去告老孫。雖是我動手打，卻也只是為了你。你不往西天取經，我不與你做徒弟，怎麼會來這裏，會打死人！索性等我祝他一祝。」於是，孫悟空就用鐵棒子搗起來。搗墳頭已經很可惡，更可惡的是孫悟空說的話：「將你打死了，盡你到那裏去告，我老孫實是不怕：玉帝認得我，天王隨得我；二十八宿懼我，九曜星官怕我；府縣城隍跪我，東嶽天齊怖我；十代閻君曾與我為僕從，五路猖神曾與我當後生；不論三界五司，十方諸宰，都與我情深面熟，隨你那裏去告！」唐僧聽了心驚道：「徒弟呀，我這禱祝是教你體好生之德，為良善之人；你怎麼就認真起來？」卻原來唐僧不是認真的禱告，而是流於形式，做做樣子。

唐僧聽了孫悟空的話，為什麼心驚？這樣一個人物有如此的本事，這樣一個人物有這樣背景，這樣一個人物有如此的關係，這樣一個人物朝夕生活在身邊，唐僧該做何樣的思考呢？

吳承恩老先生隨之批下：「孫大聖有不睦之心，八戒、沙僧亦有嫉妒之意，師徒都面是心非。」這為孫悟空被唐僧攆走打下了堅實的基礎，只差一根火柴了。不幸的是他們師徒又走進了一個強盜的父母家中，更不幸的是強盜帶著眾強盜又回到家裏，並想「一個個剁成肉醬，一則得那行囊、白馬，二來與我們頭兒報仇」！一場不可避免的死亡事件暴發了，結果自然就是孫悟空被念了十幾遍緊箍咒還不住口的唐僧趕走了。

我們常說：「打鍋論鍋，打碗論碗。」其實，有時打碎的那個「鍋」或那個「碗」，並不是真正的原因，真正的原因是什麼，不需要筆者再說了。

憤怒的豬八戒

在座的各位先生、女士：

我老豬向來沒有表現我自己的機會，危難之時，顯身手的是大師兄孫悟空，背包袱扛箱子，師父找師弟沙僧來解決，師父根本不給我老豬展示才能的時機。自做了師父的徒弟後，就給了我老豬很多不美之詞，說我懶，說我饞，說我好色，這讓我特難過，特悲傷。今天有機會和你們坐一桌吃齋，老豬就向你們說說自取經以來，給予我老豬的種種不公正不平等。

首先，我來說說女人問題。人們總拿嫦娥的事，來揶揄嘲笑我老豬，我老豬也沒把嫦娥怎樣，這就算了，為什麼老逮著高老莊的高翠蘭不放？老豬和高翠蘭是夫妻關係，不是「二奶」、「五奶」的關係。取經路上，常想著回高老莊和高翠蘭團聚，也常向女人獻殷勤，不過這有什麼罪過？取經只是一個工作，存天理，就要滅人欲嗎？何況當和尚也不是我自願去當的，是觀世音逼著我當的，那只是權宜之計。我的女人問題比照有的人，那是馬尾絲穿豆腐，提不起來的事。遠的不說，只說近的。張二江和一百零七個女人有關係；安徽宣城市委原副書記楊楓用MBA管理「二奶團」；原海南紡織工業總公司副總經理李慶普與一百九十四名女人有染，記了十八頁有一百九十四名不同「性伴」姓名、年齡的花名冊，還有九十五本淫亂過程和內心感受的筆記，以及自拍錄影。不稀罕再說了，和他們相比，嫦娥及取經路上的那點沒有實際內容的事算什麼？你們說說，那能算什麼問題？還值得吳承恩和人們津津樂道。

其次，我來說說工作的問題。自從做了唐僧的二徒弟那天起，我老豬堅忍不拔地在取經路上勇往直前，大師兄每次到天庭、西天、地府去求援，留下來照顧師父的都是我老豬，大師兄出差在師父看來是辛苦的事，可實際上那是純粹的旅遊，而且是出國的旅遊，見的都是玉皇大帝、觀世音、太上老君、如來佛等有頭有臉的人。因此，大師兄和他們的關係搞得特別好，想幹什麼就幹什麼，得意的很呢。這且不說，留下我老豬又管師父的吃，又管師父的喝，還得管師父的睡。後來沙僧來了，這些問題也是我來解決，沙師弟最大的能耐就是背著行李，別的不能幹。師父看他老實，有事情也不找他解決，這就苦了我老豬。取經路上，我出了多少力，吃了多少苦啊。你們說說，我懶嗎？師父重用大師兄，祖護沙師弟罷了，怎就對我老豬的功績視而不見？真是可氣。

再次，我來說說待遇的問題。我老豬和大師兄還有沙師弟三人一起跋山涉水取經，一起到達極樂世界靈山，結果待遇卻大不同。師父成了旃檀功德佛罷了，為什麼孫猴子也成了佛，而不封我為佛？讓我做了一個淨壇使者，淨壇使者是個啥，不過就是把佛壇上的貢品收拾乾淨的僕人，有點好處就是能吃到壇上的瓜果饅頭，還是人家佛們吃過的殘羹冷炙，不鮮了不說，味道也沒了。留在靈山，吃那壇上的貢品，如來佛以為是好事，我老豬才不認為是好事呢！可惡的如來佛，竟然還拿我的能吃來糊弄我、耍戲我，一點兒也不顧念我的尊嚴和面子，還是靈山最高領導呢！

還有很多很多，因為在座的各位都在忙著建政績工程，時間緊任務急，我就不多耽誤大家的時間，今天就嘮這三小點，等以後有飯局的時候再和各位聊。

沙僧的感慨

話說沙僧被如來佛封為金身羅漢之後，成為五百羅漢中的五百分之一，從此開始了一杯茶、一支煙、一張報紙看半天的生活。優裕而閒適的靈山公務，讓沙僧不時回想起當初和師父師兄一起度過的艱難而曲折的取經歲月，禁不住感慨萬千。

師兄成了鬥戰勝佛後地位是高了，可還是那個脾性，活得還是那麼累。如來佛成了他的頂頭上司，唐僧師父成了旃檀功德佛後管不著他了，但師父前世曾是如來佛的二徒弟，有些事情如來佛還是願找他合計合計，讓這位曾經的二徒弟給建議建議。也不知道師父是怎麼建議的，反正大師兄的日子總是不太好過。論能力，還是論水準，大師兄都是佛裏精英，就是不得志，總是站在佛隊伍的最後面。想當初，大師兄憑著一身本事降妖除魔，保護師父到了靈山，千辛萬苦取得真經，師父怎就不想想患難之時呢！做人啊，還是做佛啊，都得講究個義字。細想也怪大師兄，幹嘛總是那麼能幹，幹嘛總是那麼疾惡如仇，幹嘛總是衝鋒在前，幹嘛總是俠肝義膽，幹嘛總是讓師父不高興，幹嘛總是不聽師父的擺弄，幹嘛總是揶揄天上那些有來頭的人，甚至連如來佛也不放過，說最高領導人如來佛是「妖精的外甥」。

大師兄憑藉自己有能力有水準，一點也不注意自己的言行，得罪了好多人都不知道。有一次佈置自然之神布雲、打雷、下雨時，就特別命令雷公鄧天君說：「老鄧仔細替我看那貪贓壞法之官，忤逆不孝之子，多打死幾個示眾！」結果好多人到了如來佛那裏告狀，大師兄自己還不當回事。都是因為大師兄太能幹，太愛翹尾巴了。大師兄總愛說：「老孫怕過誰！」結果，師父聽了不高興，二師兄聽了不高興，好多人聽了都不高興。

唉，大師兄來自民間靠自己的實力打拚出來，根本就不知道佛世界的潛規則，以為憑藉自己能力，會站穩腳根呢。大師兄不知道能力不值多少錢，也不知道「不換觀念就換人」的道理呢！大師兄成了鬥戰勝佛，怎麼還是不改變自己的性格！

二師兄就不像大師兄，到底是在天庭待過的天蓬元帥，見多識廣，深明規則，從不和師父鬥嘴，師父說啥就是啥，還常講點笑話逗師父開心大笑。師父因了二師兄，路途上減去了很多寂寞，就是師父看到二師兄偷著藏幾兩碎銀子，偷懶不去化齋也不生氣。二師兄懂事體貼人，把師父伺候得舒舒服服，師父每次逢災遭難後見到我們仨時，第一個喊的人名就是八戒啊！雖然大師兄辛苦萬千，可師父不是打心眼裏喜歡大師兄。唉！大師兄能幹，可沒有二師兄活的滋潤。現如今，大師兄的佛地成為清水衙門，二師兄這個淨壇使者倒是富得流油，上香的、進貢的都得透過二師兄的關係找師父旃檀功德佛辦事呢！

師父是個大好人，可是他不分好歹，把妖魔鬼怪看成是好人，把好人當成了壞人，等到吃了虧才知道誰是好人誰是壞人。師父在大師兄除妖降魔後，從來沒有感謝過大師兄，一心感謝菩薩和如來佛的幫忙，他根本不知道好些災難都是菩薩和如來佛製造出來的。師父知道了大師兄為他做的事都是按照菩薩和如來佛的旨意做的，一心一意地感謝他們，根本就不領大師兄的情。師父對菩薩和如來佛那真是恭敬得沒法說，實實在在地吸取了以前做二徒弟時不聽如來佛說法，輕慢如來佛大教的教訓。見此，如來佛歡喜得不得了，菩薩也高興得直搖如意瓶。唉，師父的旃檀佛椅，正一個勁兒地往前挪呢！

沙僧我還是個老實人，五百羅漢裏佔不上屬。五百羅漢也要精簡到二百五，大概也要有我了。找師父，現如今師父忙著和如來佛觀世音等商議教育、住房、醫療費新三座大山問題，不好找了。電話都打不進去，就別提見面了。找大師兄，大師兄因為大鬧天宮和性格的原因，正不得煙兒抽。還是找二師兄吧，來上香上貢的人那麼多，正紅著，還有二師兄和師父關係不錯，給我說個話，或許會好使。不過，給二師兄送點什麼東西呢？

唉，這年頭啊！

話說沙僧等人的被貶

豬八戒，曾是赫赫有名的天蓬元帥，總督天河。他雖然沒有像林沖那樣掌管八十萬禁軍，也掌管八萬水兵呢。蟠桃會上，天蓬元帥多喝了點兒酒，致使荷爾蒙分泌過旺，對嫦娥動了一下情兒，沒造成什麼嚴重的後果。管著八萬兵的天蓬元帥，當時還沒有老婆，見著如花似玉、嬌豔欲滴、風情萬種的漂亮嫦娥，不動心才不正常呢！這個傻子卻不知道，對廣寒宮裏的嫦娥可以動心但不可以動手：那是廟上的豬頭，不是誰都可以吃的。說實話，按人間法律，天蓬元帥不該受到這樣的嚴懲，他沒有貪污天河府大筆公款，沒有「包養」天堂裏的小仙子們，沒有出現雇兇殺人之類的事。可那是天庭，玉皇大帝自己一個人執政，自己一個人說了算。結果，這位天蓬元帥就因了荷爾蒙而遭場天大禍：玉皇大帝先是打了天蓬元帥兩千錘，然後判了死刑。幸虧太白金星及時救了他一命，才到了人間。來人間不是造福，而是造孽來了。不過，玉皇大帝看不見，也沒工夫看見豬八戒造的孽。

沙僧，曾是捲簾大將，捲簾大將是啥，不過是個給玉皇大帝出來進去掀門簾子的人。可能掀得適中，掀得及時，掀得舒服，比如怕玉皇大帝撞了腦袋，常常用手給玉皇大帝擋著門框、擋著車門。玉皇大帝非常高興，於是親口封了個捲簾大將。一個掀門簾子的人，突然成了大將，那還了得。「腰間懸掛虎頭牌，手中執定降妖杖。頭頂金盔晃日光，身披鎧甲明霞光。往來護駕我當先，出入隨朝予在上。」人就怕得意，一得意就要出事，神仙也一樣。蟠桃會上，沙僧一不小心失手打碎了玻璃盞。這玻璃盞不知是個啥寶貝玩意兒，反正玉皇大帝看到了勃然大怒，立刻命令卸下沙僧的盔甲，官銜一擼到底，然後推到殺人場上。赤腳大仙苦苦求情，才打了沙僧八百下後貶到人間。這還不算完，還要七日一次，用飛劍來穿沙僧的胸脅百餘下。一個玻璃盞打了就打了，有什麼了不起。玉皇大帝怎麼就為了一個玻璃盞而使用了這麼兇狠的手段？按照犯錯誤的程度而言，豬八戒的錯誤要比沙僧嚴重，但受的懲罰卻為什麼沒有沙僧那麼重？沙僧對自己曾經的輝煌有一個直白的表述：「南天門裏我為尊，靈霄殿前吾稱上。」傻子沙僧一語解答了我的迷惑。南天門裏到底誰可以為尊？靈霄殿前到底誰可以稱上？封了個捲簾大將，就趾高氣揚、耀武揚威起來，為尊為上了？早已經看你不順眼了，正愁找不到個理由開了你這個大將，正鬧心沒法子洩去心中的那口怒氣呢。好，就用打碎的玻璃盞說話，就拿打碎的玻璃盞做藉口。

白龍馬，曾是西海龍王敖閏的兒子，因火燒了龍王殿上的明珠，他的爸爸就跑到玉皇大帝那裏表奏，告了忤逆之罪。看了表奏，玉帝一聲令下，這個倒楣的兒子，在空中被吊打了三百鞭子或三百棍子後，然後命令殺了。遇到了觀世音菩薩給他求情，才免了一死。火燒了一個明珠有什麼大不了的，就是龍王殿裏的獨家寶貝，還有比兒子的生命寶貴？這是按我們常人的情感來理解和判斷，龍王殿不是常人家的客廳或飯桌。明珠這樣被毀，沒法向玉皇大帝交代，即使龍王爺不在意兒子對自己尊嚴的挑戰，他也怕玉皇大帝來削他的腦袋瓜呢。不告兒子忤逆之罪，龍王自己就要遭遇忤逆之罪了，龍王能保證得了沒人向玉皇大帝告密嗎？涇河老龍王只因和人打賭，行雨時差了一點兒時辰少下了幾點雨，就被玉皇大帝割了腦袋。還說玉皇大帝，天堂裏啥寶貝沒有，為了一個破明珠都把人打了三百下了，至於還要把人殺死嗎？後來想，讓玉皇大帝發怒的不是明珠問題，而是忤逆這個詞所包含的深意。敢挑戰龍王的地位，不堅決徹底的殺滅掉，如何維護這個社會的穩定，如何保護堅決不能動搖的體制？如何堅持玉皇大帝的一帝統治？自然要堅決地打，堅決地殺了。

玉皇大帝懲治的辦法不外兩個，先打一頓，然後砍頭。如果有人求情，就貶到人間，在人間做惡還是做善，他就不管了。

蟠桃會是個什麼會

蟠桃會是個什麼會，誰都知道，用不著我多說什麼。不過，什麼事情就怕想，一想就容易明白其中的一些真相。所以有些人愛用這個思想、那個理論來武裝他人的頭腦、指揮別人的行動。想想王母娘娘用蟠桃來招待八方仙客的這個會，我就想蟠桃會到底是個什麼會呢？這些人就為來吃吃這些每年都見的桃子？

說蟠桃會，不能不說說蟠桃園裏的桃樹。園裏的樹就「有三千六百株：前面一千二百株，花微果小，三千年一熟，人吃了成仙得道，體健身輕。中間一千二百株，層花甘實，六千年一熟，人吃了霞舉飛升，長生不老。後面一千二百株，紫紋緗核，九千年一熟，人吃了與天地齊壽，日月同庚。」哎呀呀，不吃桃子，就是看看桃園也是一件美美的享受啊！別說孫悟空聽了歡喜異常，就是誰知道了有這樣的桃子，能不想吃它一口呢！有了這麼好又這麼多的桃子，估計玉皇大帝自己家人吃不了的，作為天宮第一夫人的王母娘娘，自然要用它來派派用場了。好吧，就像我們的這個節那個節一樣，就弄個桃子會出來了。

這一天，王母娘娘把平時不大打開的寶閣大殿門大敞開來，迎接八方仙客。那場面想像起來一定相當的壯觀，那七個穿不同顏色衣服的摘桃仙女都那樣俊俏，更不用說正式蟠桃會上捧花端酒的仙女是何等的模樣了，一定比奧運寶貝還靚麗還閃光。扯遠了，打住。請的都是什麼人呢？摘桃仙女告訴我們，請的是「西天佛老、菩薩、聖僧、羅漢、南方南極觀音、東方崇恩聖帝、十洲三島仙翁，北方北極玄靈，中央黃極黃角大仙、這個是五方五老。還有五斗星君，上八洞三清、四帝、太乙天仙等眾，中八洞玉皇、九壘、海岳神仙；下八洞幽冥教主、注世地仙。各宮各殿大小尊神，俱一起赴蟠桃嘉會。」一看，來參加大會的人，都是各行各業裏的頭面人物，以及頭面人物手下的得力幹將們，比如來佛手下的觀世音、羅漢等人。

就參加者來講，仙人已經長生不老，與天地同壽，還要吃這與日月同庚的桃子？所以他們肯定不是為吃個桃子而來，吃桃子只是個招牌。其實，孫悟空也知道蟠桃會不是個僅吃桃子的會，否則他也不會那麼在意玉皇和王母沒有請他。能否參加什麼會，往往代表了一個人的身分和地位，是否為那個層面所接受和恭敬。人們在意的不是那個會到底是個什麼會，而是自己的名分地位是否被那個體制承認、肯定。就像某些晚會，只是唱個歌露個臉嗎？而是晚會以後給自己帶來的名利效應，這是根本。孫悟空要參加的道理，也就在這裏。

就組織者來講，王母娘娘是天庭第一夫人。我們知道，無論什麼會都有個目的或主題。只是大多的這個會那個會沒什麼實質的深遠意義，不過是弄個由頭兒把各方面的重要人物都拉來，加深一下感情，擴大一點兒交際面。來的都不是一般人，那都是集團的代表人物，代表了所有不知道被代表的人。以天庭第一夫人名義來宴請客人，把八方重要神仙請來，開個桃子party，在這樣的party會上，聯絡感情、解決問題當然是最好的機會。夫人，夫人，乃夫之人，歸屬人是丈夫。王母娘娘的丈夫那是誰？玉皇大帝不是萬能的主宰，解決不了的問題，誰幫他解決？所請之人都不是玉皇大帝的手下，那不過是玉皇借王母娘娘，而王母娘娘借助一個小小的桃子來實現自己和各方緊密聯繫的一個目的。當天庭拿孫悟空一點兒辦法都沒有時，請如來佛去幫忙，正在法堂講課的如來佛立刻前往解決問題。沒有往年的交往和聯繫，沒有一個共同保護整個集團太平的目的，怎可這樣痛快前往。走夫人路線，有時比走其他的路線更好使，更簡便。

孫悟空把「每年請會，喜喜歡歡」的一個蟠桃大會攪得個稀哩嘩啦，幾個方面的重要人物，如佛家的觀世音、道家的太上老君，還有其他門類的重要人物立刻都跑到靈霄殿去了。觀世音菩薩看到「荒荒涼涼，席面殘亂」的場面後，見過玉皇大帝後，立馬派自己的得力助手惠岸行者前往觀敵掠陣，而惠岸行者在觀陣時，憤然上陣。孫悟空正孤軍與一個強大的聯合勢力集團奮戰。可憐的孫悟空根本不看，也根本不考慮這個蟠桃會蘊涵的各個集團的龐大力量。從參加蟠桃會的所有人來看，這無疑是向他們每一個集團發出挑戰。孫悟空的自由結束了，而災難從此開始了。你可以與一個人對戰，卻絕不可以向一個聯合集團挑戰，雖然他們時時有矛盾，但在關涉到他們的整體利益、地位、穩定時，他們會空前地團結在一起來對付你。不信，你去試試看。

如來佛解決了問題後，我們看到，王母娘娘引一班仙子、仙娥、美姬、毛女，飄飄蕩蕩舞向佛前，施禮曰：「前被妖猴攪亂蟠桃嘉會，請眾仙眾佛，俱未成功。今蒙如來大法鏈鎖頑猴，喜慶『安天大會』，無物可謝，今是我淨手親摘大株蟠桃數顆奉獻。」瞧瞧，多少美人啊！王母娘娘何必帶著這麼多靚女來拜謝如來佛呢！對一個佛家的最高領導者，還用女色歌舞來感謝嗎？所以對這個蟠桃會的實質內容，就有待深思了。

看看如來佛的言行

從《西遊記》裏知道，如來佛是佛家的最高領導者。在一百回的章節裏，這位領導者總計出現了六次，都是在最關鍵的時刻。因此，對於他每次出場的言行，筆者都格外地關注。

最重要的出場有三次，一次是第七回，他佛掌一翻將所向無敵的孫悟空壓在「五行山」下，顯示了如來佛的無邊法力；一次是第九十八回，唐僧到了他的地盤靈山拜見他，彰顯了如來佛的巨大威儀；一次是第一百回，在靈山給唐僧等人封賞，表明了自己真實的目的。

唐僧到達靈山之時，如來佛帶領他的八菩薩、四大金剛、五百羅漢等全套人馬在寶殿上召見了唐僧，並發表了一篇莊嚴神聖的重要講話：「你那東土乃南贍部洲。只因天高地厚，物廣人稀，多貪多殺，多淫多誑，多欺多詐；不遵佛教，不向善緣，不敬三光，不重五穀；不忠不孝，不義不仁，瞞心昧己，大斗小秤，害人殺牲，造下無邊之孽，罪盈惡滿，致有地獄之災。所以永墜幽冥，受那許多碓搗磨舂之苦，變化畜類。有那許多披毛頂角之形，將身還債，將肉飼人。其永墮阿鼻，不得超升者，皆此之故也。雖有那孔氏在彼立下仁義禮智之教，帝王相繼，治有徒流絞斬之刑，其如愚昧不明，放縱無忌之輩何耶！我今有經三藏，可以超脫苦惱，解釋災愆。」

這個講話，可是有著巨大的潛在意義，既說了東土你們那裏這不好那不好的理由，又說了造成這樣罪孽那樣罪孽的原因。同時指出這些罪孽誰都醫不好，治不得，只有我的「三藏經」語錄才是你們的大救星，能超度你們，解救你們。而我的目的就是為了消除你們的苦難，開釋你們的罪過，沒有任何的私心雜念，也沒有任何的個人目的。

如來佛統治的樂土，乃極樂世界之地也。到了極樂之地，唐僧感受到了極樂世界的「東一行，西一行，盡都是蕊宮珠闕，南一帶，北一帶，看不了寶閣珍樓。天王殿上放霞光，護法堂前噴紫焰。」（第九十八回）不過在這樣的世界裏，虔誠的唐僧也實實在在地哀傷了一回，滿眼垂淚道：「徒弟啊，這個極樂世界，也還有凶魔欺害哩。」他哪裏清楚極樂世界的真實？他哪裏瞭解他膜拜的如來佛是個什麼樣的佛？

真就像如來佛講的這樣的話，如來佛確實不愧是東土災民的大救星。可是到了第一百回時，如來佛一不小心暴露了自己心裏的目的：「聖僧，汝前世原是我之二徒，名喚金蟬子。因為汝不聽說法，輕慢我之大教，故貶汝之真靈，轉生東土。今喜皈依，秉我迦持，又乘我教，取去真經，加升大職正果，汝為旃檀功德佛。」這一番話的意思不過是說，你以前因輕慢我說的話得罪了我，我就如此地收拾了你這麼一頓。只有你遭了罪，才會知道我的手段厲害。而今，你認識到了自己的錯誤，也認識到了我的重要性，改正了就是革命好同志，在我手下繼續給你個官兒當當。這樣看來，如來佛也不過是挾公報私罷了。

如來佛在書中間出現的另外三次是：第五十二回，太上老君的青牛下界，他本知道情況卻和孫悟空打謎藏：「一傳道是我說他，他就不與你鬥，定要嚷到靈山，反遣禍於我也。」法力無邊威力無窮的如來佛，為什麼這樣做？為什麼不親自出面解決問題？第五十八回，孫悟空和六耳獼猴同到地府、天宮、觀世音處，誰都不能分辨真假，最後打到如來佛那裏。如來佛給觀世音等上了一堂他能遍識周天之物課後，命令手下人一起圍繞住六耳獼猴，他才用金缽把六耳獼猴扣住。如來佛此番言行把在場的所有人全都震住了。其實，他早應該把這個內情和處理辦法講給大家，即使不講給別人，也該講給自己的直接手下觀世音，何必讓悟空到處求告求助受了那麼多委屈之後再來他這裏解決這件事呢！為了顯示自己的權威？為了顯示自己解決問題的迅速？為了顯示自己的能力？第七十七回，如來佛的舅舅大鵬金翅鵰作怪，如來佛親自下界收服，然後許諾大鵬鵰：「我管四大部洲，無數眾生瞻仰，凡做好事，我教他先祭汝口。」別的妖怪可沒有這個好結果，別的妖怪可沒有這個優厚待遇！

歷經磨難的孫悟空曾說過這樣一句真言：「這都是我佛如來坐在那極樂之境，沒得事幹，弄了那三藏之經！若果有心勸善，理當送上東土，卻不是個萬古流傳？只是捨不得送去，卻教我等來取。」孫悟空說了真話，但不知道送和取所隱含的深意大不同，如來佛明白得很呢！如來佛被玉皇大帝請去收服了孫悟空，在天宮參加完為他舉行的「安天大會」後，回到雷音寶剎時，看到「三千諸佛、五百阿羅、八大金剛」等眾手下宏大的列隊接迎場面，得意地發表了一番演說：「……我與他（孫悟空）打了個賭賽，他出不得我手，卻將他一把抓住，指化五行山，封壓他在那裏。玉帝大開金闕瑤宮，請我做了首席，立了『安天大會』。」結果是「大眾聽言喜悅，極口稱揚」。一個人性味十足的如來佛躍然紙上了，一個人性十足的如來佛聽了「極口稱揚」不會面無表情，只會喜滋滋地回去休息了。

《西遊記》裏看到的如來佛，就是這樣一個人的形象，就是這樣一個領導者的形象。

九千九百九十六個和尚的生命告訴我

《西遊記》第八十四回裏，寫唐僧師徒四人到了滅法國邊境，觀音菩薩變成了一個老太太牽著個小孩子來見唐僧師徒，告訴他們：「前方的滅法國國王因前世裏結下冤仇，今世裏造孽。二年前許下一個大願，要殺死一萬個和尚。這兩年陸陸續續，殺了九千九百九六個無名和尚，只要等四個有名的和尚，湊成一萬，好做圓滿哩。」後來的電視劇《西遊記》改編得非常成功，變成了國王在夢中看到和尚誹謗了他，夢醒了就發誓要殺一萬個和尚。暫不提是什麼原因和尚得罪了國王。只來分析觀音菩薩的話。

觀音知道內情，也就是知道國王殺害的那些和尚是無辜的，也就是說，那麼多冤死的和尚，沒有任何被殺的理由。國王殺和尚是造孽，是違反天上和人間法令的。觀音菩薩瞭解情況，也知道誰對誰錯。那麼，為什麼要等到再殺四個和尚，才來解決這個問題，而且還要借孫悟空的手來辦理？殺一個，或十個，或二百個時，為什麼不來阻止國王的殘暴行為？

《西遊記》裏，造成唐僧四人一次又一次磨難的，基本上都是有後臺、有來頭的人。這是讀《西遊記》的人都明白的。為了弄明白，筆者又重新讀了這段內容。發現這個滅法國國王完全不是有後臺、有內幕的人。他和天上的任何一個神仙都沒什麼關係，也是個很平常的國王，也吃糧食，也喝水，也放屁。天上的任何一個神仙收拾這個殺人國王都是一碟小菜，不是什麼難事。不像鐵扇公主、牛魔王之類。如果要殺要剮，要處分要警告國王，不會有人來給國王講情，也不會包庇他的罪行。但他在殺了那麼多的和尚之後，居然一點事也沒有。照樣坐他的「賓士」，照樣吃他的美味，照樣統御他的國都。問題何在？

觀音菩薩說得明白：「殺了九千九百九十六個無名和尚，只要等四個有名的和尚，湊成一萬。」原來忍心看這麼多的和尚成新鬼，是因為他們是無名小輩。觀音來幫助唐僧他們四人渡過難關，平安到達西天取經，是因為他們四人是有名的和尚，他們四人是如來佛派出去的人。看來如果唐僧他們沒名，沒有來頭，也是難逃被抹脖子的命運。有名和無名，有來頭和沒來頭的區別，原來這麼大啊！都關涉到了生命的有與無，難怪有些人為出名而削尖了腦袋瓜，想方設法地製造新聞也要出名呢！因沒名，死了近一萬人，救苦救難的觀音菩薩都可以視而不見，都可以不慈悲了。其實，把一個殺了那麼多無辜之人的魔鬼幹掉，是最大的慈悲。可是神仙們有權力有義務管，卻沒管。

這麼多和尚被殺，是在兩年的時間裏「陸陸續續」殺掉，而不是一天或兩天殺死的。可見，觀音菩薩及天上可以懲治國王的人，完全有時間來及時制止國王的暴行，有時間來嚴懲國王的罪行。顯然，他們在縱惡。他們在利用國王的惡行，來替他們管制天下弱小無名的臣民，以使他們在天上安逸地生活。只有他們的人，在受到國王的侵害之時，才出頭管管。管了之後，並沒有把國王怎樣，繼續過他的國王的幸福日子。唐僧還給改了個非常好的國名「欽法國」，而且還祝願國王：「管教你海晏河清千代勝，風調雨順萬方安。」「九千九百九十六個和尚」白白地死了，這個弱勢的和尚群體為了成全有來頭的唐僧四人一難，湊了個沒用數罷了。無名的弱勢群體們的命運，就是這樣。

神仙也不高尚，也有私心，也有小心眼，也有不可示人的秘密。別把神仙想得那麼好，那麼襟懷坦白，那麼大公無私。關涉到了他們的利益，他們才會行動；動了他們的心頭肉，他們才會下手，而且還狠著呢！無名之輩的生命算什麼，乾草一枝。鳳仙郡的上官大人給玉皇大帝上供時，因和老婆生氣推翻了供桌。玉皇大帝就許了什麼雞啄盡米山、狗舔盡面山、燈焰燎斷鐵鎖的大願。結果鳳仙郡大旱三年，「十門九戶俱啼哭，三停餓死二停人，一停還似風中燭」。上官大人得罪了玉皇大帝，那裏的百姓並沒得罪玉皇大帝嘛。玉皇大帝卻來懲處無辜無名的小老百姓。

誰想做無名之輩？誰想做沒權力之人？天上地下，古往今來，瞧一瞧，看一看。

西遊的仙境經濟

從《西遊記》裏知道，仙境的仙神並不是喝風飲露而活，也是吃飯的。透過諸小仙下界前後的情況，知道仙境的經濟情況有著嚴重的問題。

上界的生產力很低，物質短缺。短缺的物質成為有政治地位的人才可以享用的特權，即生存資源的壟斷。在第五回裏，我們知道天庭的蟠桃是「前面一千二百株，花微果小，三千年一熟」，「中間一千二百株，層花甘實，六千年一熟」，「後面一千二百株，紫紋緗核，九千年一熟」。如此的生產週期，導致天上的人們不能都吃到應該吃到的東西，只能讓那些有地位的不一般的仙人來吃這些特權果子。沒有特權的底層仙人，就只能望桃興歎了。那些不一般的仙人，已經是成仙得道、霞舉飛升、長生不老，完全不必再吃這個蟠桃，但還在壟斷這個吃桃子的特權。無論孫悟空進天庭做了弼馬溫，還是當了有官無祿的齊天大聖，還都是底層人，是被奴役被使用的平民階層。所以，當蟠桃、御酒、仙丹等被特權階層獨佔的緊俏物質，被一個「未入流」的孫悟空等「偷」「竊」著享用時，致使壟斷階層裏的所有人惱怒，團結一心地來對付孫悟空這個「未入流」者。其實，不只孫悟空來到天界偷東西吃，天界裏偷盜者甚多，第九十回裏太乙天尊手下的獅奴在甘露殿見了一瓶酒，就偷喝了這「輪回瓊液」。可以看出被特權階層所獨佔的東西，從物資的數量上看，是極其稀少而不是極大豐富。因此，讓不甘於自身卑微地位的人覬覦特權階層的特權。特權的好處是如此的讓人渴望，又是如此的誘人去一嚐，當沒有正常的管道來滿足人人都該享有的權利時，當由特權造成的貧富差別明顯化時，那麼劣勢一方就要想辦法來解決了。《管子》第五十三篇裏，有這樣一段話：「利之所在，雖千仞之山無所不上，深源之下無所不入焉。」阿道夫・希特勒曾說：「經濟學是第二位的，世界歷史告訴我們，沒有人因為在經濟學方面的成就而成為偉人，相反，很多人因為經濟學而滅亡。」由經濟問題太容易演化成了政治問題了。

仙境的供給、貧富存在巨大問題，沒有地位的小仙的生存權受到威脅。托塔李天王的乾女兒金鼻白毛老鼠精曾在「靈山偷食了如來的香花寶燭」，餓成了什麼樣子才去偷這寶燭去吃？還有大鵬金翅鵰被如來逮住時，他說：「你那裏持齋把素，極貧極苦；我這裏吃人肉，受用無窮；你若餓壞了我，你有罪愆。」如來倒是蠻好的答覆了他這個舅舅：「我管四大部洲，無數眾生瞻仰，凡做好事，我教他先祭你口。」有如此地位的大鵬金翅鵰，都擔心餓壞了，他者該是什麼樣子？而看如來佛的答覆可以知道，這個大鵬金翅鵰成了一個特權階層，屬於不會挨餓的富裕一族。

上界的供給，主要靠下方的供奉「香火」，而供奉給的人都是有地位、有權力的首腦級人物。「香火」本不是每天都有的，物質短缺的條件下，他們手下的小仙們的衣食，就要受到限制，或說威脅。「民以食為天」，諸小仙也得吃飯。一方吃著供奉的甜美香辣等「香火」，一方最多吃點主人吃剩的殘羹冷炙，那些「未入流」裏的「未入流者」就要為衣食而憂了。極大的貧富差距，自然會造成「未入流者」對特權者獨佔物資資源的不滿，當他們沒有足夠的能力來抗衡或造反獨佔者的壟斷霸權時，拿著寶貝逃就是他們要走的最好一條路。所以，一有機會上界裏的下層小仙們就離開自己的主人，來到人間為怪為妖，肆無忌憚的享受一把做主人的滋味。他們在政治上被主人牢牢地死死地統治著，在經濟上沒有自我保障的情況下，決定了諸小仙在上界不能安分自己的位子。那些沒有機會和能力逃出的，只能繼續著自己的悲苦命運。管子在〈治國〉篇裏，有這樣一段話：「凡治國之道必先富民。民富則易治也，民貧則難治也。悉以知其然耶？民富則安鄉重家；安鄉重家，則敬上畏罪；敬上畏罪，則易治也。民貧則危鄉輕家；危鄉輕家，則敢陵上犯禁；陵上犯禁，則難治也。故治國常富，而亂國常貧。」一個到處呈現偷盜現象，一個不時出現不畏禁律逃離的地方，絕不是一個富庶之國，安樂之邦。

在遇到唐僧之前，下界的妖怪以吃人肉來果腹，為何一定要以吃人為生？如捲簾大將沙僧到了流沙河，「三二日間，出波濤尋一個行人食用」；天蓬元帥來到人間，「佔了山場，吃人度日」；玉皇大帝的侍衛奎木星下界「夜裏吃了一個宮娥」；太乙天尊的九頭獅子到了人間就禍害人，等等不一例舉。到人間的妖怪，個個都是以吃人來滿足欲望的魔鬼，何以如此的目標明確，看法一致，行動相似？他們該是太饑餓了，太貧困了！餓鬼要比鬼更加的野蠻暴戾。

玉皇大帝見到被羈押回到天庭的自己的侍衛奎木星時說了一句話：「上界有無邊的勝景，你不受用，卻私走一方，何也？」這句話和晉惠帝說的那句「何不食糜」，真是如出一轍。可知玉皇大帝知道多少仙間之疾苦？知道多少仙境之經濟問題？奎木星說他下界的原因是披香殿侍香的玉女欲和他私通而到人間，那又何必吃「宮娥」？景色當不了飯吃，更當不了愛情，奎木星知道在上界要了愛情，飯碗子就沒有了，下界兩者可兼得，何樂而不為？

仙境的經濟狀況讓諸小仙們，在下界造了好多的孽。也許這是他們最好的選擇，但對塵世百姓就是一場場災難了。

為何紛紛離開天界

天界是個極樂世界，無我輩生活之艱辛，無我輩還貸之苦惱，更無我輩就醫上學之重負，為什麼要逃離這個極樂世界，奔向被如來佛主稱為「罪盈惡滿」的南贍部洲這個萬惡的地方。思來想去，想來思去，就是下面的幾點。

天界到底是不是自由快樂的地方？天界是個好地方，每天都是好日子，這樣的話不能由玉皇或王母說了算。天上真的那麼好，就不應該有偷跑的現象，更不應連自己的女兒都欣然離開到人間留學、戀愛、結婚的事情。七仙女在天庭所享有的權利與待遇，哪裏能差？怎麼就那麼歡天喜地離開天庭呢？豬八戒為什麼對高老莊的留戀遠遠大於對天庭的眷戀？似乎不只是對高翠蘭的荷爾蒙原因。失手打碎了玻璃盞的沙僧即刻被推到殺人場，赤腳大仙苦苦求情，打了八百下後貶到人間還不算完，還要七日一次，用飛劍來穿沙僧的胸脅百餘下。這是天堂嗎？我還以為是希特勒或商紂王幹的呢！西遊裏那些著名者的坐騎和親信為什麼逃跑？而且樂不思蜀？他們手中都偷走了主人的寶貝，假使主人庫房裏有大摞的鈔票和秘聞，也定會變法弄出去。所以妖精們逃走，只能說明兩個問題，一個就是逃去的地方一定很自由很美好，事實也是如此，因為妖精們逃離後的日子憑著偷走的東西，確實活得很滋潤。第二個就是逃離的地方很不好。真像如來佛主報告裏說的那麼好，就不會有那麼多人時刻準備離開。記得孟德斯鳩說過：「不允許人們隨意出國的慣例，發源於專制主義。專制主義將臣民當成奴隸，出國之人則是逃走的奴隸。」那麼這些逃離的妖怪，就是天庭的奴隸，而奴隸不是自由快樂的。

天界到底是不是一個公平公正的地方？西遊的天庭裏，這是個十分極權的社會，也是倚強凌弱以權欺人的世界。在第四十三回裏，被搶奪了「衡陽峪黑水河神府」的河神曾磕頭滴淚對孫悟空說：「那妖精舊年五月間，從西洋海趁大潮來於此處，就與小神交鬥。奈我年邁身衰，敵他不過，把我坐的那衡陽峪黑水河神府，就佔奪去住了，又傷了我許多水族。我卻沒奈何，徑往海內告他。原來西海龍王是他的母舅，不准我的狀子，教我讓與他住。我欲啟奏上天，奈何神微職小，不能得見玉帝。」黑水河神府也是堂堂玉帝管轄之地，一個小小的沒有神職的鼉龍何以如此大膽搶奪神府？如果黑水河神遇到的不是與最高首腦有聯繫的悟空，那麼將永無伸冤之日。黑水河神尚且如此，小民們將何以堪？龍王敖順不准狀子，還讓人家無償讓與他，那麼這樣一個體制，也就是在無形中鼓勵做妖怪行壞事。第四十九回裏，老黿道：「大聖，你不知這底下水黿之第，乃是我的住宅，自歷代以來，祖上傳留到我。我因省悟本根，養成靈氣，在此處修行，被我將祖居翻蓋了一遍，立做一個水黿之第。那妖邪乃九年前海嘯波翻，他趕潮頭，來於此處，仗逞兇頑，與我爭鬥，被他傷了我許多兒女，奪了我許多眷族。我鬥他不過，將巢穴白白的被他佔了。」一個佛界聽經者（觀音的金魚），對於佛經的理論定會有深刻的理解，為什麼要做出搶佔人家祖宅、傷人妻兒的事情，而且要藉著偶然事件？如果天界真如言說的那樣，那麼也就不會再三出現這樣的事情。

天界到底是不是一個光明正大慈悲的地方？天庭應該是通透而陽光的地方，所運行的事情應該是光明正大，絕不應是黑暗而見不得陽光。作為玉皇大帝更應如此，然而玉皇做事不僅獨斷，而且也不時製造陰暗，為鳳仙郡設下的米山、面山、燭火燒鐵鏈，真讓人懷疑他是個心理陰暗者。唐僧被獨角兕青牛逮去，悟空求到門下，如來佛對悟空玩的那套把戲，小家子氣透頂。觀音做法更讓人費思量，缺看山的，還是缺善財童子，就應用慈悲主義來感化他們心悅誠服地走入佛家世界。黑熊精與紅孩子進入佛家世界，那是強權與暴力的結果。「這妖精已是降了，卻只是野心不定，等我教他一步一拜，只拜到落伽山，方才收法。」孫悟空進入佛家世界以及被戴緊箍，也是以暴力欺騙的手段實施運作。這讓我想起：「暴政開始時往往是緩慢並軟弱的，最後卻迅速而猛烈。它最初只是伸出一隻手來援助他人，後來卻以無數隻胳膊來壓迫別人。」（孟德斯鳩）如此地「招錄」體制內工作人員，第一，光明正大嗎？第二，如此的體制內人員去「超度」他人會是什麼結果？

在一個沒有公正公平、沒有自由安樂、沒有光明慈悲的地方，有機會又有能力利用自己掌握的資源，來讓自己，也讓子女親人到自由快樂的地方，他們能不紛紛從天界離開嗎？紅孩子這個「牛二代」極可能就是利用父母的妖魔權力，來到了火雲洞。

西遊裏的「司機」們

「疇昔之羊，子為政，今日之事，我為政。」這句話來自《左傳・宣公二年》，即現在的成語「各自為政」的出處。春秋時，諸侯爭霸，宋國派大夫華元為主帥。在作戰前，華元為了鼓舞士氣，殺了羊犒賞三軍。在分肉的時候華元沒有賞給為他駕車的車夫羊斟，羊斟因此懷恨在心。宋鄭兩國開戰時，華元正坐在戰車上指揮作戰，羊斟對華元說了上面的話。意思是前日（疇昔）犒賞羊肉，你說了算；今天趕車之事，我說了算。於是，羊斟就把戰車趕進了鄭國陣地，結果華元因為自己的司機而當了戰俘。我不知道這個故事有多少人知道，但我由此知道重要人物的司機很重要。現今，我對於司機的瞭解只限於偶爾坐坐計程車，但對西遊裏的主要人物的座駕——司機們，就比較熟悉了，所以想到了這個歷史上真實的羊斟華元故事來做文章的開頭。

獅猁王，就是烏雞國假國王，把真國王推進井裏的那位。他是文殊菩薩的一個被閹割的青毛獅子，實力還算將就，而文殊菩薩的另一個司機獅駝嶺的老魔就相當的厲害。看來司機的水準確實不一樣，有待遇高的，有待遇低的，有被閹割的，有不被閹割的。或許被閹割是獅猁逃跑離開文殊菩薩的主要原因吧，好在青毛獅子到了基層當了一方之王。曾有人說獅駝嶺的獅子是不是也是這隻，我仔細看書發現，肯定不是，因為他們的實力水準很不同，還有一個被閹了，一個卻沒有。細想，不會只有一個司機來伺候文殊菩薩這麼重要的人物。如此重要的人物，有夜班司機、白班司機、替班司機的可能性很大。佛界司機的數量也和秘書的數量一樣，代表一個人的身分吧！

獨角兕大王青牛，乃太上老君的司機。這名司機不論能力或是兵器都著實厲害，是孫悟空最難拿下的一個山頭，因而成為響噹噹的人物。他的「圈子」打遍天下無敵手，悟空的直直棍子在青牛的圓圓圈子面前無能為力，確是直不如圓，真不如假。或因了太上老君和他的金剛琢，或因了老君只有他這麼一個司機的緣故，青牛司機十分傲慢而自得。事實如此，如來得知他拘押自己的徒弟唐僧，也不得不給太上老君面子。西遊裏這段用了三個章回，而南極壽星的司機白鹿只用了一個章回，看來司機的厲害程度與他的主人厲害程度成正比，但不知如來的司機會是誰？

賽太歲金毛猻，觀音菩薩的司機。在第七十一回中，觀音說：「他是我跨的個金毛猻。因牧童盹睡，失於防守，這孽畜咬斷鐵索走來。」這個司機很弱智，也很窩囊，不像觀音蓮花池裏的金魚那麼聰明智慧，利用漲潮乘機出遊享樂。他拐跑朱紫國王的金聖娘娘做壓寨夫人，人家卻穿了紫陽真人的毒刺棕衣，三年不得近身，結果白忙活一場。觀音的話可看出觀音等神仙機構存在嚴重的管理問題，太上老君的看牛童也是因睡著了，讓司機有機可乘去做了壞事。牧童睡著了這個理由，似乎也表示罪不在主人，而在僕人沒有認真工作。

白象，《西遊記》中是普賢菩薩的司機。文殊和普賢兩菩薩認識，他們的司機也註定會在菩薩們談經時在一起聊聊天氣秘聞什麼的。一個司機偷跑享榮華富貴，另一個極可能求助加入。白象似乎就是這樣下凡的。在獅駝嶺獅駝洞，老大是文殊菩薩的司機，老三大鵬金翅鵰是如來的親戚，老二白象這個司機沒啥表現，基本上處於幫腔和調的角色。比較而言，也許是食草動物，深知「肉食者鄙，未能遠謀」的道理，白象對唐僧肉有些淡定，或許也因為普賢菩薩不太著名。

白鹿精，南極壽星的司機。白鹿是乘主人下棋時跑出去的，主人娛樂時，自己也要娛樂一下。於是，白鹿到了比丘國地界找了白面狐狸女，他的本事與經驗相當稚嫩，他打得過打，打不過跑，這可能與他給南極壽星開車時間比較短有關。他的行為也有點癟三：第一，欺凌對象不過是最最下層的「土地」。第二，用自己的老婆去迷惑國王來換自己的好事，送自己一頂鮮綠的帽子，好在還有國丈這個華麗字眼來「精神勝利」。當南極壽星老兒手摸著鹿頭說：「好孽畜啊！你怎麼背主逃去，在此成精！如不是我來，孫大聖定打死你了。」如此語重心長，請你細品品！

九靈元聖即九頭獅子，是太乙真人的司機，他在所有的司機裏面是最超凡脫俗的，只是在親情上很重感情。他的水準還不錯，一口就將八戒沙僧唐僧以及玉華國王父子擒來，只用柳棍鞭子抽打來為乾孫子們出氣。九靈元聖是司機中唯一被打的人，「旁邊跑過獅奴兒，一把撾住項毛，用拳著項上打彀百十。」太乙真人沒有阻止，原來這個九頭獅子得罪了小秘書獅奴兒：「口裏罵道『你這畜生，如何偷走，教我受罪』。」看來秘書地位無論在哪裏永遠都要比司機高！九頭獅子只好受著了。

犯了錯誤的這些司機們被他們的主人一一領回，雖然罪孽深重，卻都安然無恙。書裏觀音菩薩曾對悟空說：「悟空，你既知我臨凡，就當看我分上，一發都饒了罷，也算你一番降妖之功。若是動了棍子，他也就是死了。」我接下來說：「他死了沒關係，但你打的是我！」

羅剎女的芭蕉扇

《西遊記》裏大多數妖怪的獨家寶貝都有來歷，要麼是偷的，要麼是搶的，就兩個人的寶貝如何得來作者沒有交代，一個就是大鵬鵰的陰陽二氣瓶，一個就是羅剎女的芭蕉扇。陰陽二氣瓶我在別的篇章裏已經說過了，今天只想說說芭蕉扇。

在五十九回裏，悟空被羅剎女一扇子扇到靈吉菩薩那裏，靈吉菩薩這樣告訴悟空：「芭蕉扇本是昆侖山後，自混沌開闢以來，天地產成的一個靈寶，乃太陰之精葉，故能滅火氣。」可以知道，芭蕉扇產於昆侖山，當屬昆侖山主人，而昆侖山是誰的山呢？在《西次三經》和《海內西經》裏，皆曰昆侖山為「帝之下都」，這個帝便是玉皇大帝。也有傳說，昆侖山的仙主是西王母，而西王母就是傳說中的王母娘娘。這就有一點兒眉目了，下都畢竟也是都，玉帝也是經常要去的，不用像宋徽宗那樣鑽地道去回李師師。牛魔王都有一個「二奶」玉面公主在洞裏千嬌百媚，玉帝的七個女兒未必都是王母娘娘一人所生，有幾個私生子也屬正常！

鐵扇公主的本名叫羅剎女，在《慧琳意義》裏，「羅剎，此云惡鬼也。」而「男即極醜，女即甚姝美，並皆食啖於人。」可見羅剎女是一個吃人肉的美麗妖女子。不怕女子美，就怕女子妖，一妖就要出事情。出場前羅剎女都做了什麼不曉得，亮相後可是利用獨家的扇子索取了人間不少的東西：「我這裏人家，十年拜求一度。四豬四羊，花紅表裏，異香時果，雞鵝美酒，沐浴虔誠，拜到那仙山，請他出洞，至此施為。」物質被勒索，精神被洗化的所求之人還要走「一千四百五十六十里」的路程，可謂千里迢迢。好在羅剎女當初定好的價碼始終沒有變，而不是以此作為壟斷，逐年加高翻倍。

羅剎女修得人身，說明以前不是妖怪，就是魔鬼，後面的書裏知道？她是修得的？而不是天註定，也必將被天拋棄。我們的牛魔王沒問羅剎女她的扇子到底從哪裏得來，又是如何得來，為什麼就給羅剎女而不給別人？也許不是糊塗蛋的牛魔王也知道潛規則，扇子的來歷不能探問也不可追究。我們知道羅剎女為牛魔王之妻，「不是放得開的那種人」，也「不是亂來的人」，一個人孤獨地在翠雲山芭蕉洞裏守著一個扇子過日子。不過，也是無奈，要是有個平臺，想來羅剎女也不會這樣寂靜無聲地活。

羅剎女的好日子還是變了，因為牛魔王「倒了」。來消滅牛魔王的主要人員是如來佛的四大金剛，配合四大金剛的是托塔李天王和兒子哪吒。引起我重視的是哪吒父子的出馬，是佛主的使命：「愚父子昨日見如來佛，發檄奏聞玉帝。」為什麼要奏聞玉帝？牛魔王和羅剎女在人間逍遙了這麼多年，玉帝本可以派托塔李天王父子從快從速地來剿滅，其中是否藏有什麼貓膩？是否有什麼關涉？是否有什麼不可為外人道也的秘密？書中沒有交代，不可胡亂猜忌，更不可隨意妄論。不能以世間的事情來評價天界的事情，天界的事情，就像我們能看得見一個人從哪個門登上舞臺，但不能知道晚上在什麼人的床上睡覺一樣。

羅剎女在「拜謝了眾聖」後，她「隱姓修行」去了。為何要隱姓呢？後來又想，為何羅剎女苦苦地求孫悟空要回那個已經沒有任何使用價值的芭蕉扇？或許是個憑證，大概就像宋徽宗給李師師的一個什麼寶貝玩意吧！

姑妄言之，姑妄言之。為一樂也！

如來的兩個「秘書」

西方高級領導如來佛的手下，可謂千軍萬馬，人才濟濟。最著名的部下就是馳名中外的觀世音，但我今天要說的不是如來的重點部下們，而是他的兩個小秘書。這兩個小秘書比較著名，那就是阿儺和迦葉。

在佛世界，迦葉與阿儺兩個人為常隨侍者，兩人似乎「當伺者達二十五年」。走進寺廟參觀，人家告訴我站在如來佛左右的兩個人，就是阿儺與迦葉。

如來前往天庭幫助玉皇大帝鎮壓天庭造反者，當時手下諸佛遍地都是，可是一個都沒帶，只喚阿儺和迦葉兩人跟隨。這麼重要的一件外交大事，如來何以只帶了這兩個小跟班呢？

如來徹底剷除天庭造反者孫悟空，取得絕對性的偉大勝利後，玉皇舉行了一場空前絕後的慶功「安天大會」。誰該座主席臺，誰該坐前三排，進行了書裏的「調設各班坐位」。各路人馬在自己的利益又得保障，地位免受威脅，復歸穩定統治秩序和特權的共識下，諸仙們紛紛前來感謝如來的豐功偉績。在吃過、喝過、歌舞過後，壽星老第一個奉上「紫芝瑤草，碧藕金丹」，接著諸神仙紛紛將自家的珍寶一一拿出來奉獻給如來，如來佛也毫不客氣地「叫阿儺、迦葉，將各所獻之物，一一收起」。孟德斯鳩說得真對：「專制的國家有一個習慣，便是不管對哪一位上司均不能不送禮，即使對君王也不例外。」這些禮物，肯定不會是地瓜土豆芸豆什麼的。此時，如來佛主，可謂是名利雙收，滿載而歸，阿儺與迦葉也做了一次免費東方旅遊。到了此時，我方醒悟，為什麼只喚阿儺與迦葉兩個人跟著了。

在西遊第九十八回裏，迦葉與阿儺明目張膽地向唐僧索賄要「人事」，孫悟空對此進行堅決抵制。到底是身處佛界，到底是佛主的秘書，對悟空要向領導告自己狀，毫無恐懼且凜然鏗鏘：「莫嚷！此是什麼去處，你還撒野放刁！到這邊來接著經。」不要以為如來批示的事情就一定好辦，宰相家的門房收了禮，才會順利通報呢！得了「白紙板兒」的悟空，強烈要求如來對兩個小秘書「赦罪」，如來給悟空的答案讓人絕望：「向時眾比丘聖僧下山，曾將此經在舍衛國趙長者家與他誦了一遍，保他家生者安全，亡者超脫，只討得他三斗三升米粒黃金回來，我還說他們忒賣賤了，教後代兒孫沒錢使用。」一詞語與他在迎接唐僧到來時的講話：「我今有經三藏，可以超脫苦惱，解釋災愆。」一又是多麼的矛盾。念了一遍經，就要了三斗三升米粒黃金，趙長者家是什麼人家？趙長者家有多少的錢財？舍衛國裏的人家大概都是與和珅家比肩的吧？否者，這樣的誦經費用誰能承受？不能承受費用，就不能聽他的三藏真經，那麼對眾多的貧頭百姓家來講，就不是超脫苦惱，而是無形中製造痛苦，創造災愆。另一方面，如來的政策，便是先富起來的人家，先超脫了苦惱，先解去了災愆，但不管其採用什麼辦法富起來，常理是邪惡與腐敗無疑比勤勞致富容易的多，也迅速的多。讀至此便為悟空一哭，剛正直率的悟空無異於向一個巨貪狀告他的小貪手下。對此，阿儺、迦葉公然索賄，就不值得奇怪了。

「二尊者即奉佛旨，將他四眾領至樓下，看不盡那奇珍異寶，擺列無窮。只見那設供的諸神，鋪排齋宴，並皆是仙品、仙肴、仙茶、仙果，珍饈百味，與凡世不同。」讀至此處特坦然，更無迷惑，被索要去的紫金缽盂，也是凡間的一個稀世珍寶。

著名的文殊菩薩曾經讚歎阿儺，說他「莊嚴、多聞」，又說他「相如秋滿月，眼似青蓮華，佛法如大海，流入阿儺心」。怎麼看怎麼都像在拍領導家寶貝兒子的馬屁。也是，誇人家的秘書長相俊，水準高，自然就等於讚美了人家領導者的水準。我們知道「打狗看主人」，其實也可以把第一個字變成「誇」字。

我們都知道一個禪宗故事：如來拈花，迦葉一笑，而成「拈花一笑」。這個不離左右的侍者，該知道如來多少的事情啊！心中都不用長什麼「靈犀」，更不用什麼言語「一點」。一切「一笑」便全部搞定，善哉，善哉！在佛教裏，佛祖涅槃後，迦葉成為「初祖」，統領廣大佛家弟子，迦葉圓寂後，阿儺繼承迦葉率領徒眾宏揚佛法，被後世尊成為「二祖」。這是阿儺與迦葉的一個故事。

寫至此，我無言。道一聲，阿彌陀佛，善哉，善哉！

六耳獼猴與黃眉老佛

六耳獼猴和黃眉老佛兩者沒有什麼關係，可我把他們放在了一起，因為他們的願望都是想到西方取到真經，而成正果。他們兩個有這樣的願望沒過錯，也沒罪過，他們的過錯在於藉錯了實現願望的載體，而他們所藉這個軟弱又強大的載體讓他們一個失去了生命，一個失去了自由。

六耳獼猴是個了不起的猴子，「能知千里外之事；凡人說話，亦能知之。故此善聆聽，能察理，知前後，萬物皆明」。有了這樣的本事，不懼怕和他的對手到南海觀音處、幽冥地府、人間、天庭，乃至西方佛祖聖地，大膽而無畏地搏擊了多次。每次看到關於六耳獼猴的那集電視劇，都為他的悲壯行為，而大生感歎。

「我打唐僧，搶行李，不因我不上西方，亦不因我愛居此地；我今熟讀了牒文，我自己上西方拜佛求經，送上東土，我獨成功，教那南贍部洲人立我為祖，萬代傳名也。」六耳獼猴為了他這個美麗的「萬代傳名」，把自己的小命搭了進去。

六耳獼猴完全有機會逃脫自己的悲劇命運，可他沒有逃脫。地藏菩薩的手下人諦聽是個只要趴在地上，就能知道天上、地下、人間所有事情真相的小獸。他說的「佛法無邊」，就已經告訴了孫悟空和六耳獼猴，在那裏能見分曉。而六耳獼猴在和孫悟空同時說了「說的是！說的是！我和你西天佛祖之前折辨去」後，完全有機會逃脫為什麼不逃？沙僧見到六耳獼猴時就告訴他：「取經人乃如來門生，號曰金蟬長老。只因他不聽佛祖談經，貶下靈山，轉生東土，教他果成大業，復修大道。」雖然不聽話的弟子變了模樣，但弟子扒了皮，碾成灰，佛祖他也能知道哪個是他的弟子，哪個不是他的弟子。可憐的六耳獼猴不去想這個問題，反而一往直前的奔到那裏，精神是可嘉，不過代價十分慘重。

這一以生命為代價的目的，不過是到如來佛那裏取得真經，讓自己成名，又造福南贍部洲的大唐子民。其實，誰去取來三藏真經有什麼關係，目的不都是一個嘛！這總讓我想起一句話：「不管黑貓白貓，抓著耗子就是好貓。」看來，這個話不是真理，而應改成：「能抓耗子又被我喜歡的自家貓，才是好貓！」不說貓論了，還是回到真假悟空上來。在《西遊記》第五十八回裏，如來佛把這件事總結為孫悟空和唐僧之間出現了二心，才導致了六耳獼猴的出現。要說豬八戒有二心，還能讓人相信，因為他動不動就要分行李回高老莊、買棺材葬師父。孫悟空可是披肝瀝膽、一心一意保師父去西天取經，對這樣一個人說他有二心，未免讓人不服氣。從如來佛的教育人的方式來看，不過是找個茬兒來教育警告這個自以為無所不能的孫悟空，看你敢有二心！讓你知道天上、地下、人間，觀音他們都一籌莫展的問題，我一缽就解決了！在專制獨裁的國家裏，我們知道威嚴是在無情懲治他人的基礎上建立起來的，那麼在佛家的體制內，是不是也是這樣呢？

真對如來佛的「人有二心生禍災」說，我想說的是不生二心，難道就沒有禍災了嗎？歷史上那麼多忠心的臣子，那麼多無限忠於一個人的人，甚至都在用一個人的腦袋去思考問題，用一張嘴去說話的年代，災禍不也是連連不斷嘛。颳風下雨等自然災害且不論，人為的災禍是因為二心而來嗎？事實上恰恰是因為太一心了。對人精神和肉體造成的災禍，哪一個不是人為地製造的？《西遊記》裏的八十個劫難有幾個不是人為的？八十個劫難還不滿意，又讓觀世音掐指再添一個。這不是磨練人，簡直是虐待狂！對待唐僧和孫悟空這樣將取經作為至高無上的理想，並為之而傾盡心血和年華的忠貞戰士，採用這樣的手段，不是齒冷，而是讓人顫抖。更讓人驚心的是，不是誰都有這樣的資格來承受這樣殘忍的折磨和虐待。六耳獼猴，你有這個美好的取經理想，但我不用你，因為你不是我們隊伍裏的人兒，你也不是我們需要的那個人兒。所以，六耳獼猴事件昭彰的絕不是二心的問題。六耳獼猴想依靠自己的本事做成事情，太不懂期間的道理了。

說了半天六耳獼猴，該說黃眉老佛了，他是彌勒佛面前的一個司磬黃眉小童兒，他偷了彌勒佛的三樣東西來到人間。天上的東西，一到了人間就是非凡的寶貝，即使天上的狗屎，到了人間也要成為靈芝仙草了。偷了三樣寶貝的黃眉小童兒，完全可以在人間多做幾天惡，從而多享幾天福，可他要成佛：「我去見如來取經，果正中華也。」和六耳獼猴說的一樣，只是他的腦袋裏比六耳獼猴的腦袋進的水多。誰去取經，什麼時候到達，什麼時候遇美女，什麼時候遇妖怪，什麼時候收徒弟等等等等，領導都一手一手安排得妥妥帖帖，在彌勒佛跟前待了那麼長時間都不清楚，還想修成正果，真是個小二愣崽子。

唐僧是誰？唐僧背後站著的是誰？黃眉老佛偷來的「人種袋」也好，「敲磬的槌子」也好，扣人的「金鐃」也好，裝小嘍羅可以，錘打好人可以，扣孫悟空也可以，唯獨對唐僧不可以。這是他倆共同失敗的所在。取經修成正果，是美好的，也是善良的，可量身定好的模子，豈能容他人染指。這還不是他倆最可悲的所在。

可悲的是他們被一種榮譽所毒害：都想通過取得三藏佛經來獲得留名千古永垂青史。如來佛拋出一個三藏經，導引更多的人去仰視這個已經有主顧的榮譽旗子。他兩個人實實在在是被那吹得嘩啦啦的旗子聲所迷惑，完全可以說是被忽悠了一次。殊不知，一個個大小不一的榮譽不過是體制內拋出的一個個大小不一的帽子，它不過使你在榮譽的光環下，失去自我，毀滅自我，為其盲目地宣傳。有一段時間弄不懂孟德斯鳩的話：「榮譽如何可以被暴君所容忍呢？它以輕視生命為光榮，但暴君之所以擁有權力正是由於他能掠奪他人之生命。榮譽又如何能夠容忍暴君呢？榮譽有其遵循的規律和固定不變的意志和欲望，而暴君無任何規律，其無常的意志和欲望毀滅了其他所有人的意志和欲望。」

通過六耳獼猴和黃眉老佛，我讀懂了！

「陰陽二氣瓶」的內裏乾坤

西遊記裏寫了很多神仙妖怪手中的寶貝，讓我最感興趣的要數大鵬金翅鵰隨身的「陰陽二氣瓶」。大鵬金翅鵰這個「二尺四寸高」的寶貝玩意兒到底是個什麼樣子筆者不太感興趣，但這個寶貝玩意兒非常獨特的作用，倒是讓我思了又思，想了又想。

「陰陽二氣瓶」就像孫悟空手裏的金箍棒一樣要大能大要小能小，且能「把人裝在瓶中，一時三刻化為漿水」。化成漿水的原理是該瓶有「陰陽二氣之寶，內有七寶八卦，二十四氣」。這個瓶子更加特殊的功能是「假若裝了人，一年不語，一年蔭涼；但聞得人言，就有火來燒了」。每讀此處，筆者的脊樑骨就嗖嗖地往外冒涼氣，這個瓶子太陰險，也太陰毒了。

原來在這樣的瓶子裏，不能說話，安安靜靜地待著，結果年年都是「蔭蔭涼涼」，天天都是「歡歡樂樂」的好日子，絕不受「煙火」「毒蛇」之酷刑，幸福指數相當高地生存著。無論你遭遇多大的傷害，無論你怎樣的被欺詐，無論你怎樣的被蒙蔽，只要你說了話，即使一個字，那就全完了。人在一個人的時候，也要說話，不說話，也要寫個日記什麼的。這個瓶子將一個人對自己說話的權利都扼殺了。我們的悟空哥低估了這個瓶子，也低估了那個隱藏起來的陰險毒辣製造者或擁有者。在昏暗的世界裏，誰能不自言自語，誰能不說一個字？悟空同樣自言自語了，結果「滿瓶都是火焰」，「四周圍鑽出四十條蛇來咬」，「三條火龍出來」把曾經歷過七七四十九天八卦爐冶煉的孫悟空的孤拐都燒軟了。這個瓶子裏的火怎麼比太上老君的爐子還厲害？八卦爐落下「幾塊磚」內的餘火都是火焰山，怎麼爐子裏的火都沒損孫悟空一根毫毛？火就是火，沒有陰險的陽謀在裏面吧！「陰陽二氣瓶」一聽人言火越燒越大，火越大人越要叫，人越叫火越大，不把人燒死才怪啊！「一時三刻，化為漿水」還不是結果，最後讓你消失得無影無蹤，讓你找都找不到個屍灰末。現實中，遭遇這樣結果的人似乎不少，我彷彿看到白衣飄飄的他們一個個在我眼前淒然而過。長夜中，我夢見過林昭。

人類除了極少數失語之人，都要講話，即使在語言不同不能交流的情況下，也要手口並用地表達自己的意思。其實，自由地表達自己的聲音，自由地表達自己的願望和思想是人類共同的生存要求，也是人類應有的權利。一個人能說話卻不准自由說話，那是剝奪自然給予人類的話語權利，更是對自然生存法則的倒行逆施。「陰陽二氣瓶」就在行使這樣的罪孽。

即使瓶子裏如何的春風和煦，如何的地大物博，瓶子裏又如何的有悠久的歷史，璀璨的文明，又如何的有一個雕花外表，可是在這樣一個瓶子裏，你不能說出想說的話，也不能放出一個有聲音的屁來。這瓶子的世界，就是火焰熊熊的地獄，就是嗜吃人肉的妖魔地域。

那麼，誰製造了這個陰險的瓶子？誰給予了這個瓶子如此陰毒的作用？這個瓶子最開始又是哪個主人的？他又如何到了大鵬金翅鵰的手裏？看大鵬的家史，他的人際活動範圍都在西方佛祖世界。那麼，大鵬手中的「陰陽二氣瓶」要麼祖傳，要麼從西方佛祖世界偷來。大鵬最近的親人一個是孔雀，一個是如來外甥。如來佛把那個「出世之時，最惡，能吃人，四十五里路，把人一口吸之」的孔雀，封了佛母孔雀大明王菩薩，而和孔雀一母所生的大鵬成了個沒有任何職位的閒散人員，有那麼大作用的寶瓶不會傳給這樣一個閒散人員，因為瓶子在這樣人的手中作用實在不大。下界妖怪偷的寶貝沒有不是主人的。從觀世音給悟空的那三根毫毛中的一小根就能一舉戳穿瓶底子，可知那個瓶子的主人不是如來就是觀音，但觀音有這個瓶子的可能性實在太小。後來降伏了大鵬，沒有誰再來追究寶瓶，或許就因這個陰險隱蔽見不得人的作用不能大白天下。被降伏的大鵬曾這樣罵：「潑猴頭！尋這等狠人困我！」大鵬不愧是如來的長輩，對人的認識蠻深刻。

悟空鑽透了這個有形的陰險毒辣的「陰陽二氣瓶」，無形的「陰陽二氣瓶」悟空就不好鑽了。

魑魅魍魎怎麼就這麼多

「剛擒住了幾個妖，又降住了幾個魔。魑魅魍魎怎麼就這麼多！」不用我說，你就知道這是電視劇《西遊記》裏的一首歌詞。我拿來做題目有剽竊的嫌疑，不過小女子這廂有禮，請多包涵，看完再批我。

歌詞真對啊，打也打不盡，殺也殺不絕！魑魅魍魎怎麼就這麼多？大概有以下幾方面原因，小女子我想。

首先，除妖降魔只是取經事業的副產品。我們清楚地知道，孫悟空的歷史使命是協助唐僧取經，而不是除妖降魔。換句話說，就是不取經的話，各地的妖怪們啥時候吃人，啥時候害人，怎樣地吃人，怎樣地害人，沒人管，也沒工夫管。進一步說就是沒有取經這一特殊事件，妖怪們的日子，註定是巒滋潤、巒風光、巒人模狗樣地給小妖魔們下指示呢。這樣，本應成為天庭和西方極樂世界頭等大事的降伏妖魔，也就成了一個個特殊事件中的花絮。是不是也知道，太多的妖魔鬼怪，降伏不過來，只能碰到黑熊收黑熊，遇到黃獅伏黃獅，或者分明曉得自己就是修煉多年而成仙的妖。好在有悟空不辱佛祖使命，一路上不停地「摟草」，順便打了不少「兔子」，借此也彰顯了佛祖、玉帝的權威力量。

其次，縱橫向都有妖魔統治並分佔各領域。在唐僧的隊伍裏，人與妖怪的比例就是一比三；在行走的路線上，妖怪不僅所佔面積大，且數量多，遇到的人與遇到的妖怪相較不成比例；在如來世界，有「出世之時，最惡，能吃人，四十五里路，把人一口吸之」的孔雀，還有大鵬金翅鵰等。可謂「上下妖魔之秋也」。觀音菩薩曾說：「菩薩、妖精，總是一念。」這「一念」就不好分辨，在凡人唐僧面前一「念」，都是那麼好聽而感人，如何曉得這一「念」就是妖，那一「念」就是菩薩呢！所以每次降妖除魔的過程都是「雷聲」弄大，「雨點」弄稀。先緊不懂規矩的，不安潛規則出牌的，硬往槍口上撞的妖怪收拾，就如大鵬金翅鵰。對於那些明白規則，懂得謹慎的妖魔鬼怪，就是「妖魔不舉佛帝不究」，就如那個也不知是托塔李天王真乾女兒還是其他什麼說不清關係的金鼻白毛老鼠精。這個和十萬天兵總元帥掛上關係的老鼠精，在人間可是過了那麼多年逍遙自在的日子，要不是孫悟空那一狀，這一美女還不知要在人間風光多少時日呢！可以說，從佛祖、玉帝世界的結構性與制度性的力量來看，除妖的決定權在妖魔手中。

再次，人與妖魔鬼怪無法抗衡。西遊路途之上，已經不是人的世界，而是妖魔鬼怪的世界。還有人的存在，但已被妖魔踢到生存的邊緣之外，人的力量怎麼能與法力無邊的妖魔相較量？善良的人，規矩的人，都成為妖魔的犧牲品，都成為他們享受妖魔世界幸福的奴隸。既是人，就無法通過努力進入妖魔的世界，因為妖魔的法力本就是人所無法通過個人努力能夠企及，其妖魔權不是來自人類，而是妖魔世界給予的特權。人都在邊緣外無奈而悲慘地生存著，儘管臉上掛滿心酸的淚珠，刻滿疲憊的皺紋，仍受妖怪的吞噬！駝羅莊五百多人家因「忽然一陣風起」，妖怪就「將人家牧放的牛馬吃了，豬羊吃了，見雞鵝囫圇咽」。人對沒有成氣候的蛇精尚無辦法，況成精且有背景的豺狼虎豹。沒有對抗者的妖魔，可以率性而為的鬼怪，他們的數量能不多嗎？或者會更多，妖魔也有妖二代魔三代！

最後，緊箍戴在降妖除魔者的頭上。將「那貪贓壞法之官，忤逆不孝之子，多打死幾個示眾」的悟空，將妖魔鬼怪要趕盡殺絕的悟空，被騙戴上一個金燦燦頭箍，咒語卻掌握在一個「還是妖精菩薩，還是菩薩妖精」的手中，這個頭箍告訴悟空的是什麼？告訴我們的又是什麼？在這個妖魔無處不在的西遊裏，無畏的悟空確實能奮起千鈞棒，但能澄清萬里埃嗎？絕對不能地，我們知道「佛祖世界」向來標榜自己為極樂世界，玉清宮向來就是歌舞昇平的地方！

篇幅受限，就用歌詞結尾吧。「殺你個魂也丟來魄也落。神也發抖，鬼也哆嗦，打得那狼蟲虎豹無處躲！」如果真這樣了，那麼，誰來「點香、上供、聽經、歌舞」呢？

孫悟空的兩個寫真照

金箍戴到孫悟空頭上，是一個集團上下共同努力利用欺騙手段，實施並得逞的一個陰謀，而孫悟空頭上金箍的無形消失，則是這個集團對他「洗腦」成功的標誌。

為給孫悟空的腦袋戴上金箍，頗費了觀世音菩薩不少的心思。先把自己變成一個老婦人，又把金箍變成一個漂漂亮亮的嵌金小花帽。觀世音變成的老母這樣對唐僧道：「我有這一領綿布直裰，一頂嵌金花帽。原是我兒子用的。他只做了三日和尚，不幸命短身亡。我才去他寺裏，哭了一場，辭了他師父，將這兩件衣帽拿來，做個憶念。長老啊，你既有徒弟，我把這衣帽送了你罷。」說謊話的觀音將衣帽真實的來歷，一點兒不露痕跡地矇騙過去。那製造金箍的真正主人，根本就沒有露面。孫悟空要恨也恨觀音，想都想不到背後還有更大的人物在作怪，背後還隱藏著那麼大的陰謀。

唐僧在觀音的引領下，學會了騙的辦法，比觀音更加的輕鬆自如、不動聲色。行者道：「這衣帽是東土帶來的？」三藏就順口兒答應道：「是我小時穿戴的。這帽子若戴了，不用教經，就會念經；這衣服若穿了，不用演禮，就會行禮。」行者道：「好師父，把與我穿戴了罷。」三藏道：「只怕長短不一，你若穿得，就穿了罷。」我一直不相信這樣的話出自到處標榜「出家人不打誑語」的唐僧之口。

這樣戴上金箍的孫悟空，從此訣別花果山這個自由猴國，沒有歸路地進入必然佛國。唉，在五行山蹲了五百年「監獄」的孫悟空，他獲得了肉體的自由，不過頭上戴了「枷鎖」，而且要戴著「枷鎖」去為給他戴「枷鎖」的人效忠拚命。

控制孫悟空頭上這個金箍的咒語，小名叫「緊箍兒咒」，大名叫「定心真言」。觀音菩薩將這個咒語傳授給唐僧時，千叮嚀萬囑咐地說：「暗暗的念熟，牢記心頭，再莫洩露一人知道。」看來一點兒也不光明正大。讓孫悟空定下心來的手段一個是讓他受騙，一個是讓他疼痛。秘密就這樣在如來、觀音、唐僧三人間運行，共同對付孫悟空。

念動「定心真言」後的唐僧與孫悟空有一段對話：「你今番可聽我教誨了？」行者道：「聽教了！」「你再可無禮了？」行者道：「不敢了！」唐僧的話，無疑是一種赤裸裸的恐嚇：要是不聽我的教誨，看我怎樣對待你，我有要你命的「法寶」。觀音找到離開唐僧的孫悟空時，也是一個廢字都沒有：「趕早去，莫錯過了念頭。」不僅是命令，更是恐嚇。不趕早去的結果是什麼？錯過了念頭的結局是什麼？你試試看？後來唐僧也確實不斷地使用這個「法寶」，去「定心」這個忠心之徒：「這番決不住口，把你腦漿都勒出來哩！」孫悟空在領教了多次「定心真言」後，自由之心一點點地失去，他抗爭的力量一點點地萎縮，直至最後「定心」。

從戴上金箍的那天起，金箍就成了孫悟空心中揮不去、搬不走的塊壘。到了第一百回，孫悟空對唐僧道：「師父，此時我已成佛，與你一般，莫成還戴金箍兒，你還念甚麼『緊箍咒兒』掯勒我？趁早兒念個『鬆箍兒咒』，脫下來，打得粉碎，切莫叫那甚麼菩薩再去捉弄他人。」每讀至此，都禁不住淚落面頰，可憐的悟空啊，忍受了多少疼痛，恨緊箍咒兒有多深，才會說出這令人肝膽俱裂的話：「脫下來，打得粉碎，切莫叫那甚麼菩薩再去捉弄他人。」悟空啊，你哪裏知道，這個金箍專為你訂制，就是要透過這個緊箍咒兒，將你箍入彀中。當你真正「定心」該體制，你的血液裏，你的骨子裏，你的腦漿裏，注滿了歸順這個制度的認識後，完成從一個制度的挑戰者演變為這個制度的搖旗者、吶喊者、衝鋒者的過程，那麼頭上的金箍自然就消失了。唐僧這樣回答孫悟空：「當時只為你難管，故以此法制之。今已成佛，自然去矣，豈有還在你頭上之理！你試摸摸看。」金箍不眨眼地從孫悟空頭上沒了。

孫悟空被戴上的「鬥戰勝佛」帽子，不過是金箍的另一種變形。標誌著悟空從心靈深處的徹底歸順，也標誌著對孫悟空改造的一種成功。那金箍的來與去，不過是孫悟空對抗與歸順過程中的物化寫真照！

觀音為何讓他三分

天上有蟠桃園，地上有個五莊觀。

唐僧來到五莊觀這座「松坡冷淡，竹徑清幽。往來白鶴送浮雲，上下猿猴時獻果」的原生態仙園，神怡氣爽，卻不曾想在這裏遇到了麻煩：孫悟空因為搗毀「人參果」門事件，唐僧被拘押在五莊觀。後來五莊觀主鎮元大仙找了個妥協辦法，如能將人參果樹醫活，一切問題不再「訴諸法律」。

於是孫悟空一個觔斗雲到了東邊，又一個觔斗雲到的西邊，又一個觔斗雲到了南邊，奔忙了許久才找到解決「人參果」門事件的人——觀世音菩薩。觀世音菩薩對孫悟空說：「鎮元子乃地仙之祖，我也讓他三分，你怎麼就打傷他樹！」於是我們知道這個沒將唐僧等人放在眼裏的鎮元大仙的底細。觀音菩薩讓他三分，自有讓他三分的道理。

「人參果樹，乃天開地辟的靈根。」是靈根還是草根咱們不去看它，對俗世的我們看來，需要更加符合現實需要的物化認識。

人參果是天下獨一無二的一棵果樹：「天下四大部洲，唯西牛賀洲五莊觀出此，喚名草還丹，又名人參果。」而這個神奇而獨特的果樹又被鎮元子一個仙人壟斷，什麼事情就怕是唯一的，物以稀為貴嘛，即使是個「爛果子」，也會因為唯一性而變成「鮮果子」。這種唯一性的另一層，就是誰擁有了這個「唯一」，誰就具有了壟斷的權力。鎮元大仙的霸氣，似乎就來自於這個絕對擁有權。如果這個「唯一」又具有非凡的獨有特徵，那麼就更加的神奇。人參果「三千年一開花，三千年一結果，再三千年才得熟，短頭一萬年方得吃」。瞧瞧，一萬年才得吃，擁有這樣果子的人，該怎樣的牛×啊！想不牛×都不成！

王母娘娘的蟠桃也是獨一無二的果子，有「三千年一熟」、「六千年一熟」和「九千年一熟」三種，且「前面一千二百株，花微果小」、「中間一千二百株，層花甘實」、「後面一千二百株，紫紋緗核」，桃樹總計三千六百株。桃樹的龐大數量實在無法和鎮元大仙的「唯一性」可比。還有，蟠桃分三六九等，而且今年這些桃子熟了，後年那些桃子熟了，可以穿插著熟，穿插著吃。王母娘娘自可按桃子的大小等級招待不同身分的仙人來品嚐，鎮元仙子的人參果卻「似這萬年，只結得三十個果子」，實在是太珍貴的玩意了。還有比蟠桃更神奇的地方呢！首先，「人若有緣，得那果子聞了一聞，就活三百六十歲；吃一個，就活四萬七千年。」哎呀，五莊觀那地兒的居民真是幸運，那裏一定是個「千歲村」，一聞就三百六十歲，多聞幾回，飯都不用吃了。送禮就送五莊觀空氣，包你長命百歲到千年。其次，土地爺告訴孫悟空，就是僥倖享受了孫悟空打掉的人參果的那地兒，立刻「有四萬七千年，就是鋼鑽鑽他也鑽不動些鬚，比生鐵也還硬三四分」，孫悟空不信馬上「掣金箍棒，築了一下，響一聲，迸起棒來，土上更無痕跡」。夠神奇的吧？只是讀到後來，觀世音救活了人參果樹，那顆入地的果子又長到樹上，我就想那塊地兒的壽命該怎麼算？

王母的蟠桃，沒有違背自然科學的遺傳規律，只在成熟期、品種，及大小上有了某些變化，桃子還是那個桃子。鎮元大仙就不同了，對他的壟斷產品模樣做了巨大的顛覆：「就如三朝未滿的小孩相似，四肢俱全，五官鹹備。」這個創新，任憑誰都要驚奇而佩服。回頭看鎮元大仙家門上的「長生不老神仙府，與天同壽道人家」這副「廣告」就不值得奇怪了。這很值得那些廣告商們學習，也很值得那些製造商們靜下心來，研究研究鎮元大仙的壟斷產品。呦，我又扯遠了，還是回到觀音也讓他三分這個題上。

鎮元大仙帶領手下們出外研討課題要走時，這樣交代他的兩個徒弟：「不日有一個故人從此經過，卻莫怠慢了他，可將我人參果打兩個與他吃，權表舊日之情。」舊日之情乃是指鎮元仙子知道唐僧是「金蟬子轉生，西方聖老如來佛第二個徒弟」，五百年前，就與唐僧在「蘭盆會」上相識，而且如來的二大弟子唐僧曾「親手傳茶」給他喝。原來他們都是上層社會裏的重要人物啊！

「癡愚不識本原由」，做起事來還是多找找那個原由吧！

孫悟空流淚

我弄不清自己到底讀了幾遍《西遊記》，又看了多少遍電視劇《西遊記》，但每次看到悟空流眼淚的章節，我都禁不住傷心，禁不住淚流面頰。英雄流血沒什麼，但英雄流淚卻讓人不堪。所以對於孫悟空的哭就有了一點點的思考。

整部《西遊記》裏，筆者粗略查找了一下，約在十多個章回裏出現悟空流淚。在第七十七回裏悟空大哭三次，第八十六回裏悟空大哭了兩次。前二十七回孫悟空只流一次眼淚，即在第二回裏因他賣弄手段而被師父趕下山時，他「滿眼墮淚」，此淚與以後所留眼淚在性質上有著本質的區別。從第二十七回之後每隔幾個章回孫悟空就要流一次眼淚。孫悟空無疑是一個強者與能者，在十萬天兵面前，在煉了七七四十九天的八卦爐裏面，在五行山下被羈押五百年的「監獄」中，孫悟空沒有因此流半滴眼淚，而在跟隨唐僧之後竟然哭了差不多十二三回。這樣一個徒弟卻被師父弄得大哭，這樣一個千難不怕萬難不懼的人，被弄得淚流不止，唐僧和他所處的體制，該是多麼的厲害啊！

孫悟空為他效命之人流的淚最多。由石而生的孫悟空沒有任何一個親人，有了一個救他出「監獄」的師父後，師父就是他最近的人、最親的人。對這個師父，悟空真的是視為至親至信之人了。而最相信的人和最忠誠的人，也最容易成為傷害你最深最痛的人。在整個西遊中，唐僧被孫悟空看成是亦師亦父的人，從這樣一個人身上看不到為師為父的樣子來。能記住的就是給悟空縫了個虎皮裙子，一個赤身裸體的「猴子」在眼前蹦過來跳過去，總是有礙觀瞻影響市容。以前如何做徒弟，中國人都知道，用豬八戒的話說就是「原說只做和尚，如今拿做奴才，日間挑包袱牽馬，夜間提尿瓶務（焐）腳」！唐僧也確實沒把孫悟空等人看成是徒弟，徒弟的冷暖溫飽、生命安危沒有一樣放在心上。遇到事情，縮頭烏龜一樣第一個先想自己的腦袋，根本不像取經團隊的導師或頭兒。頭兒首先要吃苦在前，享受在後，然後不怕犧牲，將屬下的安危冷暖放在心上，做到權為屬下所用、情為屬下所繫、利為屬下所謀，這才符合唐僧所要弘揚的「精神」。但唐僧從沒想過徒弟屬下們滿意不滿意、高興不高興、答應不答應，只想自己取經成功，為這個成功所採用的手段不過是強硬：聽話的痛快地扛包袱牽馬，不聽話的念咒兒。化險為夷轉危為安後，唐僧虔誠感謝的是觀世音等高層仙佛們，對徒弟們沒半個謝字。一次次為唐僧披荊斬棘、除妖降魔，還要不時被念一段緊箍咒，要是不大哭幾場，那就真是胸膛裏沒長心臟了。悟空的一次次淚流，讓人發出無限的感歎：對他人的忠誠和付出，還要認真考慮考慮，不能盲目而行。也許有人會說孫悟空最後得到了回報——鬥戰勝佛，但這不是來自唐僧，而是來自這個制度與目的：需要無數個孫悟空來為這個制度服務和戰鬥。

孫悟空流的更多的是一種無奈之淚。當初孫悟空是為了生命問題而走出自由安樂公平競爭得到「猴王」之位的花果山，卻不曾想這一離開就再也不屬於花果山之人了，也不曾想到為了美好卻要遭遇千磨萬難。人有時要經歷這樣的悖謬：為某「東西」拋頭顱灑熱血，不定哪天這「東西」會反過來將你害的無處伸冤，生不得也死不得。在一次次捨命救助唐僧的過程中，所經歷的內部與外部的傷害與苦鬥，孫悟空大概不時會想到那個曾經的自由王國。然而，頭上的有形金箍與他逃不開的整個體制，將他牢牢地束縛在唐僧的身邊，離開不行，不離開也不行，能怎麼辦啊？面對一個蒸不熟嚼不爛，又高高在上不時給他來點緊箍咒的唐僧，又有什麼法子？面對如此的現實，只好用眼淚洗洗內心的無奈，緩和一下無限的悲涼了。可憐的悟空，有淚咱就盡情地流一流吧，有這樣經歷的人都能理解你有多麼的無奈和痛苦。

隨著西遊道路逐漸靠近佛家聖地，悟空哭的次數也漸次減少，後來幾回這個從自由王國轉入到體制裏的孫悟空，幾乎就不哭了。為什麼不哭了，也不外兩個原因，一是麻木了。締造取經這個組織的體制砂紙已經將孫悟空磨得沒有任何一點棱角，順從了制度裏的一切明暗規則，把自己染得和他們一樣的「黑」，忘了曾經喜歡的「白」，孫悟空後來真的不再提也不再想花果山了；二是放棄了。非常清楚地明白現實就是這個樣子，自己無力改變，也無力與之較量，較量就是腦袋炸裂般疼痛，也就任他是唐僧還是閆僧你愛怎樣就怎樣，就一起走這樣一段，然後各自走各自的。何必為唐僧還是為自己大把大把地掉那沒用的眼淚呢！

當一個個真正的強者與能人被弄得淚流滿面時，或不再有任何的努力與奮進時，或紛紛努力逃離現實時，就可以知道這個社會是個什麼樣子的社會？這個制度是個什麼樣的制度？這個國家是個什麼樣的國家？

玉皇與宙斯之比較

一個是東方神話的天庭最高領袖，為眾神之王；一個是西方神話的至高之神，為萬神之王。把他們兩個放在一起比較，似乎有點不倫不類，但筆者覺得東西方的最高之神，他們真的有很多的不一樣。

他們神權來歷不同。宙斯為克洛諾斯的最小兒子。克洛諾斯通過推翻他的父親烏拉諾斯獲得了最高權力，他擔心他的孩子也會效仿他的行為，於是殘暴地把他的孩子們吞進肚子。他的妻子瑞亞因為不忍心宙斯也被吞進肚子，於是拿了塊石頭假裝宙斯給他吞下。宙斯長大後，聯合兄弟姐妹一起對抗父親，展開了激烈的鬥爭。經過十年戰爭，戰勝了父親。《西遊記》裏，玉皇大帝的地位如來是這樣說的：「他自幼修持，苦歷一千七百五十劫。每劫該十二萬九千六百年。你算，他該多少年數，方能享受此無極大道？」民間也有一個這樣的傳說：盤古開天闢地以來，天地間一切祥和，後來諸神開始爭鬥，人間荒淫無度，使得天地三界大亂，太白金星因此下凡來做三界大帝。太白金星化身成乞丐，四處尋找，後來到了張家灣，發現了一個人稱「張百忍」的人，將那個屯子治理得非常和睦，並且為人和善慈悲，因此帶回天庭做了玉皇大帝。一個是在充滿鬥爭和智慧的環境中，拚搏成為最高之神，一個是在有超級忍耐力情況下，修持成為天界之皇。

他們的情感世界不同。宙斯僅妻子就有過七位，外遇更是數不過來，有神界的神女，有凡間的美女，可謂到處播撒愛情的種子。神界裏到處都是他和妻子、小情人們生出的一個個英雄兒子和絕色女兒。宙斯的妻子赫拉也和街對面的二嫂子一樣愛嫉妒，而赫拉和宙斯也像鄰家王五大哥夫妻一樣經常發生激烈爭吵。這樣一個情事多多的「花花公子」成為統領神界的首領形象，既像我們古代的三宮六院七十二妃的皇帝，也像身邊愛鬧緋文的風流小哥。從傳說和書籍來看，玉皇大帝就只有王母娘娘一個妻子，沒有什麼出軌啊外遇啊之類的事。夫妻倆個似乎是掛在牆上的畫一樣，其狀態傳達出了一個天庭最高之神的神秘和莊嚴，沒有任何情感瑕疵的一個完美形象。這樣一個形象是否符合神話和現實，我們的神話創造者似乎沒有想，或者是在掩蓋，或說寄託了一個與現實不相符的願望。反正東西方最高之神的情感，直接的表現出一個是情事眾多，一個是緋聞點滴皆無。

他們的屬下對他們的統治表現不同。普羅米修斯是宙斯的部下，但敢於挑戰自私、專橫、殘暴的宙斯。當他看到宙斯拒絕給予人類最需要的火時，就勇敢的將火種偷出帶給人類。遭遇了被鎖在高加索山上，每日有禿鷹啄食其肝臟，然後又長好，周而復始的悲慘命運。阿忒拉斯這位高大強壯的普羅米修斯的兄弟，也因反抗宙斯的無理統治而被罰頂天。宙斯看中了年青英俊的特洛依王子加尼米德，派使者前去邀請他來當侍酒一職，可加尼米德愛好自由，不願受人統治，根本不理宙斯的邀請。就是宙斯的妻子赫拉也敢於反抗宙斯。有一次，以赫拉為小組領導，以波塞頓、阿波羅等奧林波斯神祗為成員的造反組織，乘宙斯躺在床上熟睡之際一擁而上，用生牛皮繩把他捆綁起來，接著討論繼承宙斯王位的人選。玉皇大帝領導的天庭，有誰反抗過他的統治，有誰挑戰過他的統治，有誰對他的統治提出過質疑。似乎沒有，就一個孫悟空敢挑戰，他還不是出生在天庭的本家神仙，是個石頭縫子裏蹦出的小猴子，不屬於體制內人員，最後還是透過唐僧這個載體被「體制」了。體制內的諸神們一個個俯首聽命，小心翼翼，誠惶誠恐。看來做西方的最高之神十分艱難，而做東方的最高之神卻是十分容易，因為一個有反抗，一個沒有反抗。

他們的領導體制不同。宙斯對其父的暴政極為反感，他聯絡眾兄弟對其暴政父輩進行了一場曠時十年的戰爭。偉大的勝利之後出現了誰做王的問題，當然宙斯和他的兄弟們互不相讓，最後決定用拈鬮來決定。他們沒有採用武力拚殺，而是利用拈鬮這種也算做比較合理的方式來解決。拈鬮之後，也出現了不斷向前進步、發展、完善的趨勢，由宙斯父親的一人霸權，走向分權：宙斯做了天界的王，波塞頓做了海界的王，哈迪斯做了冥界的王。玉皇大帝在《西遊記》乃至傳說中，軍事、政治、經濟、文化、法律等權力全部而且牢牢地握在他一人之手。居於塔尖權力的他對天庭、地府、江海龍王世界的統治，始終沒有出現過把權力分解或分化的情況。無論大小事情，他都要親自領導，親自處理，例如：鳳仙郡主推供桌，豬八戒戲嫦娥這類小事不都是他親自出馬嘛！讀神話，我沒看到西方的哪個神，膜拜取得神權又分權的宙斯。玉皇得權後以布天之德、造化萬物、濟度群生的形象壟斷權力，因此人們膜拜他，迷信他。

他們建立的神位體系不同。宙斯神界建立的神位很全面，不光有關於自然界的，更多的是與人的精神有關之神。如激勵女神塔利亞、光輝女神阿格萊亞、歡樂女神歐佛洛緒涅。秩序女神歐諾彌亞、公正女神狄刻、和平女神厄瑞涅。他們還有藝術之神，如愛情詩女神依蕾托、頌歌女神波利海妮婭、抒情詩女神優忒毗、雄辯和敘事詩女神卡拉培、歷史女神克利歐、天文女神烏拉妮婭、悲劇女神梅耳珀彌妮、喜劇女神塔利亞、舞蹈女神特普斯歌利。並且有關於學習、運動的女神。在我們東方神話中，我們看不到關於藝術的神，也看不到關於人的情感與精神的神，看到的更多的關於統治和壓迫之神。倒是有一個文曲星，不過還演變成為指那些因文章寫得好被朝廷錄用為大官的人。在玉皇大帝手下真要尋找一個關注精神、藝術、生活之神，還真是有點兒難。

篇幅有限，就不再比較。當然他們也有更多的相同之處，都擁有無上的權力和力量，他們都擁有共同的殘暴性格，他們都是萬靈的主宰，他們的決定都不可更改，他們的意願都不可變化，他們的威嚴都不可顛覆。

第二輯　打探水滸

我想嫁梁山好漢

小女子我至今待字閨中，總有人愛問想嫁給啥樣的人，思來想去了好久好久，結果就是文章的題目。怎麼樣，叫你吃驚了不是，且讓我慢慢地給你分解。

嫁有錢的男人，好！那錢就像我家門前的太子河水一樣嘩嘩不停地流淌，如此，想有什麼就有什麼。一拋千金的瀟灑，二拋萬金的風光，這樣的日子，不想嫁是天下第一號的大傻瓜。可是我沒資格嫁。想嫁這樣男人的女人也像河流一樣浩浩蕩蕩。在這樣的行列裏，競爭激烈不說，即使競爭得勝，以後被淘汰出局的幾率太大。我深信「男怕選錯行，女怕嫁錯郎」的道理，被出局了，以後的日子不大好過。當然，最主要的還是不容易嫁到這樣的人。

嫁有權的男人，更好！我知道權比錢更好，錢辦不到的事權可以辦到。對這一點，我可不是大觀園裏的傻大姐。但是我要想嫁到這樣的男人，就像摘星星揪月亮那樣難，也就不作這夢想了。在我冥思苦想不知嫁哪樣人最好時，書桌上的《水滸傳》溜達進我的眼角。哈哈！嫁梁山好漢不是很好嗎？

首先，梁山泊那裏沒幾個女人，會在那裏佔有絕對的優勢成為搶手貨，可從一百單八將裏選擇到最好最優秀的男人。還有，他們沒都什麼緋聞，一個個都像坐懷不亂的柳下惠。就是王矮虎王英有那麼一點，也不大嚴重。梁山好漢不僅沒有一個包「二奶」，找「小姘」的，甚至連老婆都沒有，更別提寫十幾本性日記了。即使宋江包了個閻婆惜，還是在當官做押司的時候，到了水泊梁山再沒動一點兒心思。嫁了梁山好漢，最起碼不必擔心他們在外面亂搞女人。嫁了個亂搞女人的男人，那精神痛苦就夠折磨死人的。

其次，嫁梁山好漢，不僅不會被欺負，而且還能得到他們強有力的保護。他們都是好漢，個個能「路見不平一聲吼」。與他們無親無故的人被欺負了，都能赤膊上陣、拔刀相助，何況是自己的老婆、自己的親戚。當我被上司的小姨子頂下崗時；當我的小弟因狀告村官貪污被人割了舌頭時；當我的還是處女的小妹被認定為賣淫女而被關了起來時；當我的打工大哥被打死時，他們肯定是風風火火「該出手時就出手」，絕不會成為軟蛋一個。不用說八十萬禁軍教頭林沖，不用說黑旋風李逵，更不用說打虎英雄武松，就是鼓上蚤時遷，也不會善罷甘休。時遷非把欺負我和我家人的人家偷得稀巴爛不可，他們還不敢放一個屁出來去報警。夠他嗆不？如果稅務人員以欠稅為由，強行牽走我家的豬啊、羊啊、牛啊；如果強行拆遷我家的房子，楊志的大刀不飛起來，盧俊義的一條大棒不掃起來，花榮的神箭不嗖嗖放出去，才怪呢！嫁這樣的丈夫，雖說沒有嫁有權有錢的好，但至少可以少受一點兒欺負，出一口兒冤氣。不嫁，那不是「三天爬不到河沿——笨鱉一個」嘛。

再次，梁山好漢個個都是坦坦蕩蕩堂堂正正的真正男人。他們不會幹出臉上笑成一朵花，腳下使絆子的事，更不會幹出為了爬上去，就可以把自己變成搖尾巴的小狗，更不會幹出賣了朋友、賣了良心來搶座位的事。他們完全憑藉自己水準能力打拚自己椅子的位子，在《水滸傳》中，沒看到哪個梁山漢子，為了椅子的問題而打殺起來。我太佩服他們這一點了，雖然他們都沒有梁山泊官費發的研究生或博士文憑，粗魯一點，但人格嘛，還是很高尚的。

最後，梁山好漢各個是俠肝義膽除暴安良的正直之人。魯智深拳打鎮關西，武松醉打蔣門神，石秀智殺裴如海。不用手槍、不用電棍，就把毒害一方的無賴收拾得服服貼貼，哪個敢欺負我這小女子？還有，他們這種品格，完全能保證不做對不起人民、對不起社會、對不起黨的事。嫁了這樣的男人，既放心，又安心。你說我能不想嫁嗎？黑黑的李逵，矮矮的王英都可以。遺憾的是我比他們晚生了一千多年。

水滸的暴力之源

《水滸傳》裏氤氳著血腥氣，大多數人的手上都沾滿了殷紅的鮮血。讀著一件件血案，讓人頭皮發麻。而官府對著一件件血案，又是那麼的不給力，就讓人產生了很多的問題，引起了對水滸暴力的思考。

壟斷的趙家政權必然產生暴力。說起封建政府的權力，其實都是壟斷，這也是為什麼過幾十年或幾百年就要換一個朝廷的原因。壟斷的權力，對一個社會來講，就像一頭沉的蹺蹺板沒有平衡的時候。孟德斯鳩說：「一切有權力的人都容易濫用權力，這是萬古不易的一條經驗。」這些濫用權力的人，又是整個為趙姓一家政府服務的人，他們佔社會人口的少數。無論在哪方面都佔有絕對的優勢，使他們享有令人眼紅的特權和待遇。在大環境下，特權階層已經成為眾多底層人所共同敵視的對象。宋江吳用出謀，李逵落實的刀劈四歲小衙內，固然殘忍極點，固然喪失人性，但為什麼就有那麼多人對此無動於衷？因四歲的小衙內不幸生長在一個腐敗政權體系鏈條的末端，從根上講，小衙內是死于趙家政府權力集體腐敗的大環境，大環境讓人產生「洪洞縣裏沒好人」的共識。而這樣的環境讓人對官府諸人實施暴力產生了快感，而忘記了那是個四歲的孩子。人們是什麼樣子，不只決定他個人的情況，更在於他生活的社會是個什麼樣子。生活在水深火熱中的人們與生活在自由寧靜平和環境中的人們，能一樣嗎？

財資流進趙家權力階層的結果。水滸裏底層人的生活可謂「寒冷無比」。水蔥似有唱歌特長的閻婆惜哪怕有幾兩碎銀子，也不會為葬爹而嫁給黑巴溜秋可做老爸的宋江做小。「成甕吃酒，大塊吃肉」這麼平凡的生活，都成了有捕魚技術的阮小二兄弟願意拿命相換的願景，就可知還有多少無技能之人在水平線下怎樣地苟活。當現實中沒有規則讓人們實現基本而低廉的願望時，對女人來講，就只能用身體了，對男人來說，拿起刀來，就是令人不會猶豫多久的事情。趙家體制內人員利用權力源源不斷地積累財富，於此形成鮮明的對比。大名府梁中書一年一個十萬生辰綱送老丈人，鬼知道他們權力階層到底搜刮了多少民脂民膏！財源如此流向，那麼最大惡果便在無形中告訴人們，財富不是創造來的，而是掠奪來的。後來才理解已經是「本鄉富戶」的晁蓋為何要劫十萬生辰綱了。

趙家政府上下通體的腐敗。「眾人先尋了門路，見了太師蔡京等四個大臣，次後省院個官處，都有賄賂。」趙家權力沒有任何制約，監察御史似乎集體失蹤，或集體失語。水滸裏的趙家政府已經徹底腐敗，司法人員明目張膽索取大小不等的「常例」；政府官員與子弟收受賄賂，肆意胡為，欺男霸女；皇帝進妓院嫖小姐。令人唯一欣慰的是皇帝沒給李師師建大房子、大車子、大票子，還偷偷摸摸自己走了地道。不按規則出牌已經成為上上下下公開認可並實行的規則，大概也知道不這樣也運行不下去。「官二代」高衙內的爸爸高太尉，那可不是一般級別的「李剛」。對林沖來講，用暴力還有一絲生存，不用暴力就是死路一條，曾是體制內人員的林沖也不得不選擇暴力。當腐敗的權力對人構成無節制的侵犯時，當草根們求告無門別無生路時，那麼，用鮮血換生存換公平，就是無權者最後的華山之路，暴力就是他們不二的選擇和自救，他們只能以生命做賭注，做一次自戕式的反抗。

趙家政府錯誤的行政措施。趙家政府對山東宋江、淮西王慶、河北田虎、江南方臘，採用的是一個手段——鎮壓。宋江單戀般給皇帝戴上了一個漂亮的頭飾「今皇上至聖至明」，可惜沒幾天就迎面給了招安宋江一個悶棍：克扣酒肉，不許進城，也是變相的鎮壓。對於四方如此多黎庶起來對抗朝廷，統治者沒有進行任何的反思自省，皇帝也沒有隻言片語的罪己詔。大臣也好，皇帝也罷，一致認為對待這些「賊」「寇」「暴民」最好的辦法就是武力鎮壓。以為給予呼延灼關勝等人銅鐵鎧甲，精銳人馬，充盈糧草，就能解決問題。這已經不是一幫人的問題，而是一個社會問題，而「鎮壓一幫人與治理一個社會，這兩者之間永遠存在著巨大的差別。」（《社會契約論》）被鎮壓的這個群體，他們是以命來抗的，如此地活著都不怕，還怕什麼？宋江等原始股都不想對抗朝廷，為朝廷盧俊義甚至還憑藉個人力量孤身「虎穴」。但憑李固之言，就把「一心只要捉強人」的盧俊義打得「皮開肉綻，鮮血迸流，昏厥去了三四次」。英國的約翰・洛克在《政府論》裏論述暴政時有這樣的話：「自然允許其他所有生物為了保護自己不受侵害可以充分使用以暴制暴的共同權利，是不是只有人不能使用該權利呢？」約翰・洛克這樣回答：「自衛是自然法的一部分內容。不能不讓社會實行自衛，甚至也不能不讓社會對君王實行自衛。」被暴力過的人，要麼忍氣吞聲，要麼奮起使用更大的暴力。這樣的行政審案不是孤案，其所帶來的影響也註定會形成無數青萍之末。風刮起來，人是阻擋不住的。

不知讀者諸君以為然否？

宋江的三個追求

《水滸傳》裏，作者施耐庵一直把宋江寫成是一個以忠義為一生追求目標的人，但筆者越看越覺得宋江不是這樣的人，越看越覺得他內心裏隱藏的小九九，就像孫悟空不好收拾的尾巴變成的旗杆一樣，細心就能看出一些端倪來。

宋江是追求忠義，但忠義不過是宋江為能「嫁給」趙家而精心製作的一個顯赫名片，進一步地說宋江口口聲聲表白的忠義不過是宋江為隨時「出嫁」趙家而準備的新娘蓋頭。蓋頭蒙住的是宋江追求的名聲名分與權力。筆者總結的這兩個追求可以說是宋江一生的追求。何以這樣說他？且讓我慢慢道來。

宋江追求權力，沒上梁山之前不說了，只說他上了梁山和招安之後。宋江愛權力愛得比較隱蔽，不像某些官迷那樣，既顯山又露水，毫無遮攔地跑官要官，而是採取極其高妙的手法攫取權力。宋江在權力的追求道路上，是一個所向無敵的高手。宋江到了梁山後，就開始問鼎權力，把一把手晁蓋架空了。每次出去打仗，宋江都一馬當先地出征，即使晁蓋再三要去，他屢屢以「哥哥是山寨之主，不可輕動，小弟願往」來阻擋。「綠林」大多以武功水準和貢獻大小來論資排輩。宋江他沒有什麼本事，論武功梁山上任何一個人都能打敗他，論謀略吳用、公孫勝、朱武都比他強幾十倍。當上二把手的原因，一個是憑著和晁蓋之間互相救命的關係，一個是好名聲「及時雨」。要靠這兩者在梁山站住腳跟不容易，梁山沒有排好一百單八將之前，椅子隨時都在變化，上山之後的宋江就很急切地下了多次山。立功之後，宋江的名聲日益壯大，晁蓋大概看到自己的一把手地位已岌岌可危，所以在戴宗傳了曾頭市領袖要活捉梁山泊眾頭領的口號後，晁蓋對宋江說出這樣的話：「不是我要奪你的功勞，你下山多遍了，廝殺勞困，我今替你走一遭，下次有事卻是賢弟去。」這次一把手晁蓋下山，居然梁山泊最重要的兩個軍師都沒有跟隨一把手下山：「宋江和吳用、公孫勝眾頭領，就山下金沙灘餞行。」之前宋江幾次下山，可都是軍師、秘書、武將一窩蜂地跟著下山，該出力的出力，該出謀的出謀：宋江輕輕鬆鬆就把梁山的實際權力握在手裏。即使晁蓋不死，沒有多少深謀遠慮的晁蓋，又沒有智多星吳用的謀劃，贏的可能性實在太小了。

晁蓋死了之後，「宋江每日領眾舉哀，無心管理山寨事物。」高明的宋江在舉哀上實施自己的二把手權力，但在其他事物上卻放任不管。此時宋江自己不會主動站出來說要當一把手，何況還有晁蓋留下的那個沒讓他當一把手的尷尬遺囑。一個混亂局面，自然會迫使人站出來說話，吳用就是這個人。宋江隨之就借坡下驢地上任了。今個劫法場，明個打北京城，就是不提為晁蓋報仇的事，直到曾頭市奪了他二百匹馬，才又想起晁蓋的仇。權力到手了，進一步謀劃自己上任後的功績，才是最主要的內容。朝廷裏，功高震主，草頭王，可是功高位穩。

宋江拿他的一把手位子很當盤菜，這說明他很在意這個位子。剛劫取盧俊義上山時，宋江要讓他做一把手，盧俊義回答宋江：「不才無識無能，誤犯虎威，萬死尚輕，何故相戲？」盧俊義看明白了宋江不過是說戲罷了，其他人可沒盧俊義聰明，常被宋江的這句話給蒙了。梁山泊弟兄與關勝開戰，宋江對林沖和秦明說：「吾看關勝英勇之將，世本忠臣，乃祖為神，若得此人上山，宋江情願讓位。」他真是時刻惦記著自己的這個位子，以為能人來就是奔著這個來的。當時林沖和秦明兩人聽了「都不喜歡」，把話當了真，其實他們哪裏知道宋江根本就是說著玩的，因為等到關勝降了，宋江半個字也沒提讓位子的事，關勝說要做他的一員小卒，宋江倒是「大喜」。等到盧俊義活捉了史文恭後，宋江又開始假惺惺地提起讓位子的事。他用了一個掩耳盜鈴的法子，讓自己可以明正言順地當一把手：他和盧俊義兩個人分別同時去打「東平府」和「東昌府」，誰先打下來，誰就做一把手。我們細看整個過程，就知道這是一個使他的一把手合法化的糊弄人的鬼把戲。不玩這個鬼把戲倒好，一玩反露了馬腳。先來看看分配給他們各自所帶的人馬。

宋江的陸地大將前五員：林沖、花榮、劉唐、史進、徐寧；水路頭領：阮小二、阮小五、阮小七三人。

盧俊義的陸地大將前五員：吳用、公孫勝、關勝、呼延灼、朱仝；水路頭領：李俊、童威、童猛三人。

宋江的五員都是能征慣戰和宋江都是鐵杆關係的人，而且他們都是初期上山的堅定的「馬克思主義者」。盧俊義這邊就不同了，首先吳用就是個宋江這邊的鐵杆之人。這之前不久，在宋江欲讓位給盧俊義的那場面上，吳用就暗暗使眼色給李逵、武松等眾人，讓他們說話不准別人做一把手。吳用被編在盧俊義這邊，絕對是「身在曹營心在漢」，說好聽了是宋江公正，說不好聽了是宋江放在盧俊義身邊的一個嫡系奸細。公孫勝是個萬千精明之人，被編在盧俊義這邊的他只會不吱聲不表態，隨著他們在營房裏晃悠來舞劍，晃悠去喝茶。剩下三位以前都是官府正規軍的首領，特別是朱仝等於是用不正當見不得人的手段被騙上山來的。梁山泊的一把手位子已經固若金湯，他們能看不出這個蒙小孩子的「貓膩」？傻子才願意攪這個混水。負責出謀劃策的大軍師都站在宋江這邊，誰還能再給盧俊義出什麼謀劃什麼策？

宋江這邊一出現問題，馬上派人報告給吳用，吳用遠端遙控立馬拿出切實可行的辦法來幫助宋江。盧俊義這邊，吳用沒有隻言片語的謀劃，就看著盧俊義慢慢地被打敗。和盧俊義在一個隊裏的白勝前來向宋江報告軍情後這樣說：「軍師特令小弟來請哥哥，早去救應。」宋江聽了馬上這樣說：「盧俊義直如此無緣！特地教吳學究、公孫勝幫他，只想要他見陣成功，山寨中也好眉目，誰想又逢敵手！既如此，我等眾弟兄引兵都去救應。」我大公無私地把大軍師給了你盧俊義，你盧俊義自己沒能耐打贏，就是你自己的責任了，你和他人以後沒什麼可說的了。就在此間一把手問題還沒有解決之時，宋江取勝東平府，活捉大將董平時又拿他的一把手位子說話了：「倘蒙將軍不棄微賤，就為山寨之主。」這既說明了宋江他想把這個位子怎樣就怎樣，又說明了宋江把這個位子看得很重要。孟德斯鳩在《論法的精神》裏這樣說：「在一個國家中，領導人物多半是不誠實之人，卻要求其手下之人全都是好人；首領者是騙子，卻要求其手下的人同時只做受騙的傻子。」梁山本就是小「國家」，宋江本就是一個首領。這個梁山首領權力，是宋江「出嫁」時最大且最值錢的嫁妝，沒有這個，宋江「嫁不成」。宋江穩穩地坐牢了一把手位子後，手下的人員也排好了序，他就開始到京城去聯絡「媒人」李師師去了。

其次，宋江另一個追求是名聲名分。名聲使他成為梁山弟兄心中的神，名分是他「嫁」到趙家朝廷希望獲得的地位。「神是不幸人的避難之處，而且，罪犯是最為不幸的人。」梁山幾乎都是殺人犯，他們對宋江的敬佩，是對他那神一樣名聲的崇拜，所以才聚集到了他的名下。把名聲看得十分重要，本沒有什麼錯，但在一個十分追求名聲的第一領導下，追求名聲就會害了一個群體，把人們導入歧途。宋江追求被梁山泊認可的權力，只是他為以後被朝廷認可備下的一個大砝碼，用這個大砝碼換取他追求的顯赫名分。宋江獲得了草寇的讚譽，但他沒有獲得官方的名分。宋江可以利用他的梁山一把手權力獲得官方認可的榮譽——封妻蔭子，光宗耀祖。孟德斯鳩說得好：「榮譽的性質是優待和高官厚爵。」宋江屢次說自己是鄆城縣的小吏，就他見到一個個官方人員時就「納頭便拜」來分析，宋江十分討厭帶著草寇的名聲進棺材板，極力要洗刷掉這一名聲，要洗刷掉的唯一辦法就是被招安，進入合法政權的軌道，宋江為了他的青史留名來迫使梁山泊弟兄們走進了忠義朝廷的雷區。而招安後的屢次為朝廷效命，既是為以他為代表的梁山泊爭得應有的尊重，更是為他自己贏得朝廷的名分而進行的邀寵，就像剛進門的小媳婦努力多幹活，欲贏得公婆高興一樣。宋江以他一把手的權力將自己的個人願望，強加在所有梁山泊的弟兄們頭上，將梁山泊弟兄們的腦袋抵押在朝廷的案幾上，以此獲得名垂青史。

越能帶隊打仗，越有凝聚力，越清楚你的能力，越能知道你是他們不可不防範的人。此時宋江追求的名聲不是什麼好東西，反而是害死他自己和梁山泊弟兄們的催命符。連魯智深這個沒有多少文化的武夫都看出了事情的本質：「只今滿朝文武，多是奸邪，蒙蔽聖聰，就比俺的直裰染做皂子，洗殺怎得乾淨？」一把手宋江對他那虛妄名聲名分的追求，最終將自己和梁山泊弟兄的自由和生命逼進死亡之地。

宋江何以成神

我們都知道宋江是鄆城縣衙裏的一名押司，用書裏的話說就是一個「刀筆精通，吏道純熟」小吏。就這樣一個人，在江湖上卻成為了一尊令無數好漢見到立刻就納頭便拜的神。書裏說宋江能讓好漢們膜拜的原因是他「仗義疏財，扶危濟困」成為「及時雨」。對於這尊啥時降雨啥時不降雨，又能將雨降得恰到好處的神，人們已從不同的側面對他進行了諸多的研究剖析，而我關注的是宋江何以成為「引無數英雄競折腰」的神。

首先來看這尊神產生的背景。水滸之事的背景是宋朝，宋朝官層重文輕武，對那些無法流向官衙層的底層人來講，他們憑藉的只有自己那一身力氣，或一身技藝，而靠這些在當時無法獲得基本的生活保障，呂方、薛永、石秀等就是代表。「如今那官司一處處動彈，便害百姓；但一聲下鄉村來，倒先把好百姓家養的豬、羊、雞、鵝，盡都吃了，又要盤纏打發他。」阮小五這樣描述地方官。認證了盧梭說的「政府與人民的距離越大，貢賦就越沉重」的正確性。政府衙門憑藉權力利用各種各樣的手段盤剝敲詐百姓，底層百姓的生活完全被上層控制，兩個階層的生活如同天地，視同水火。現實的窮困生活也導致阮小二兄弟對「不怕天，不怕地，不怕官司；論秤分金銀，異樣穿綢錦；成甕吃酒，大塊吃肉」的地方充滿了無限憧憬，並迫切想加入梁山的主要原因。對於能識得他們本領又能引領他們走上這條道路的人，他們會為他「水裏水裏去，火裏火裏去」。人的最自然最基本要求便是溫飽。不能說二龍山、桃花山、少華山、芒碭山、對影山、白虎山等十二三個山頭之人全為謀飯食而落草，但沒有一個是因為在衙門裏太滋潤而走此下策。

在財富不斷流向權力和武力強者手中，貧困者數目與貧困程度不斷增高時，兩級分化的最大惡果便是道德底線的決堤，以及道德評判標準的失衡。金錢成了人們追求的目標，有錢人也成了令人仰慕物件。與其說丹書鐵券讓柴進底氣十足，不如說是錢財讓柴進遊刃江湖與官府。在這樣的情況下，任何的宣導和宣傳不值半文錢，也不起半文錢的作用。人們相信的是誰給予他錢財，誰就是救星。

水滸之人大都是最底層社會之人，他們貧困生活中的任何一次災難與「風雪」都是滅頂之災，此時誰施予他救命之錢，誰就是一尊神，誰就是一尊菩薩。在一個生活富裕、自由、民主的國度社會裏，沒有什麼神仙，更沒有什麼救世主。人們仰望的神在天上，只向神懺悔罪過，救贖自己。

再來看都有哪些人給這尊神「燒香」。先拋開宋江對閻婆惜、武松、李逵等赤貧階層速降「及時雨」而名揚江湖，但論都有哪些人物給他做江湖廣告。先說梁山排名第十的柴進，看到柴進見到宋江立刻納頭便拜，我就斷定這夥計家裏的那塊「鐵券丹書」肯定不值幾個錢，不頂什麼屁事。見到一個道聽塗說的人物就雙膝著地，實在有損一個皇族子孫所應有的貴族氣概。書裏不也出現過一個假宋江嗎?好了，不說這個水滸梁山裏出身最高的人了，來說說以宋江為神這些人的知識程度。吳用的文化程度最高，被阮小二兄弟稱為和現今意思可能不一樣的教授。剩下的要麼不識字，要麼是以武力來風風火火闖天下。一個書法臨摹家聖手書生蕭讓，不過是一個高級文案。整體上講，江湖這個湖裏沒有「思想的知識分子」，而「思想的知識分子」既有對事物進行前瞻式思考判斷的責任，又有對事物進行追昔式的探問研判。以宋江為神的人，沒有任何一個能成為這樣的人。即使後來在「菊花之會」上有武松和李逵的反對招安，也遭到宋江雷霆大怒：「這黑廝怎敢如此無禮！左右與我推出去，斬訖報來。」從此無人敢言。

一個沒有知識，沒有思考的階層所產生的膜拜，難免偏見、盲目、愚昧。宋江本人的偏見便是「今皇上至聖至明」，而其他人的偏見便是疏財便是仗義，不敬拜疏財的人就是不仗義不朋友。孟德斯鳩說「知識令人溫和，理性令人傾向於人道。」江湖本不是個有知識與理性的地方，所以我們也無從去江湖找到溫和與人道，更無從找到理性、清醒和智慧。說來，膜拜宋江和敬畏流氓黑社會頭子，不過是桔與枳的區別。

文化的力量其實比經濟的力量還要強大，任何一個國家、一個群體、一個單位，真正要變強大，背後支撐的都是思想文化的力量。未來世界競爭的將可能不是經濟的強大與否，而是看誰的思想文化強大到什麼樣的程度，看誰的思想文化更加順應人心從而淹沒另一種弱小落後的文化。

思想文化的缺失，使人盲目地相信，茫然地下跪。二把手盧俊義唯一沒有讓我失望的地方就是見到宋江時沒有立刻下拜，而是慌忙還宋江的「納頭便拜」之禮。對於那些見到宋江就納頭便拜的人，總為他們輕易下跪而感歎。堂堂漢子怎麼可以為一個空洞洞的稱謂而推金山倒玉柱，男兒的膝下不是有黃金，倒是有雨點了。不過細細思來，既不覺奇怪，也不應感歎，我們不也對著一個畫像虔誠行禮，大跳舞蹈，大聲呼喊嘛！

宋江的第四條道路

歷來對於宋江最後道路的選擇有三個說法，一個是宋江只能招安，一個是宋江繼續在梁山做山大王，再一個是問鼎趙家皇帝寶座。那麼有沒有其他的道路可走呢？我認為宋江還是有路可走的，這就是本文的題目。

先來分析宋江可以走的前三種道路。從宋江的自身條件和梁山的自然和經濟條件來看，宋江招安等於把弟兄們帶上了死亡之路，在梁山繼續佔山為王的前景確實不容樂觀，而問鼎趙家最高位子，說實話，宋江和他的手下實在沒有那個能力和水準。從宋江的個人情況來看，宋江是梁山這個彈丸之地的王者，但不具有王者的才智。宋江缺少的不只是才學，他更缺少流氓的氣質和才德，而這樣的潛質決定他既不能在朝為官，也不能在野問鼎寶座。宋江落草梁山，不過就像古代那些文人為了入世而隱居深山罷了。他像一個井底的小青蛙一樣渴望跳進那一小片趙家的天空，這也就決定了他的眼界不會有多寬有多遠。並不是小瞧鄆城小吏的宋江，宋江實在缺少大胸懷，也實在缺少大氣魄，其表現出的行為更像一個聰明而富有的小地主。從蒙受宋江的「及時雨」點的人來看，沒有人能夠輔佐他走上皇權大道。他的手下不過是一些不如他的眼光和能力的一群莽漢和一些自以為很了不起的人物。

人生的路有好多條，就看你怎樣判斷，怎樣選擇。路好走，判斷與選擇卻十分困難。這其實是斷定一個人是英雄還是草包的一個標準。從劉邦、李淵、趙匡胤、朱元璋、努爾哈赤等幾個開國主子來看，他們走來的路其實沒有大的區別，然而他們對時局的判斷和選擇卻是其他造反者所望塵莫及的。宋江對這個趙家江山的狀況沒有進行任何的思考，更沒有進行什麼權衡和審視。

當時除了宋江，還有淮西的王慶、河北的田虎、江南的方臘，這四個造反集團各居一方，勢力都不大也不小。哪一個都不能完成問鼎皇權之事，哪一個也都不能最後保全自己的勢力。從宋江帶領手下百十個將領去打王慶、田虎，沒損失一員將領就輕而易舉把他們消滅來看，他們兩個實在沒有什麼本事，也實在沒有多大的勢力。宋江一種方法是先把他們兩個幹掉，將他們的地盤居為己有，肅清那裏的一切「反動勢力」，開發改造成梁山的新領地，經濟新來源。一種方法是和這兩者聯合，把梁山作為根據地，向外擴大地盤，向外擴張勢力。在勢力不斷強大的情況下，再與方臘聯手。比較而言，方臘的隊伍還是有相當的實力，宋江不妨和方臘搞幾次「方宋」合作，利用方臘的力量來拓展梁山的地域，必要的時候可以搶先摘方臘的「甜果子」。一般情況下，開國的皇帝大都喜歡也都擅長利用這樣的辦法搶地盤，爭果子，得江山。

方臘已經稱帝，已經和朝廷公開叫板，朝廷自然要花大力氣來剿滅他，更會集中精力打掉這個先跑出來的小鳥。中國素有「出頭的椽子先爛」，方臘這個不堅實的椽子，在風雨中，完全可以成為宋江臨時躲雨的地方。躲起來的宋江和梁山，既能休養生息又能保存更多的實力，實力是最有能力和人叫板的好武器。然而宋江沒有認識到這點，也沒有利用這個機會。我們知道機會失去了，就像昨夜的風吹過了一樣，再沒有了。

即使方臘不願意搞聯合，宋江還可以從大局著想先委屈委屈自己。從方臘方面來講，雖說蠻認真地給他自己弄了件耀眼的龍袍，但他實在不是做皇帝的那塊料子。他手下的人員和宋江的屬下相比，是二八與十六的關係。兩者相比，方臘至少還有一點兒敢做敢當的血性漢子氣，而在宋江身上體現出更多的太監氣。說遠了點，還是回到宋江的道路上來。對於這樣的方臘，宋江彎腰向其秘密示好或稱臣，以方臘的性格，完全會欣然接受，說不定會執手結為兄弟呢。這樣的結果，彼此遙相呼應，互為彼用，各取所利。歷史上，江山大都是今天我和你聯合打他，後天你又和他聯合打我這樣打來的。最後剩下兩個在最關鍵的時刻打一場持久戰，剩下一個的屁股坐到了龍墩上。和方臘聯合，即使宋江熬不到和方臘開戰的那一刻，也可以偏安一隅多年，至少梁山人不會這麼快，就成為趙家案板上的肉片了。梁山人的本質精神追求，不就是一個快活地活今天的日子嘛，每一個今天的快活集加，就是一生的快活。保持住梁山人更長遠的快活日子，就是梁山最好的道路。宋江執著堅定地帶領手下走進佈滿荊棘與陷阱的朝廷大殿，其實根本就沒有看到梁山人的真正追求——快活每一天。

宋江沒想過聯合，他手下的人也沒這個想法。他手下的能人不過都是中下層的軍官，剩下了都是大字不識一筐的下層人物。吳用這個秀才是最有文化的人物，他的見識實在不能算高，他「算計」的最大人物也就是個沒長腦子的盧俊義。對於宋江等人一致認為的高俅等奸邪小人，就沒了算計腦袋。從算計的對象，完全可以丈量出算計者的水準。一個打一群小孩，或打一群傻子的人，絕對成不了將軍。對書中的「河北玉麒麟，梁山盧俊義」這句話印象特深。玉麒麟，那是個什麼東西？名字又是個什麼東西？總讓我感覺沒被算計的盧俊義是個人物，到了梁山就成了一個簡化的人名了。梁山實在缺少人才，實在缺少思索梁山未來，謀略梁山明天快活在哪裏的人物，而這樣的人物決定梁山的生死。梁山悲慘結局的根本原因似乎就在這裏。劉邦、劉秀、朱元璋、趙匡胤等手下，這樣的人物，閉眼睛抓，不說是一抓一大把，也可以一抓三兩個，而這三兩個卻是直接決定一個專制集團未來命運的人。梁山空有一個「替天行道」主義旗幟，能有多大的用處，又能飄動多久呢！所以，宋江的第四條道路，不過就是能讓梁山人相對長遠地快活的一條小路。小路也是路，總比沒有路好一些。

這樣一條可以讓梁山能長遠地快活的小路，宋江和手下人都沒有去思考，那宋江和梁山就只有死路了。一個讓朝廷裏權力最大者寢食難安的人，能讓你吃官飯，穿官衣，領官俸自在地活著嗎？作夢！這是站在專制集團的角度來講，而從民眾的角度來講，誰坐了龍墩，誰坐了強盜，民眾都難以逃脫被宰割、被踐踏、被搶劫的命運。在中國的專制極權下，任誰當了皇帝，或當了不是皇帝的皇帝也一樣，誰都難逃窠臼。換句話說，這樣的人也是不折不扣的強盜。

從鎮關西到潑皮牛二

《水滸傳》第三回分解的魯智深拳打鎮關西，和第十二回分解的汴京城楊志賣刀，是書中很能讓人出口惡氣的篇章。鎮關西鄭屠戶被花和尚三拳就結果了性命，楊志一刀將這個潑皮牛二捌翻，兩刀結果了他的性命。兩個好漢一下子為當地的人們除了禍害。

鎮關西是渭州某個小鎮的小財主，賺錢的主要手段還是親自操刀賣豬肉，鎮關西是他的綽號，可見是有一定的影響力。鎮關西強媒硬保流落到他賣肉地片某人家的女兒來做小妾，不給錢也就罷了，還像模像樣地寫了一個三千貫的文書契約，佔了便宜後不要了還訛人家這個錢數。潑皮牛二還趕不上鎮關西鄭屠戶，沒有任何產業，是京師有名的破落戶，被叫做沒毛大蟲牛二。潑皮牛二看到人家楊志的寶刀好，就要不拿一分錢地搶為己有。在搶的過程中，無人敢來勸解潑皮牛二，無人敢來勸架。這個從來沒有遇見過敢和他這個沒毛大蟲叫板的人，為此付出了生命的代價。

兩個人都是既不在官，也不在吏的市井街面上的人。哪裏來這麼大的膽子？哪裏來這麼大的能耐？他們兩個居然能擁有如此胡來的天地，而且還風光了不是一日半日，直到遇到了魯智深和楊志兩個人，才結束了胡作非為的生涯。當時的官衙都哪裏去了？這樣一個地方擾民無賴，怎麼就能如此地任意胡為？

鎮關西這個欺男霸女的純粹無賴，在當地是個「又有錢有勢」的人，他的話，對於那些沒他有錢有勢的人就得認真執行，客棧的老闆就在替這個鎮關西監視著那對苦命的父女。對於那些比他有能耐的人，比他有力量的人，比他有錢的人，他不會既當有錢人，又當有勢的人，會立刻變成小狗般的奴才。魯智深當時不過是個經略府提轄，也就是當時的主管訓練軍隊、督捕盜賊等事務的小武官，和主管地方的衙役沒有多大的聯繫。鎮關西見到魯智深這個小提轄，立刻點頭哈腰，親自操刀為他服務。魯智深讓他怎樣切他就怎樣地切，要怎樣剁他就立刻怎樣地剁，小心翼翼地伺候著魯智深這個「上帝」。要是地方某個大官的家奴去他那肉鋪裏買肉，他不定是個什麼樣子呢。

書中沒寫這對父女到衙門裏去告，但一句「和他爭執不得，他又有錢有勢」就讓人知道，即使苦命父女去告，也告不贏。他的錢和勢與大款、衙門裏的人比較，不算又有錢有勢，但和這對父女相比，還是有勢有錢的。人啊，就怕比，一比就有高低，就有短長。這對父女和所有聰明且無奈的弱者一樣，沒有辦法地選擇了忍耐，再忍耐。草根就在這樣一層層的踩壓下，生存著，掙扎著。

潑皮牛二和鎮關西沒有本質區別，只是牛二是個專職的無賴，書裏有這樣一句評他的話：「專在街上撒潑、行兇、撞鬧，連為幾頭官司，開封府也治他不下，以此滿城人見那廝來都躲來。」這個專職無賴，連為幾頭官司，開封府都治他不下，為何？滿城人見他都躲起來，這滿城人不都是平民百姓吧？府衙裏的官人衙役大概不需要躲起來吧？為害一方之人怎麼就能拿他不下？如此的破落戶牛二，就在這樣態勢下，有了滋潤的存在空間。

「書讀百遍，其意自現。」書真怕讀，一讀才知道了問題的關鍵是，牛二專在街面上撒潑、行兇、撞鬧，而不去其他要害的地方去撒潑、行兇、撞鬧！那麼府衙裏的人等當不知道街面上有這樣一個無賴了，非也。「眾多押牢禁子、節級，見說楊志殺死沒毛大蟲牛二，都可憐他是個好男子，不來問他取錢，又好生看覷他。」「推司也覷他是個身首的好漢，又與東京街上除了一害，牛二家又沒苦主，把款狀都改得輕了。」看來，人心還是向善的，所以這次「不來問他取錢」，要是別的事情，或別人的話，那是必定要向楊志取錢的。再有牛二家也沒個親屬，也是根本。如果牛二有個京城衙門裏的親屬來搭理此事，好漢楊志，也逃不掉嚴審重判。

這是民間最底層的無賴，無賴是分檔次的，不過只要是無賴，其性質沒什麼區別。

「投名狀」與「殺威棒」

梁山的「投名狀」與趙家官府的「殺威棒」放在一起，有點風馬牛，不過沒關係，一會兒你就知道筆者的意思了。請你繼續往下看。

「投名狀」是王倫領導下的梁山產物，是因林沖上山而披露出來的內部情況：每個上梁山的人必須「下山去殺得一個人，將頭納獻」，如此梁山人「便無疑心」。這是本意「投名狀」，不過是讓每一個上梁山的人身上都有跳進黃河也洗不去的血漬。後來到了晁蓋以及宋江領導下的梁山社會，沒有了名義上的投名狀，但實質上的投名狀仍然存在，只是變了一個花兒樣。

梁山五虎上將沒有一個沒有投名狀。林沖在王倫時代沒弄成投名狀，不過在敢搶劫官府的晁蓋等人來到時弄成了——殺掉王倫。這一投名狀奠定了晁蓋的梁山天下，也奠定了林沖的地位。呼延灼「納頭」了梁山之後，立刻前往青州賺開城門，為梁山劫奪了五六百車的金帛和糧食，捎帶著又將青州慕容知府家人全部斬首。後來呼延灼又在梁山授意之下，將宋江喜歡的關勝賺上山，向梁山主子交了一個不小的投名狀。關勝「願在帳下，為一小卒」後，主動請纓成為前部去攻打北京城，接著他又將蔡太師保舉皇帝提拔的聖水將軍單廷珪和聖火將軍魏定國拉上了梁山，為粉碎朝廷再次剿捕梁山立下了大功，交了一個梁山滿意的投名狀。如果說上面之人是自己交的投名狀，那麼秦明的投名狀就是被強迫交納的。宋江等人設計了用秦明披掛賺開城門殺死百姓，燒毀房屋的陰謀，製造了一個反賊的現實來陷害堅意不降的秦明。這樣的秦明也就沒有了退路，只能跟著梁山走。宋江說的「不恁地時，兄長如何肯死心踏地」，真實道出了投名狀的本質。湯隆的投名狀是他的姑舅哥哥徐寧，而徐寧的投名狀不是人而是用鉤鐮槍法來破連環馬軍。其他的人也都有大小不一的投名狀，即使是宋江也有投名狀——救下了危在旦夕的晁蓋，只不過他投的時候比較早。

投名狀不過是個賣身契，換得在梁山生存的一個飯票，獲取坐穩了強盜椅子的權力。第八十六回裏張橫對弟弟張順說：「我和你弟兄兩個，自來寨中，不曾建功，只看著別人誇能說會，倒受他氣。」就可知道上梁山首先要建功獻力，否則，日子就不好，就要受他人氣。此時投名狀的要求和內涵豐富而高級，得到了繼承與發展，王倫制定的投名狀最多是個初級階段。這方面也可看出王倫是成不了大氣候的。

再來說說「殺威棒」。「殺威棒」在林沖入獄、宋江被囚、武松進牢幾處都有很詳細的解釋。這個棒子是趙家監獄管理的法律武器，就是先用棒子來殺掉你的威風，服我管理。這個法律棒子的所有權是趙家政府的，對眾多的人來講屬於公權，但在實施的過程中，已經轉化為具體掌握這個法律棒子之人的私權。作者在書中提到不被打一百殺威棒的最底價格是五兩銀子，那麼可以推測以後在監獄中要受到特殊待遇的價格就會比殺威棒的五兩銀子高許多。從宋江以及林沖所送銀兩，我們知道宋江幾乎不是在服刑，而是到江州做了一次休閒旅遊。從宋江在著名的景點潯陽樓飲酒、觀海、吟詩，可知他過的簡直是神仙的日子。林沖的待遇雖沒有宋江那麼好，但也是相當的不錯。林沖不如宋江待遇好的原因是他的財力沒有宋江大，給的銀子沒有宋江給的多。對公權執行者來講，這筆收入沒有成本，不需要付出任何勞動，就像坐著接天上掉下來的一個個牛肉大餅一樣。從戴宗的公開要「常例」來看，「常例」已成為當時監獄部門的公開秘密，或說公開腐敗。假公權以行私利，本就是最好最直接最容易的事情。在無人監管這個利器使用的情況之下，如何發揮利器的自身作用，那就全憑利器使用者的個人良知，而個人的著眼點大多在私利。「殺威棒」能被人變成搖錢樹的根源就在這裏。戴宗說的「我要結果你也不難，只似打死一個蒼蠅」的話，理解起來其並不是吹牛，只是他敢於說出真實來。在這樣真實的現實裏，落進這個體制法則中的人們只有兩種道路，一個是有錢一定拿出錢來，一個是沒有錢做一個將被打死的「蒼蠅」。這裏只有錢的法則，而沒有公正的法則。而錢的法則最終導致的結果會是什麼呢？

政府的公權轉化為個人謀取私利的武器並不只是趙家監獄裏這個有形的「殺威棒」，更多無形的「殺威棒」在為私權揚鞭，殺威棒不過是底層司法權力者謀取利益的最直接最簡便的工具，是趙家政府腐敗的一個小小縮影罷了。透過「殺威棒」和「花石綱」，我們可以知道趙家政權內部腐化叢生，外部烽煙驟起。一個到處存在為生計為安全而做盜做匪並官匪勾結的政府，一個上上下下無處不是大貪小貪的宋朝政權，離滅亡的終點還能有多遠！梁山談不上忠，也談不上義，只能談得上一個大塊分金，大碗吃肉，這是梁山的本質。而政府人員談得上的也是一個錢字，而官府通體成為內部中人斂錢的最好武器。

進入梁山社會，要有獻禮，進入監獄，要有獻禮；交納得多而且價值高，那麼所得到的好處就多，地位也就越高。所以本質上，「投名狀」與「殺威棒」是一樣的，只是形式上有點兒區別，一個是披著朦朧面紗羞答答上場，一個是赤裸裸揚揚得意上場。梁山也是一個社會，按當時的宋家政府體制不過是再給它加個「黑」字罷了，所以要披個黑面紗，還要來點羞答答，不過是裝的！

水滸官府人的「變臉」

「水滸官府人」這幾個字似乎有點怪，解釋一下，是指那些朝廷公務官員到梁山落草的人。他們在梁山一百零八名頭領中，粗略算了一下大約佔了一半多。小人物自然不用細說，只說那些在趙家官府有地位的重要人物，其變臉的速度，讓我立刻想到四川的變臉這種藝術真的有現實生活基礎。

先來看名人之後呼延灼。呼延灼為汝寧郡都統制，為地方軍事首腦。高太尉為剿滅梁山，報弟弟高廉被殺之仇，向皇帝保舉，呼延灼一下子進入中央。他被越級提升為「剿梁」總司令：兵馬指使。皇帝賜予他「踢雪烏騅」，高太尉也是要什麼給什麼，呼延灼也十分自信：「三路馬步軍兵，都是訓練精熟之士，人強馬壯，不必殿帥憂慮。」等於告訴高太尉，你老人家不用擔心，只在家等捷報吧。等到被打敗了，跑到青州慕容知府那裏還是大話：「恩相放心，呼延灼已見他們本事。只在早晚，一個個活捉了解官。」失街亭最大意義是告訴人們，說大話的人，千萬不能相信他，這麼多年人們總是忘記這一條。隨後被逮住，宋江三句話後，都沒經過思考就跪倒在地：「非是呼延灼不忠於國，實感兄長義氣過人，不容呼延灼不依，願隨鞭鐙。事既如此，決無還理。」一眨眼的工夫就變臉了。甚是奇怪，不說對不起朝廷這麼多年俸祿，就是高太尉如此重用也不該這麼快對不起「殿帥」而「變節」吧，怎麼也得和自己的心靈研究研究，或者經過幾天考慮吧，怎麼都不如在野之人盧俊義呢。那地位不高由呼延灼向高太尉推薦的副先鋒彭玘和韓滔，其「變節」速度也是快如風。政府派出這樣的軍隊司令，甭指望它保家衛國，也甭指望它為民剿滅黑社會。

再來看五虎上將裏的關勝。關勝是「幼讀兵書，深通武藝，有萬夫不當之勇」。關勝見了蔡太師：「久聞草寇佔住水窪，驚群動眾。今擅離巢穴，自取其禍。若救北京，虛勞人力。乞假精兵數萬，現取梁山，後拿賊寇，教他首尾不能相顧。」此一番話，一可知道關勝確是關羽老爺嫡派子孫，遺傳基因甚是厲害的很吶！二可知關勝這一去必敗無疑。關勝在戰場上叫罵那才叫凜然：「水泊草寇，汝等怎敢背負朝廷！單要宋江與吾決戰。」「天兵到此，尚然抗拒，巧言令色，怎敢瞞吾！若不下馬受降，著你粉骨碎身！」不過凜然的時間太短，只隔了一天的早晨，關勝就下馬降了：「人稱忠義宋公明，話不虛傳。今日我等有家難奔，有國難投，願在帳下，為一小卒。」一入夥飯還沒吃完，關勝就已經「小將無可報答不殺之罪，願為前部」了。有一段時間讀這章，只瞧見關勝的嘴巴在說話，而看不見他的臉放哪了。

「屈在下僚」的關勝最初是「蒲東巡檢」，巡檢就是個正團，「剿梁」司令即領兵指揮使是個少將正軍級，越了好幾個級呢！無論從祖宗上，還是從「士為知己者死」上，還是國家利益高於一切上說，誰降梁山，關勝都不應該。畢竟關勝「我祖爺爺」當年的拳拳忠義之心日月可昭，一千餘年後的孫子不該只拿著青龍偃月刀來「啃老」。後來關老爺進店鋪保佑店主發財了，也就不吃驚了。這樣的人，帶領誰也打不贏的。

再來說董平，五虎上將之一。見到宋江大怒罵道：「文面小吏，該死狂徒，怎敢亂言！」一轉眼之間，這位「風流萬戶侯」之人，就被兩位女將押解來見宋江，說的又是：「小將被擒之人，萬死猶輕！若得寬恕安身，實為萬幸。」接著帶人馬殺向東平府，搶了糧食和太守女兒，殺了就要成為他老丈人的程太守一家，遞了「投名狀」。狐假虎威沒了人性的奴才要是遇見能要他命的新主子，不變節不投靠，就是一樁怪事。

對梁山的每一次清剿，都動用了大量的國庫開資，無形中增加了多少百姓賦稅，而納稅人養活的人卻像紙糊的老虎一樣，就降了一個扛著「替天行道」假大旗的黑社會團夥，是夠人想半天的。這些官場人，是為某主子而不是為國家效力，主子的臉都變化多端，為其服務的人也不能不變。何況平時大話嚇唬人嚇唬慣了，也能嚇唬得了手下人，到了梁山也以為能嚇唬得了。既然嚇唬不了，打幾圈又打不過，又要保命，那只好「變」。降了總得有塊遮羞布，那就是宋江的宣傳理論「替天行道」。一群這樣的官府人，就可知這個趙家政府到底還有什麼能耐了。

宋江方臘等人的事情是發生在宋徽宗宣和二年左右的事情，而宣和二年到靖康之恥，也不過六七年的光景。好在後來出現了一個岳飛，要不真讓人洩氣！

朱仝不願上梁山的道理

朱仝和盧俊義兩人上山的情景大致相同，都是被梁山人逼迫上的山，但朱仝的被逼上山更讓人覺得梁山的最高領導集團之虛偽、狡詐、殘忍。似乎看到梁山之上，高高飄揚的「替天行道」大旗不過是掛羊頭賣狗肉的招牌。朱仝是不願上山的，最後被他救過命的人逼得無路，才走進了這個陷害他的梁山集團。

朱仝本是趙家王朝體制內的編制人員，在抓捕晁蓋之時，這個編制內人給晁蓋指出了一條光明大道：「你不可投別處去，只除梁山泊可以安身。」此事發生後不久，朱仝又將殺了閻婆惜的宋江放掉了。梁山日後的兩任寨主的生命都得益於朱仝的一手相救。和梁山兩個首領有這樣關係的朱仝，按說早就有條件有資本上山，即使在朱仝放跑了雷橫之後被官府打了二十脊杖，刺配到滄州，也沒有想到上梁山。直到吳用策劃了實在不怎麼地道的計謀，經過宋江等最高領導層點頭實施後，無奈的朱仝才上了山。

不願上山的朱仝自有他不願上山的道理。

梁山的基本路線（阮小五之口說出）：「論秤分金銀，異樣穿綢錦；成甕吃酒，大塊吃肉。」就是宋江後來當了一把手，這個基本路線也沒有改變。朱仝在宋朝體制內的差使，完全能夠使他實現梁山這樣的基本路線。不過不是論秤分金銀，而是自己個獨佔，綢緞錦帛，還有大蓋帽等行頭公家全部發給，酒肉雞鴨有「好百姓」供給，盤纏有「好百姓」來打發。最主要的是還有宋朝的紅頭文件，使他朱仝們可以名正言順地這樣做。即使是我做朱仝這樣的工作，我也不會主動自願上山。可不願上山的朱仝為什麼又願意和草寇之流攪和在一起，甚至還給他們指出前進的方向？書裏的一句話點醒了我：「捕盜如何與盜通，官贓應與盜贓同。」一官贓氾濫的世界，一切都將以權力為中心，以利益大小為半徑畫圓的。

宋江與晁蓋都是衙門通緝的要犯，朱仝多大的官，敢冒這樣的風險？查找資料知道朱仝當時的職位不過相當於現在的縣公安局刑警隊長。朱仝這樣做，已經是和朝廷對著幹了，但他又為什麼敢於這樣做呢？因為這樣做的風險不大，暴露的可能性也不大。宋朝的整個系統處於萎靡頹廢的癱瘓狀態，除了皇帝不為錢財操心，不時跑到妓院裏和李師師鬼混以外，從上至下一片斂財之聲，大名府梁中書送給老丈人蔡太師的過生日禮物一下子就是十萬貫，還不包括前一年那被劫去的十萬貫。十萬貫可不是個小數目，相當於今天的台幣五千多萬。而此一套「富貴」，人人都知道這是「不義之財」，所以劫取它「天理知之，也不為罪」，更何況阮小五說的那種「如今那官司一處處動彈，便害百姓；但一聲下鄉村來，倒先把好百姓家養的豬、羊、雞、鴨，盡都吃了，又要盤纏打發他。」確是大官大貪，小官小貪，遍地貪污之聲。斂錢已經成為不同級別官府的主題曲，銀子能敲開一切堅固大門，宋江逃走時，就囑託朱仝上下打點。朱仝深知朝廷衙門裏的人看重的是什麼東西，也深知此形勢下犯人逃掉的責任容易推脫。憑藉著手中的權力，為何不為自己的關係戶創造條件，打開大門。另外一方面，朱仝放走晁蓋，放跑宋江，與銀子不是沒有關係，只是銀子在這兩件事出現之前就已經打開了互相來往的通道。

從孟德斯鳩《論法的精神》裏知道：「一個政府，假如沒有做不義之事的爪牙，就不會成為一個不義的政府。只是要這些爪牙不為自己撈一把是不可能的。所以，在專制的國家中，貪污就成為很自然的現象。」貪污成為自然現象後，無條件貪污又不甘受欺負之人，其行為只有兩種可能，要麼把自己變為奴才成為貪官的走狗，吃點殘羹冷炙，要麼憤怒地揭竿而起。朱仝這個人有一點權力，但不大，還能在宋朝體制內生活得不錯，當然要維持這樣不錯的狀態。

朱仝這樣做，還在於他認為這樣做是一種人性的行為，並不認為是對他服務的體制的背叛。放掉晁蓋只是給他一個「安身」之地，放掉宋江只是給他一個「去路」，自己有路可走，還需要走梁山之路嗎？不需要。但梁山給他安排了一個絕路：他帶著欣賞他、善待他的滄州知府的小兒子去看燈，梁山集團密謀殺死了這個孩子。正如朱仝發表的議論那樣：「你們弟兄好情意，只是忒毒些個！」一個忒毒些個的體制和一個忒貪污的體制，是五八和四十的關係。任何表面的口號和旗幟都不能掩蓋住貪污與忒毒些個的本質。這讓人想到德國哈耶克的《通往奴役之路》裏所說的：「一個人數眾多、有力量而又相當志同道合的集團，似乎在任何社會中都不可能由最好的分子，而只能由最壞的分子來建立。」在朱仝身上，使我看到了由殺人犯建立起來的集團不會給任何有人性之人帶來好事，哪怕你對這個集團有貢獻，哪怕這個集團十分需要你來為他服務。勉勉強強同意上山的朱仝，提了一個沒有任何實在意義的條件：「若要我上山時，你只殺了黑旋風，與我出了這口氣，我便罷。」黑旋風李逵一下子拆穿了集團核心領導的險惡與毒辣：「晁、宋二位哥哥將令，干我屁事！」朱仝有能力和這個梁山集團對抗嗎？只好上山，儘管不情願。

對宋朝來說，有朱仝這樣的人，是一件壞事，因為這樣的人可以使合法化制度走向毀滅，但對於能跟合法化制度較量的另一制度來講，則是一件好事。令人悲哀的是，朱仝最後因「保定府管軍有功，直做到太平軍節度使」，轉了一圈的朱仝又回來了，只是官做大了。這大概也是強權制度的另一種力量。

公孫勝為何離開梁山泊

公孫勝最初選擇離開時，是在這樣情景之下：生死關頭被梁山泊弟兄救了的宋江終於落草上山，他老爹和弟弟等家眷也都被接上山來了。這一天，差不多成了梁山泊劃時代的日子。第一天，梁山大擺筵席慶賀，第二天，梁山大擺酒席賀喜，第三天，晁蓋又大擺酒席慶賀宋江父子團聚。酒席上，公孫勝提出離開梁山泊，回家看望老母，拜望師父。

離開時他這樣說：「小道自從跟著晁頭領到山，逐日宴樂，一向不曾還鄉看視老母。亦恐我真人本師懸望，欲待回鄉省視一遭，暫別眾頭領三五個月，再回來相見。」晁蓋千叮嚀萬囑咐他百日要回來，宋江提出了讓他帶幾個人去把老母帶到山上。公孫勝果斷謝絕：「老母平生只愛清幽，吃不得驚，因此不敢取來。」我們的能「呼風喚雨，駕霧騰雲」且「相貌堂堂，身長八尺」長著「一雙杏子眼，四方口，一部落腮胡」的既帥又酷的公孫勝打個稽首，別過眾人，瀟灑地去了。這一走，就很久沒有回來。

公孫勝真的就是為回家看老母和師父？不。他已經不想在這裏繼續待下去了。如果他想繼續待下去，完全可以聽從宋江的話，把老媽接到山上來，世界上哪一個母親不願意和兒子生活在一起？從後來的章節中知道，公孫勝的老媽沒有其他的兒子，就這麼一個寶貝疙瘩。公孫勝就要老媽跟他來，也是會來的。

宋江來了，原來的格局被打亂，座椅重新排列。第一位是晁蓋，第二位是宋江，第三位是吳用，第四位就是他公孫勝。晁蓋、吳用和他是最初一起劫生辰綱「鬧革命」的同夥哥們，是拴在一條繩子上的螞蚱，沒什麼問題。宋江來了後，晁蓋對新上山的宋江，厚待萬分，敬重有加。宋江跟他公孫勝沒有什麼關係，但和晁蓋的關係就不一樣了，彼此互有救命之恩。江湖上，晁蓋的名望和聲譽，沒有宋江高，宋江又是個黑道白道都走得的人。從營救宋江的過程和隆重慶賀宴會上，公孫勝已看到宋江成為了眾星捧著的月亮，聰明萬分的公孫勝大概預測到，以後的日子裏，宋江在梁山泊的位子極可能會超越晁蓋。面對後來者就要居上的形勢，公孫勝自然會想到以後自己不好處，此處不易居了。站在宋江那邊，會覺得對不起一起起事的晁蓋；站在晁蓋那邊，晁蓋的聲勢沒有宋江大。這樣的兩難處境，還是不攪和為好。離開總得有個理由，官場上一般有了矛盾，都愛拿身體患病作為理由，暫時離開住一段時間的醫院，公孫勝沒有這樣的條件離開，恰好有個老媽需要看望，這是最正當、最充分、最合理的理由了。

看到晁蓋和宋江兩人好得不得了，晁蓋根本看不到即將出現被架空的形勢時，公孫勝不可能說什麼話，眼不見心不煩離開就是了。從公孫勝最初結識晁蓋時說的話，可以知道無論是在認識上還是在感情上，公孫勝還是傾向晁蓋：「貧道久聞鄆城縣東溪村晁保正大名，無緣不曾拜識，今有十萬貫金珠寶貝，專送與保正，作進見之禮，未知義士肯納受否？」在本段裏可以知道，晁蓋與宋江同在鄆城小縣生活，公孫勝都知道晁蓋的大名，聞名遐邇的及時雨宋江的大名難道能不知道？為什麼公孫勝不「專送」給宋江，而單單找晁蓋來共同謀取「十萬貫金珠寶貝」？公孫勝認為晁蓋是義士，但在書裏沒有看到公孫勝對宋江的任何評價，也沒有看到公孫勝如何敬服宋江的言詞。

百日之約本就是公孫勝的敷衍之詞，離開之後公孫勝就音信皆無了。宋江想起來了，派戴宗前往公孫勝的家鄉去尋，人家早就改了名姓隱居起來。後來迫於形勢的需要，戴宗又一次踏上尋找之路。吳用是最明白公孫勝的人，在戴宗起程之前，吳用對宋江說：「我想公孫勝，他是個清高的人，必然在個名山洞府、大川真境居住。今番教戴宗可去繞薊州管下縣道名山仙境去處，尋覓一遭，不愁不見他。」大概吳用已明瞭公孫勝內心的想法，所以公孫勝下山時，書中沒有寫他勸公孫勝別離開梁山泊之語。而今為了梁山泊，他才出主意讓宋江請公孫勝出山。公孫勝先生又是如何對待梁山之請呢？

「貧道幼年飄蕩江湖，多與好漢們相聚。自從梁山泊分別回鄉，非是昧心：一是老母親年老，無人奉養；二乃本師羅真人留在屋前，恐怕有人尋來，故改名清道人，隱藏在此。」戴宗再三請求，公孫勝還是不答應：「干礙老母無人養贍，本師羅真人如何肯放。其實去不得了。」後來在戴宗千懇求萬哀求，李逵萬般混鬧之下，羅真人才答應徒弟下山走一遭兒。師父發話了，養贍老媽的問題也做不成藉口了，公孫勝聽了命令也就不得不下山了。但我們可以知道一點，公孫勝不是依自己和宋江之命出山，而是聽從師父之命行輔佐之事，想來對晁蓋也心理平衡了。

公孫勝最後離開，也是尊師命而行。

柴進哪來那麼大的膽兒

宋江殺了閻婆惜後和他的弟弟逃離宋家莊來到滄州柴進莊上，互相知道對方的兩個知名人士見面了。宋江：「今日宋江不才，做出一件沒出豁的事來，弟兄二人尋思，無處安身，想起大官人仗義疏財，特來投奔。」柴大官人：「兄長放心。遮莫做下十惡大罪，既到敝莊，但不用擔心。不是柴進誇口，任他捕盜官軍，不敢正眼兒覷著小莊。」等到宋江把他殺了閻婆惜的事告訴了柴大官人後，柴大官人笑了起來說道：「兄長放心。便殺了朝廷命官，劫了府庫的財務，柴進也敢藏在莊裏。」

柴大官人哪裏來這麼大的膽子？

柴家的丹書鐵券有這麼大作用？

柴大官人叔叔的房子和花園，被人看好要搶來自己住，這個人是誰？是高太尉（高俅）叔伯兄弟高廉老婆的兄弟殷天錫。拐了幾道彎的關係，都能有如此公然搶劫的行經，可見一點兒不拐彎的關係，該會有著怎樣的氣勢和作為？有點扯遠了。

柴大官人自以為他家的鐵券丹書有著巨大的歷史作用，其實不過是趙家朝廷糊弄柴家，讓他們家嚇唬那些沒能耐沒關係之人的沒用東西。到了第五十二回時，我們的柴大官人的叔叔被氣死了，人家殷天錫面對柴大官人的「放著先朝丹書鐵券，誰敢不敬」，氣勢囂張地回答：「便有誓書鐵券，我也不怕，左右與我打這廝！」柴大官人時刻掛在嘴上寶貝萬分的鐵券丹書，在當權者的眼裏還趕不上一張揩屁股紙。被抓進牢裏的柴大官人，已是皮開肉綻，鮮血直流，這時柴大官人才知道「鐵券金書空是花。」

鐵券丹書不過是柴家大門上貼的那對門神，只能糊弄鬼，不能糊弄人。其實，能讓柴大官人有這樣大的膽子，敢說這樣大話的根本，是他家裏數不清秤不完的銀子金子。錢能打通神，更能打通人。林沖到了目的地滄州牢城營，一個沒有犯大罪的罪人告訴林沖：「此間管營、差撥，十分害人，只是要詐人錢物。若有人情錢物送與他時，便覷的你好；若是無錢，將你撇在土牢裏，求生不生，求死不死，若得了人情，入門便不打你一百殺威棒，只說你有病，把來寄下；若不得人情時，這一百殺威棒打得七死八活。」差撥拿了林沖給了五兩銀子後，又看到柴大官人寫的書信立刻說：「這一封書直（值）一錠金子。」為什麼他的一封書信就值一錠金子？細分析，柴大官人本人就是金銀的代表，而不是鐵券丹書的代表。

柴大官人始終在用銀子和人打交道。林沖離開他家要到滄州牢城營報到時，柴大官人這樣告訴林沖：「滄州大尹也與柴進好，牢城管營、差撥，也與柴進交厚。可將這兩封書去下，必然看覷教頭。」和他素不相識的林沖走時，他立刻拿出二十五兩一錠的大銀送給了林沖，接著又給了兩個押送人五兩銀子。根據資料知道，北宋朝中期一兩銀子折合成現在的台幣是五千到九千元左右，取平均數七千元人民幣來算，那麼，柴大官人一下子就等於拿出四萬多元。柴大官人真是有錢啊！對一個在押犯人，出手如此大方闊綽，那些滄州的頭頭腦腦們，會得多少錢呢？柴大官人家裏的銀子大概早已把這些滄州大尹、牢城管營、差撥們餵得肥肥了，所以才會和柴進如此好，如此交厚。這封小小的書信，日後極可能成為向柴大官人換錢的物件。

柴大官人在《水滸傳》第九回裏這樣亮相：「你不知俺這村中有個大財主，姓柴名進，此間稱為柴大官人，江湖上都喚做小旋風，他是大周柴世宗子孫。自陳橋讓位，太祖武德皇帝敕賜與他誓書鐵劵在家中，誰敢欺負他？專一招接天下往來的好漢，三五十個養在家裏，常常囑咐我們酒店裏：『如有流配來的犯人，可叫他投我莊上來，我自資助他。』」養了三五十個好漢在家裏，還在繼續招接好漢，資助流配犯人，但能對抗得了官府中當權者的搶劫嗎？不能。村中的柴大官人的銀子，餵養的不過是滄州大尹、牢城管營、差撥等當地頭頭腦腦的胃口，資助幾個無錢無勢的好漢和落難犯人，他還沒有實力來對付實權派的當政者。他說出那些沒腦子的話來，也可見柴大官人，只能被叫小旋風，而不被叫大颱風。

李俊
——江湖睿智一艄公

李俊裝病帶著自己兩個手下兄弟離開宋江集團，拒絕回朝廷封官蔭子，重新回到民間的行為，筆者認為是《水滸傳》七十一回之後比較精彩的一筆。這昭示了最底層之人的智慧以及敏銳的感識。李俊這個沒有多少文化的艄公目光，真的比玉麒麟盧俊義看的深遠。對於李俊這個人，可以說的話題不多，但他身上所蘊含的也許不少。

總為李俊兩次救宋江的事而沉思。揭陽嶺宋江被蒙汗藥蒙倒，被店主李立拉進人肉作房擺到剝人凳上，命懸一線的宋江被及時趕到的李俊救了。李俊是個撐船艄公，為了結識路過揭陽嶺的宋江，他放下自己的日常工作，在嶺下專候他膜拜的「及時雨」宋江。就像今天的追星族一樣他等了一天又一天，直到等了「五七日」，才在人肉作房裏見到了被哥們蒙倒的「偶像」。沒有李俊這一等候，宋江的命也就立馬玩完。等到穆春和穆弘兩兄弟追殺宋江到潯陽江邊，宋江被艄公弄上船，接著又要被艄公殺掉之時，李俊閃電般出現在江上，把馬上就要餵魚的宋江又一次救了。兩次從死亡線上把宋江拉回來的李俊，是宋江名副其實的救命恩人。到了劫法場救宋江這章裏，李俊和張順弟兄們在不瞭解梁山如何救宋江的情況下早早準備好了三條大船，在江邊等候宋江等人到來，再一次救了前有滔滔潯陽江後有漫漫官府追兵的宋江。對宋江來講，李俊倒是他的及時雨。沒有李俊，宋江的小命不知在天堂還是在地獄裏飄蕩呢！李俊排名第二十六，是水軍中排在最前頭的將領，差不多是元老級人物的阮小二弟兄都在他的後面。遍查《水滸傳》，李俊似乎沒有什麼功績，而看他的排名如此靠前，大概主要的原因就是多次救了宋江的小命吧！

從李俊救宋江來看，他對宋江真的五體投地。否則，也就不會這樣惦記著他的生死禍福。但就是這樣一個人決然離開了宋江，而且不告訴宋江真相，這就令人所思了。

人在不真正瞭解一個人的時候，對其崇拜不過都是道聽塗說而已，但真正走到了身邊可能就不一樣了。到了梁山，李俊肯定是宋江路線的堅定執行者，但李俊不是李逵似的人物，這從他兩次救宋江顯示的智慧就可看出他不是一個沒腦子的人，甚至可以說他是個深謀遠慮之人。歷史告訴我們，有腦子的人可能被一時所蒙蔽，但不會永遠被蒙蔽。李逵為什麼到死還在追隨宋江，就是因為他的腦袋長在了宋江的腦袋上。李俊是從江湖上摸爬滾打出來的人，跟隨宋江這麼多年，宋江的言行人性他是不是已經瞭然？一個進了黑道的人想要走出來，再回到從前容易嗎？逼朱仝上山、盧俊義被謀算、徐寧被操作等等「忒毒些個」的事情，梁山是公開實施，有目共睹的。以李俊的才智會看得很清楚，大概他不願說罷了。到了宋江專權梁山時期，宋江表現出的獨斷專行和提倡的招安，已經讓梁山弟兄們表現出了不滿：「冷了弟兄們的心！」弟兄們的心不一定重要，但自己的心卻是很重要。梁山已經不是梁山弟兄們的梁山，而是宋江的梁山。人們追隨宋江並不是為了宋江，而是要透過具有凝聚力的宋江聲譽達到弟兄們希望的快活生活境地。梁山之人都是強盜，只是分成官府強盜和民間強盜兩類。民間強盜都是一個個獨立而渺小的個體，或者單槍匹馬，或三兩個人四五匹瘦馬，其安全係數和生存空間都比較小，根據自然法則，自然希望納入更大的強盜團體中，以尋求更多的保護和更大的利益。而這一點正好被宋江利用了，他利用了梁山眾弟兄對他的信任，從而出賣了這些弟兄，換取了自己追求的紫袍。

也許李俊沒看到事情的本質，但他對梁山以及招安後的一切應該是瞭解的。揭開事物的本質有時不需要多少力氣，就像捅破窗戶紙一樣。充當這根手指頭的人就是費保：「為何小弟不願為官？為因世情不好。有日太平之後，一個個必然來侵害你性命。」言外之意便是到了太平之日，即使是你崇拜追隨的宋江也保護不了你李俊等人的性命，趕早自己想轍子保命吧！李俊的命在梁山不算什麼，到了朝廷裏更不算什麼，但不能因為不算什麼，就要讓人來糟蹋自己的性命。李俊是局內之人，似乎應該從宋江招安後的一系列行為中，看出宋江沒有能力手段來保護手下弟兄們的性命和富貴，卻必須為了宋江的地位而拚自己的命。在沒有任何保障的前提下，繼續追隨一個讓人失望的首領，那絕對不是明智的選擇。李俊沒有立刻離開的原因是他不能在仗還沒有打完的時候就偷著走了，那樣的話，既有被人看成開了小差，又有被人看得不仗義不哥們的可能。這樣的世俗輿論，無論如何不是智謀的李俊願意承擔的，就如他說的「全不見平生相聚的義氣」，就從這句話，我們可以知道李俊是個敢擔當的人，也是個愛惜自己「羽毛」的人。

一仗仗打完了，為你宋江該做的都做了，不該做的也都做了，該離開了，該給自己一個結果了。能想出用裝病來蒙住宋江的李俊，應該能想到這點。在梁山和朝廷轉了一圈，看破梁山，看破朝廷，看破自己崇拜的人後，李俊重新回到了「江海寄餘生」的生存狀態，轉了一圈又回來了。不過這樣的回來，想來肯定是不一樣的了。

武松為何反對招安

一個正害著瘧疾的魁梧大漢在冬夜的瑟瑟北風中，正蜷縮著身體，以一堆自備的炭火來溫暖貧病交加的自己。我們的打虎英雄武松就這樣淒涼而卑下地登場了。如此地出場與他後來的景陽岡打虎、怒殺潘金蓮、醉打蔣門神、血濺鴛鴦樓、出家六和寺形成了鮮明的互襯。我常想英雄和狗熊的區別不僅在於走過的是什麼樣的路，還在於他最後選擇了哪條路，更在於他所處的那個時代給予了他什麼樣的經歷，什麼樣的心路歷程。

於武松走過的路途，我願一拋紅袖為他搵兩行英雄淚，儘管武松不是我喜歡的水滸梁山人。

武松是個典型的赤貧農，很符合樣板戲裏塑造的那些沒有父母、沒有妻女的英雄形象。這個英雄形象在「大地主」柴進家被冷遇後，帶著宋江給的十兩銀子，迎著燦爛的陽光就踏上了改變潛逃命運的景陽岡林間小道。於是，吃了無數條人命的景陽崗老虎，成就了武松的英雄之名。如果說景陽岡的老虎是民間的自然害蟲，那麼武松也因此而進入了官衙害蟲的行列——陽谷縣步兵都頭，即縣刑警隊長。沒有這個老虎，就沒有未來的武松，老虎不過是他從民間跨進官衙政權的橋樑。

武松怒殺潘金蓮是水滸裏很重要，也很鎖人眼球的篇章，整個故事作者用了三個章回來詳寫，把每一個細節都寫得淋漓盡致。對這段故事我沒有理由，更沒有才能進行再分析了，因為陝西作家狄馬先生已經有一篇〈武松殺嫂與民眾私刑〉的文章。狄馬先生針對武松殺嫂這件事，對「武松從取證到告發，再到手刃潘金蓮、西門慶的全部細節」進行了無以倫比空前絕後的解剖研究。他的精彩研究使我知道武松已經具有了一個刑警隊長的斷案能力和資格。而這一次關涉他至親的案子，使他對他賴以生存的官衙有了一個初步的認識：證據、案件、還是他的刑警隊長地位，在縣官那裏什麼都不算。說了句「不准告發，且卻又理會」的武松淒然悲傷地走出了縣衙門，只能用私刑辦案去解決至親冤情了。這是武松，換了別人，可能還會繼續向上告，最終可能得到一個「精神偏執症」稱謂。此時的武松還是相信他所供職的衙門，再次帶著更加完備的證據前來自首，而這一自首，他邁上了與官衙害蟲同行之路。

我一向認為醉打蔣門神是武松生命中最暗淡最沒有華彩的篇章，與整個殺嫂過程相比，他變得無知而做作。此時武松的聰明智慧、推理判斷能力都哪裏去了呢？一盤盤肉，一碗碗酒，真的只能讓人體健腦鈍嗎？不。如果說他打虎、殺嫂是為自己或為民做了除害之事，那麼他做陽谷縣的都頭，武松就已經開始為官做事，而為民與為官做事那是兩碼子事，而這兩碼子事，也會造就不同的人，改變不同的人生。

從心理學的角度來講，人的心理變化都是有條件的，武松的變化也一樣。張青勸武松殺掉兩個送他的衙役，武松想到兩人一路照料自己，堅決反對。有情有義不亂殺無辜的武松就這樣來到「安平寨」牢房裏，他首先受到的教育是來自那些和藹可親的眾多囚友：「好漢，你新到這裏，包裹裏如有人情的書信，並使用的銀兩，取在手頭，少刻差撥到來，便可送與他。如吃殺威棒時，也打得輕。如沒人情送與他時，端的狼狽！」不懂得「躲貓貓」這個詞語，也不是獄霸的善良囚友們接著滿懷感情地說：「豈不聞『兔死狐悲，物傷其類』？我們只怕你初來不省得，通你得知。」人情書信，武松連半個字也沒有，銀兩倒是有一點，不過一是變賣哥哥全部家當來做「隨衙之資」，二是張青送的那十兩銀子。從戴宗要「常例」和林沖送「常例」等章節，我們知道殺威棒最低價格是五兩銀子，大概是現在的台幣八千元左右，對武松來講也許不是太大問題，武松也準備好了東西「略送與他」。問題在於那個豬腦子差撥當著眾囚徒的面說出這樣的話來：「你是景陽岡打虎的好漢，陽谷縣做都頭，只道你曉事，如何這等不達時務！你敢來我這裏，貓兒也不吃你打了！」中國人啊，不怕打就怕將，不怕丟銀子就怕丟面子。逼得武松沒有退路，只好說：「不怕！隨他怎麼奈何我，文來文對，武來武對。」不這樣回答，打虎英雄的威名往哪裏放啊！受這殺威棒，不負打虎名。差撥那七成熟的鴨子轉眼間就從手邊騰地飛了，帶來了施恩。

武松已經有了陽谷縣刑警隊長的經歷，也有了無奈私刑判案經歷，更有了在國家監獄裏接受再教育的經歷。武松初步明白官府最外層的結構是什麼樣子，但還沒有清楚中層政權衙門裏的水況如何。

施恩及他老爹施管營與張都監、張團練、蔣門神等利益的爭奪戰，將武松捲入到一個中層權力鬥爭漩渦中，使之成為一個無謂犧牲品。武松幫施恩的結果我們都知道，不幫施恩是什麼結果，我們也可以推測一下：受了施恩家的恩惠，雖然都知道施恩給予武松的這些享受不是從他家廚房裏拿出來的，皆是動用公權謀自家私利。在利用公權就像摘自家菜地裏的茄子一樣的情況下，我們能指望這樣的公權帶給武松好結果？我們能希望這樣的公權給予武松美好未來？武松的可悲命運，就在於他靠自己的獨特能力被推進了這個所謂的公權社會，卻被私權一點點地利用了。

武松立在滔滔的飛雲浦橋上，「尋思了半晌，躊躇起來，怨恨沖天：『不殺得張都監，如何出得這口恨氣！』」相當於孟州軍分區副司令員的張都監蓄謀的「算計」實在是不咋樣，有損副司令這個位子，但我們可以相信在一個金錢至上，權力至上的水滸社會，千萬不要對衙門官員的水準寄予厚望。昧良心的斷案，低劣的訓話、拙劣的表演、下三濫的勾當隨處可見，不用大驚小怪。武松為何要「尋思了半晌」？又為何「躊躇起來」？無從找到答案，卻可以知道出了「這口鳥氣」的武松知道「只有撒開」，才是他的生命之路，而這一撒開，作為個體的武松徹徹底底地逃離了被官衙之人利用的漩渦。與其說武松殺死了張都監等十九人的性命，不如說武松被整個官府衙門裏的人殺心了。武松最多不過是個殺手，而這個宋家官府的上上下下都在對民眾進行任意殺心，「殺心慘于殺手」啊！

在後來的章回中，沒有寫武松與施恩有著怎樣更深入的友誼，也沒有寫武松怎樣的叱吒風雲，武松就像一個默默的小廝一樣活在梁山旗幟的陰影中，即使看到他出戰，也每每都是和魯智深一起出征，就是到了六和寺，他們也在一處「歇馬聽候」。武松上了梁山後，能讓我更多記住武松言行的，便是他對宋江招安的堅決反對。

自此，我明白了武松為什麼那樣鮮明的反對招安。被官衙利用，被官員蹂躪，也深知官府人等是個什麼貨色的底層武松，沒有理由不反對。

吳用上吊為哪般

不像三國裏喜歡諸葛亮那樣喜歡水滸裏的吳用，雖然眉清目秀的他：「萬卷經書曾讀過，平生機巧心靈，六韜三略究來精。胸中藏戰將，腹內隱雄兵。謀略敢欺諸葛亮，陳平豈敵才能。略施小計鬼神驚。」除了林沖，筆者對愛說大話的梁山人的計謀、武藝、才能總要多打幾個折扣，對吳用也一樣。于吳用這個人物，筆者最關心的便是他一根繩子將自己吊死在宋江墳邊這件事。

吳用，字學究，最後官授武勝軍承宣使。承宣使在宋朝主要職位是校官，承宣使的級別是正四品，相當於今日的正軍級少將政委。為皇家的太平立下汗馬功勞，具有超凡才能的大軍師，完全可以做朝廷國防部的總參謀長，既書中的樞密使童貫的角色：軍委委員，上將總參謀長，結果只得了個四品官。「武勝軍承宣使軍師吳用，自到任後，常常心中不樂，每每思念宋公明相愛之心。」處在殺人犯集團裏的吳用，他的才華，宋江最清楚，也最賞識。只要是吳用出的戰略計畫，宋江沒有不聽，沒有不從。對於這樣一個欣賞自己的領導，吳用確實有「士為知己者亡」的道理。到了新地方，往日得意自己的領導，敬重自己的手下弟兄們一個都不在自己身邊，環顧周遭滿眼都是官場裏的小混混，又沒幾個「小混混」拿他這個靠搶劫致富、憑造反起家得官的人當盤菜兒，自然「常常心中不樂」了。撫今追昔，想到曾經的風光、今日的落寞，絕望之心也會油然而生，何況往日在一起大塊吃肉，大碗喝酒的熱鬧場景永遠不再，死的死，亡的亡，淒慘得風流雲散，豈能不悲哉！

吳用仍然絢爛的才華，沒有了用場，真的無用了。作者給他起這麼一個名，這樣一個字，或許是說他是有用的，但也是無用的學究。

吳用到梁山泊後，既不是堅定的忠義者，也不是堅定的反對者。劫取生辰綱於吳用等人的真實目的是為了一世快活，而絕不是行俠仗義，他對阮小二弟兄三人這樣說：「取此一套富貴不義之才，大家圖個一世快活。」此時的他，希圖的是用他人的不義之才來過快活的生活而已，沒有明朗的決裂與忠義的觀念。隨著權力日益宋江一把手化後，在梁山歸屬的思想路線上，吳用拗不過宋江的「忠義」大政方針，他要是反對招安，就是反對宋江，就是與宋江為敵，他有和宋江叫板的資本嗎？

宋江招安後，吳用始終保持著一種無奈的心態。破遼時，遼使歐陽侍郎帶著十分優厚的條件來說服宋江等人降服遼國，宋江問在座的吳用遼國使者的話如何時，吳用長歎一聲，低首不語。宋江問他為何歎氣，他才說：「我尋思起來，只是兄長以忠義為主，小弟不敢多言。我想歐陽侍郎所說這一席話，端是有理。目今宋朝天子，至聖至明，果被蔡京、童貫、高俅、楊戩四個奸臣專權，主上聽信。設使日後縱有成功，必無升賞。我等三番招安，兄長為尊，只得個先鋒虛職。若論我小子愚意，棄宋從遼，豈不為勝，只是負了兄長忠義之心。」世事練達的吳用已給宋江指明了一條金光大道，但「謀略敢欺諸葛」的吳用對抗不了一意孤行的一把手宋江。

破遼之後，梁山弟兄們又出生入死去剿了田虎，滅了王慶，令趙家皇帝寢食難安的事逐日沒多少了，開始限制梁山弟兄，不讓擅自入城。於是弟兄門來找吳用商量劫掠東京，再造反回梁山。吳用這樣說：「宋公明兄長斷然不肯。你眾人枉費了力，箭頭不發，努折箭杆。自古蛇無頭而不行，我如何敢自主張？這話須是哥哥肯時，方才行得；他如不肯做主張，你們要反，也反不出去！」吳用以他卓越的才能敏銳地感覺到了宋江做出的錯誤決定，然而他阻止不了事態的發展。因為，梁山泊的大權已經牢牢地掌握在宋江的手裏，宋江的地位任何人都不能撼動了。這一點吳用看得很清楚，因而他委婉地對宋江說：「仁兄往常千自由，百自在，眾多弟兄也皆快活。自從受了招安，與國家出力，為國家臣子，不想倒受拘束，不能任用，兄弟們都有怨心。」實際上，宋江已成為梁山弟兄們的教皇，他個人謹奉的忠義，已經成為懸在梁山弟兄們頭上的奪命劍。此時寒光閃閃的利劍，還沒有到落下的時候，打方臘時，那劍就徐徐飛舞起來了。

吳用贊成梁山泊弟兄們的主張，但既不能和宋江對抗，也不能和宋江分裂，只好尊奉教主旨意而行。我總認為吳用選擇到宋江的墓前自縊身亡，並不是以死來追隨被自己的宗教精神害死的宋江，只是吳用知道自己的文韜武略從此沒有了展示的天空。吳用大概知道了，他的才華屬於造反後的獨立自由的時光，隨著獨立自由時光的消亡而灰飛煙滅。夢見宋江，吳用醒來後，「淚如雨下，坐而待旦。」吳用哀傷的不見得就是宋江，那麼多的弟兄都死在宋江的手中了，他大概明白了自己這樣活著和死了也沒什麼區別，也許吳用以吊死在宋江的墓前，來告示世人專斷霸權不聽真言的宋江是完全錯誤的，而謀略無敵手的他，也是一把手專斷的犧牲品。

據學心理學的好友講，選擇什麼樣的自戕方式，具有不同的心理意識，其中上吊就有著冤屈與昭告之意。這樣一個說法無論荒謬與否，我都認為，吳用絕不會簡單到只因一個夢就決然赴死的程度！

戴宗「十分仗義疏財」

戴宗名字的出現是在第三十六回，他的出場很特別，是大名鼎鼎的已經在梁山當了軍師的吳用介紹給宋江的。吳用介紹戴宗時是這樣說的，「吳用有個至愛相識，現在江州充做兩院押牢節級，姓戴，名宗，本處人稱為戴院長。為他有道術，一日能行八百里，人都喚他做神行太保。此人十分仗義疏財。」吳用的話告訴了我們戴宗的工作性質、地位級別、個人特長、為人品行。

吳用說的基本好懂，就是「兩院押牢節級」。今天的人們可能不大清楚，其實翻譯過來相當於我們現在的正處級的市監獄長。戴宗有如此的特長，吳用又說他「十分仗義疏財」，讓我格外的注目。不大一會兒（第三十七回）戴宗出場了。沒有在自己的辦公室接到犯人主動奉送的「常例」的戴宗，親自下基層來索取了。一個記不得誰送了「常例」，但清楚誰沒送「常例」的戴宗惱怒地站在監獄的大廳上，開始大罵沒有送「常例」的宋江：「你這黑矮殺才，倚仗誰的權勢，不送常例來與我？」按照當時的潛規則，戴宗要的「常例」是五兩銀子。也就是說五兩銀子，是每一個進了監獄大門不想挨監獄長打的犯人必須要交納的門檻費。意味著每一個有一點家私的犯人的來到，戴宗這個監獄長就有至少五兩銀子的灰色收入。五兩銀子折合成現在的台幣不過八千元左右，從監獄長戴宗氣勢洶洶責問宋江不送這八千元來看，戴宗是愛錢的，而且每一次不送者都要受到皮開肉綻的懲罰：「與我背起來，且打這廝一百訊棍。」至此，我才明白了戴宗為什麼能夠「十分仗義疏財」。也可以推測出他仗義的物件是誰，疏給哪些人物！

把五兩銀子看的如此重要的戴宗，上了梁山不再與錢財有任何瓜葛，似乎一下子得道成仙，成為一個無私無欲的人。為什麼能這樣？

我們先來看看梁山的金錢管理。暫不論錢財是搶來的，還是劫來的，只論錢財的分配。從宋江他們每次下山活動來看，帶上梁山的錢財分成兩部分，一部分賞賜個人，一部分變成共有財產。每次得來的財物都是相當的可觀，那麼賞賜給個人的財物不會少。戴宗作為梁山唯一的總探聲息頭領，即偵察總頭子他的工資收入，以及偵察費用，一定比監獄長的合法與不合法的收入要多很多。打祝家莊、曾頭市這類民間小莊子不說了，打不怎麼樣的青州就是「府庫金帛，倉廒米糧，裝載五六百車」，那麼打高唐州、大名府等大地方官家府庫，會得多少車子的東西？不從長遠的角度來考慮，戴宗眼前的利益出現了最大化。另外，在梁山似乎不需要個人支出，享受「大秤分金」，而不需要為「大塊吃肉」付出所分金子。如此體制的梁山社會，如果要是有可以透過考試來取得進入這樣社會的話，精英乃至有後門的不精英們自然都會努力去擠這個獨木橋了。也難怪江湖上的人，一聽到及時雨宋江的名字，一聽到梁山「好漢」們的名字，就「納頭便拜」。

我們再來看戴宗和宋江的關係。戴宗為宋江由一個趙家政府裏帶長的旱澇保收且不斷有灰色收入的指手劃腳的官場人，一下子變成為一個囚徒，並有了和宋江一起去法場掉腦袋的經歷。從宋江個人角度來講，這是過命的弟兄。一個能對陌生人一出手都是十兩二十兩銀子的宋江，對戴宗這個過命弟兄無論如何不會吝嗇金錢，金錢對已經登上神位的宋江算什麼呢！就是從第七十一回梁山排座封官也可知道一點宋江對戴宗的另眼相待。只有兩個重要座位頭領是一個人而沒有副手，一個是同參贊軍務頭領朱武，一個是總探聲息頭領戴宗。朱武的工作性質和公孫勝差不多，但又不能將他和吳用與公孫勝並列，因為他的資歷和功績沒法和他二位比，朱武的「同參贊」的「同」字給人的感覺就好像是括弧享受正處級待遇一樣。戴宗的總探聲息這個位子完全可以給安排個副手，比如在後來屢次建功的時遷就可。梁山雖為黑道，但更認可白道不具備的不成文的恩義條規，打破這個條規將不被黑道容納。對因受到他的牽連而上了梁山的戴宗，宋江不會等閒視之。宋江雖小吏出身，但入了黑道就要照黑道常理出牌。即使他要用招安來打破梁山黑社會牌理，他也要付出見到官場人員就「納頭便拜」的代價。

從戴宗方面來講，在江州市監獄長職位上，只是上司個人信函的郵遞員；而在梁山，戴宗的個人特長得到了充分的發揮，成為一個偵察頭領。偵察頭領和郵遞員的區別，不需要做更多的比較。做了頭領的戴宗，已經不需要他親自出馬操刀去撈錢了，也不用為錢財勞神了，已經有組織，有人員來替他做了這個經常送大筆「常例」的工作。這已經由當初的戴宗借助官府權力來單打獨鬥地謀取利益，變成由梁山黑社會組織來集體劫掠分贓，個人的力量在組織面前那太弱小了。所以，宋江的梁山黑社會有能力用劫奪百姓納稅官府的錢財，來豢養這個有特殊經歷又有特長的偵察頭子。戴宗不用思考個人錢財所得，而只要考慮自己如何地賣命，來為組織獲得更大的財富，因為他的命運緊緊地連在這個組織中了！

兩個不和體制玩兒的人

水滸裏，有兩個人很讓我難忘，雖然這兩人每人只登場一次，便不再出現，但我認為他們是民間的智者，世間的高人。近日看到不知何人整理的《雷人語錄》，左丘明言說的「肉食者鄙，未能遠謀」絕不是沒底稿的發言。隨著年齡的增長，越來越發現老祖宗真的好厲害、好尖銳。然而，我也越發的杞人憂天：我們要經受多少年，才能走出這個圈子，要過多少年，民間那些真正的智者，才能走上歷史的舞臺，演出一場空前的大戲。

許貫忠出現於第九十回裏。他與燕青促膝夜談，由此知道生長於大名府的他是一等一的高人。路上遇見的這個昔日高人朋友，無疑是燕青生命裏的大救星，他為燕青日後全身而退指明了前進的方向。許貫忠對現實有著清醒的認知：「今奸邪當道，妒賢嫉能，如鬼如蜮的，都是峨冠博帶；忠良正直的，盡被牢籠陷害。」這樣的認知很對，但也不全面，不是他的時代這樣，而是所有封建皇權時代都是這樣。「不願出仕，山居幽僻」的他，讓我知道民間雜草地裏就散落著無數智者，不要以為廟堂之上，皆為能者，或許就是一群雷人的傻瓜。

許貫忠說自己「俺又有幾分兒不合時宜處」，不合時宜換一種說法就是與政府不合拍，這個「博學多才，也好武藝，有肝膽，其餘小伎，琴弈丹青，件件都省」的武舉人被當時的社會逆淘汰了。向來要求武人以服從命令為全部，各方面全面發展，又無所不精的許貫忠，在他所處的武人堆裏必是個另類，況且對塵世間的事情又看個門兒清，他的路途只有兩個，一個是如賈雨村那樣丟掉自己，一個是離開官場。許貫忠沒有想賈雨村那樣「羽化」，是因為他博學多才，且有肝膽，還有琴弈丹青來滋潤心靈。只學得如何考學的賈雨村就沒有這些來墊底，雨村他便很輕易地被官化了。藝術對人而言，不見得是個多麼好的東西，但絕不是個壞東西。

「每每見奸黨專權，蒙蔽朝廷，因此無志進取，遊蕩江河，到幾個去處，俺也頗留心。」沒有一定的官場經歷，說不出這樣的話來，就像沒有享受過富貴至極的人說不出「笙歌歸院落，燈火下樓臺」一樣。洞穿紅塵走勢，許貫忠才給燕青指點迷津：「到功成名就之日，也宜尋個退步。」許貫忠如此前瞻，為什麼還將自己精心畫的地圖送給燕青，來為他失望的朝廷做貢獻？後來燕青挑著「一擔金珠寶貝」逃走了，我才明白燕青因了這張圖，一定得了不少的獎勵。洞若觀火的費保對燕青說：「細細的看，日後或者亦有用得著處。」應該能預測出不吝錢財的宋江會給做出重大貢獻的燕青豐厚獎勵，而這獎勵也將是燕青離開後的一大筆生活費！

不要低估輕視民間的智力，他們往往比在朝者看得更加清楚透徹。我的一個農民表哥對我曾說，為什麼這樣，不是人的問題，而是制度。當時我大吃一驚：誰說農民就知道種地？誰說農民愚昧無知？當時我就想到了水滸裏的費保。

赤鬚龍費保說：「原舊都在綠林叢中討衣吃飯。今來尋得這個去處，地名喚做榆柳莊，四下裏都是深港，非船莫能進。俺四個只著打魚的做眼。太湖裏面尋些衣食。近來一冬都學得些水勢，因此無人敢來侵傍。」可知費保四人，是從陸地強盜轉為水上海盜，無論是什麼強盜，似乎知識水準都不會有許貫忠高，許貫忠畢竟是科班出身，深悉體制內之情況，但費保下面的言語總讓我感到他絕不是一般的強盜，也一定有某種背景，但書中沒寫，不好亂猜。紅鬍子的費保，總讓我想起紅鬍子的孫權來。

「小弟雖是個愚鹵匹夫，曾聞聰明人道：『世事有成必有敗，為人有興必有衰。』哥哥在梁山泊，勳業到今，已經數十餘載，更兼百戰百勝。去破大遼時，不曾損折了一個弟兄；今番收方臘，眼見挫動銳氣，天數不久。為何小弟不願為官為將？為因世情不好。有日太平之後，一個個必然來侵害你性命。自古道：『太平本是將軍定，不許將軍見太平。』此言極妙！今我四人，既已結義了哥哥三人，何不趁此氣數未盡之時，尋個了身達命之處，對付些錢財，打了一隻大船，聚集幾人水手，江海內尋個淨辦處安身，以終天年，豈不美哉！」這樣的話，無論是李逵還是李鬼，無論他們搶劫歷史多麼悠久、搶劫成果多麼豐厚也說不出來。首先，費保從理論與事實兩方面來證明梁山的明天不美好，接著從自身及社會上來說明梁山人生命的危險性。接著指明了在這樣的情況下，如何對待明天的生存。對未來，在物質、辦法、人力、地點上，都有著周密的設想，同時對生命的終結保持積極樂觀的態度。這樣的一個人很值得我們去思考。

費保的「以終天年，豈不美哉」這句話，很讓我傷感，看來在當時非正常死亡是個經常發生的事情，否則，「以終天年」何以成為費保等人生命中的一個美好願望。世情不好，人們總在不安與危險中生活，能安然終老也的確是一個很幸福的夢了。

無論費保的「四人不願為官，只願打魚快樂」，還是許貫忠的「不願出仕，山居幽僻」，都是一個社會下的共識體驗，區別只在於一個是團夥式，一個是獨立式。他們都是民間有智慧之人的代表，也是深知邪惡奸邪政府之人的代表，他們不和這樣的政府玩了，就看著你將腐敗進行到底。一個智慧被擠出朝堂的社會，一群無恥之徒統攝的社會，國將不國的日子也就不遠了，此時離靖康之恥沒幾年的光景。

李逵做縣令的啟示

不知道作者為什麼在水滸中寫上「李逵壽張喬坐衙」這一筆，有意思倒是有點意思，但總讓人匪夷所思。後來坐在昏暗窗臺邊仔細瞧著這一段，真正理解了「書讀百遍，其義自見」的道理。

縣太爺成了「范跑跑」。手持雙斧的李逵耀武揚威進入壽張縣衙時「午衙方散」，衙門裏的人手還有縣太爺還都沒有坐轎子離開。這個一聽名字都令人毛骨悚然的黑旋風，當時親臨大堂，任誰都要膽汁四溢。「知縣相公卻才見頭領來，開了後門，不知走往哪裏去了。」說明縣太爺知道李逵來了，而且走了後門，丟下一縣的人民就獨自跑掉了。想來縣官為一縣之父母，丟下兒女不管他們死活自己逃命。第一，失職。為官一任，不能造福一方，至少也不能見「旋風」就逃。第二，丟臉。古代社會，沒有進士及第無法取得官職，聖賢書讀了那麼多，卻原來都變成一個「跑」字。事實上也不是一個壽張縣令如此把「父母官」的大臉丟到家了。在第十五回裏，阮小二就曾對吳用說，梁山泊被王倫一夥佔領後，他這個捕魚能手就不能再到那裏打魚，吳用就問他：「如何官司不來捉他們？」阮小二這樣回答：「如今那官司一處處動彈，便害百姓；但一聲下鄉村來，倒先把好百姓家養的豬、羊、雞、鵝，盡都吃了，又要盤纏打發他。如今也好教這夥人奈何！那捕盜官司的人，那（哪）裏敢下鄉村來！若是那上司官員差他們緝捕人來，都嚇得尿屎齊流，怎敢正眼兒看他！」看來當時的父母官們，只有兩個能耐，一個是欺負「好百姓」，從他們身上獲利；一個就是怕「李逵」們。欺負「好百姓」，簡單容易便捷，在下不多說了。怕有兩個結果，一個是跑：異地當縣令，或異地升職；一個就是與他們聯合共同去欺負「好百姓。」

李逵有強烈的當官欲望。李逵進入後堂見到縣令的行頭（看來縣令也以穿著官服逃跑為恥），他立刻「取出襆頭，插上展角，將來戴了，把綠袍公服穿上，把角帶繫了，再尋皂靴，換了麻鞋，拿著槐簡，走出廳前」。然後，李逵還蠻像樣地說官話：「吏典人等都來參見。」戲就在「你們令史祗候都與我排衙了，便去；若不依我，這縣都翻做白地」的恐嚇中開演了。「眾人怕他，只得聚集些公吏人來，擎著牙杖骨朵，打了三通擂鼓，向前聲喏。」這個一直生活在最底層的殺人魔王得到了權力的初級滿足——「呵呵大笑」。人類對權力的滿足並不停留在初級階段，李逵要斷案了，這是李逵真正要玩的：「你眾人內也著兩個來告狀。」吏人道：「頭領坐在此地，誰敢來告狀？」李逵道：「可知人不來告狀，你這裏自著兩個裝做告狀的來告。我又不傷他，只是取一回笑耍。」來玩耍的李逵，也知道衙門是斷案的地方，而不是侵奪「好百姓」的地方。「這個打了人的是好漢，先放了他去。這個不長進的，怎地吃人打了，與我枷號在衙門前示眾。」這是李逵斷案的邏輯與結果。戲演完了，李逵這個造反派代表不知還能做什麼，只好離開衙門。學生的朗朗讀書聲吸引了這個不識字的「黑旋風」，他的進入導致老師跳窗而逃，學生們「哭的哭，叫的叫，跑的跑，躲的躲。」此情景無異於魔鬼空降學堂，只是「魔鬼」穿著縣令的衣帽正在大笑。這一節是李逵生命中，最高興、最得意、最不血腥的地方。而滿足他這些的卻是那個縣令的衣帽，潛意識裏，李逵是不是也很憧憬這個能滿足欲望的官服？由此聯想到李逵曾大聲對宋江說：「殺去東京，奪了鳥位。」

可以推測做都統制的李逵是個什麼樣子。打完方臘勝利回來的李逵，被授鎮江潤州都統制。潤州在水滸裏是方臘弄去的地盤，宋江去打方臘時才將潤州奪回。此時將這個地盤給李逵，對皇帝而言，和被方臘佔去也沒什麼區別。「都統制」這個官相當於現今少將軍長，於軍銜講不低，不過只是個潤州城裏的軍官。說實話，把他扔到這麼個地方做這樣一個官和被流放貶到外地，也就是五八和四十的關係。到了那裏，皇帝不會關心他的官當得怎樣，能做出什麼樣的事來，又會如何行使他的權力。有了「壽張喬做衙」為我們做思想基礎，我們完全可以確定李逵為官的邏輯是什麼，做事的辦法是什麼，能幹出什麼事來。

也許作者就是要用這樣的鬧劇來告訴我們：這樣的一夥人就是打進東京汴梁，宋江做了皇帝，這些人成了「凌煙閣」的功臣，對百姓來說，可能比趙家皇帝領導下的天下，更加恐怖可怕。皇帝家歷來認為自己是天的兒子，他不時還怕天來懲罰他，向老天爺磕頭謝罪，來個罪己詔。假如宋江們得了天下，對天不說恐懼，還與天鬥其樂無窮，與地鬥其樂無限，那不是更讓人膽戰心驚嗎？

水滸的社會現實

一個社會總有一個社會的現實，即使是一部水滸，它也有自己實實在在的現實世界。每次關注水滸裏的人物，都願意把他放在社會現實中去探尋，希望通過現實，來透視他生命過程的意義。水滸的社會現實，看起來人物眾多，事件紛起，眼花繚亂，其實一點都不複雜。和所有的社會一樣依然是三個階層，依然是黑色籠罩的社會現實。

底層社會之人，生存備受欺凌，生命毫無保障。底層的不能再底層的金翠蓮，被屠戶鎮關西「強媒硬保」做妾不說，還被訛詐了一大筆錢。對著「有錢有勢」又有屠刀的鄭屠戶，父女只好賣起唱來。如果不是得了魯智深的贊助，金翠蓮父女以後的日子大概只剩下上吊的份了。金翠蓮後來選擇做了趙員外的「二奶」，也是用身體換安全，世間哪個女子願意做人家名不正言不順的外室。金翠蓮和閻婆惜兩個人的路，其實沒有什麼本質的區別，只是金小姐沒有「押司張文遠」。以趙員外聽說金翠蓮老父「引什麼郎君子弟在樓上吃酒」，便帶著「三二十個人，各執白木棍棒」殺奔而來，就可知道金翠蓮以後的日子不會比閻婆惜好到哪裏。個體戶張青孫二娘，實在比鄭屠戶更加可怕，人家還只是賣貨真價實的豬肉，欺負一個小女子而已。張青小店「只等客商過往，有那入眼的，便把些蒙汗藥與他吃了便死。將大塊好肉，切做黃牛肉賣；零碎小肉，做餡子包饅頭。」都沒什麼成本，就準備幾碗酒，幾包蒙汗藥就齊活了。當然，張青的人肉包子店絕不是獨子巴巴——獨一份。在揭陽嶺，兩個公人及宋江吃酒時就說：「如今江湖上歹人，多有萬千好漢著了道兒的。酒肉裏下了蒙汗藥，麻翻了，劫了財物，人肉把來做饅頭餡子。」可見這樣的黑店不僅普遍存在，而且成為公開的秘密。事實也確實如此，被麻翻的宋江和兩個公人就被扔到「人肉作坊裏」放在剝人凳上。「人肉作坊」外加割人肉的案板「剝人凳」，看來已經形成規模，離產業化不遠了。底層的黑暗現實不多贅言，因為太多了。

中層社會之人，黑道白道通謀，官匪攜手謀利。底層人民生活在水深火熱之中，中層為日子過的不那麼壞，利用有限權力謀求利益最大化。施恩的爹是管營，相當於今日的勞改大隊長，不過是個有實權的正科級，但他依仗手中擁有的特權，「捉著營裏有八九十個拚命囚徒」在快活林開了酒肉店，進行強賣強收，「但有過路妓女之人，到那裏來時，先要來參見小弟，然後許他去趁食。」施恩這個小「官二代」每月不費任何力氣就得「三二百兩銀子」，還不時接受妓女的參見。施恩父子都不如個體戶張青，張青還有「三等人不可壞他」，其中就包括「江湖上行院妓女之人」。這樣的好處後被比施恩爹官大的張團練一夥奪了去，才有了後面施恩與張團練各使陰招進行狗咬狗的利益之爭。武松與蔣門神一個檔次，一個水準，都充當了官權層的打手。施管營還是張團練都是白道黑道並使，白裏參著黑，黑裏夾著白。相當於縣公安局刑警隊長的朱仝、雷橫，以及正處級的市監獄長、州兩院節級戴宗，未上梁山前都和黑道有千絲萬縷的關係。梁山上的吳用就向宋江介紹戴宗，宋江、朱仝、雷橫與晁蓋的關係更是密切。沒了宋江、朱仝的白道幫助，晁蓋哪裏能逍遙離去，想來奪了十萬生辰綱的晁蓋定不會拱手一揖就完了。沒了白道上的戴宗，宋江哪裏會有旅遊散心般的江州牢獄日子，宋江手裏的銀子向來沒短缺過。

高層社會之人，平庸無能，貪婪腐敗。高層之人以他們所擁有的權力資源和武裝力量，不屑於梁山小寨，所以每每出場都是居高臨下大罵梁山「草寇」「賊寇」，好像面對的不是「蒿草」，就是「屁民」。瞧不起歸瞧不起，仗還是要打的，因為，皇帝不管你罵什麼說什麼，他只要一個趙家江山穩定。關勝、呼延灼的祖先是英雄，到他們這裏已經不知道是第幾代了，血統論即使是真理，到他們這裏再純潔的祖先基因也變異得沒多少了，他們的軍事方案和行動也紛紛證明了這一點。不說他們了，來說高俅。出征帶了「教坊司歌兒舞女三十餘人，隨軍消遣」，有個疑問，這些人是給高俅一個人消遣，還是為所有剿梁山的官兵勞軍演出？出城時，「高太尉戎裝披掛，騎著一匹金鞍戰馬，前面擺著五匹玉轡雕鞍從馬，左右兩邊，排著黨世英、黨世雄弟兄兩個，背後……」畢竟國家機器，高太尉的部隊裝備真不賴，只差武裝到牙齒了。這架勢似乎不像是去打仗，倒像是接受皇帝的檢閱。只要能打勝，也罷了。可惜的是，打仗不像殷天錫搶佔人家房子那麼容易；也不像高衙內搶人家老婆那麼好算計；更不像聚斂十萬生辰綱那麼信手拈來。一次次出發，一次次失敗，一次次丟名損譽，證明朝廷之上皆是一夥無能之輩，一群享受之人，一堆草包之才。

這樣一個現實，對宋朝皇帝來講，後來所受恥辱一點兒都不用感到意外。因為他有逃不脫的責任，他有洗不去的罪過。對人民來講，人們不僅有用腳投票的權利，更有用棒子來申明權利的理由。

為啥不處理高俅們

水滸裏的高層奸臣也不外是蔡京、高俅、童貫、楊戩（排名不分先後）等幾個人，因高俅聲名遠揚知名度頗高，所以題目裏就用了高俅們。高俅們的奸佞，梁山人知道，民間人知道，朝廷人知道，皇帝最後也知道，依常理皇帝應迅速調查然後處理這些奸臣，然而皇帝對此沒有任何作為，奸臣們依然逍遙自在地站在金鑾大殿上，皮毛未損，童樞密還是童樞密，高太尉還是高太尉，蔡太師還是蔡太師。

在第八十一回裏，皇帝知道了帶著八路軍馬浩浩蕩蕩開向梁山的樞密使童貫被梁山「殺得片甲不回」，知道了高俅帶著十路軍馬，外加戰船無數的水軍，旌旗獵獵聲勢浩蕩攻打梁山，結果是：「不曾得梁山泊一根折箭；只三陣，殺的手腳無措，軍馬折其三停，自已亦被活捉上山，許了招安，方才放回。」而當初蔡京替童貫是這樣向他彙報：「近因炎熱，軍馬不服水土，抑且賊居去水窪，非船不行，馬步軍兵，急不能進，因此權且罷戰，各回營寨暫歇，別候聖旨。」高俅如此向他彙報：「病患不能征進，權且罷戰回京。」於百姓來講，這叫欺騙；於皇帝而言，這是欺君之罪。欺君之罪，是要殺頭滅族的。皇帝不過第二天早朝向童貫發了一頓火，然後就煙消雲散了。

眾多無能臣子的對面，必定坐著一個無能的皇帝。其實，高俅們跟著一個無能皇帝的最大好處不是升官快，好處多，而是沒有生命危險。這要是換了秦始皇、劉邦、劉徹、朱元璋、朱棣等人，不打翻在地滅你十輩八輩才怪呢！皇帝也和高俅們一樣是一個有愛好、有享受、無抱負、無作為的人之子，高俅們伺候這樣的主子，他們做壞事所承受的風險係數自然很低。不說那麼多的朝廷糧餉和軍馬被高俅們不帶一絲痕跡地輕輕「擦去」，民脂民膏被高俅們如手紙般扔掉，單說欺君之罪也夠千刀萬剮。可以說，高俅們生在一個幸運的時代，活在一個軟弱無能之人的身邊，做了一個腐敗朝廷的命官。於這樣的時代，這樣的朝廷，這樣的皇帝，高俅們哪裏會受到處理呢！

開始皇帝不知道高俅們是奸佞小人，情有可原，畢竟這些人把他伺候的舒舒服服，高俅這位中國宋代的「馬拉度納」能把皇帝弄得嬉笑歡顏神魂顛倒，自然不會有時間和精力去關注高俅們做出害民、陷官、坑朝廷的事來。後來雖然知道了，但在皇帝的眼裏，高俅們是舒服快樂的代名詞，說不定李師師家的地道就是高俅們心領神會後的傑作。用的玩意兒久了，固然不好，可是用起來順手自在。高俅們也是皇帝身邊的玩意兒，或許還是離不開的玩意兒，一個離不開的玩意兒，怎捨得下手啊！

打敗了仗，損失了兵馬，消耗了糧餉，這些不重要，重要的是高俅們出兵打仗是為了維穩他的江山，穩定在皇帝的心中是最高原則。高俅們欺騙也好，腐敗也好，都不是這個軟弱皇帝看重的。中國只要有百姓，就不愁國庫沒錢，只要有老百姓，就不愁國中無兵。在中國，權力與百姓就像鐮刀與韭菜，想割哪塊割哪塊，想什麼時候割就什麼時候割。皇帝哪裏會心疼那些兵馬，哪裏會愛惜那些糧餉。穩定江山，成為皇帝憂心和壓倒一切的中心工作：他在書房「睿思殿」的屏風上刻有「四大寇姓名」，可見這些人是最讓他棘手焦心的人。而高俅們是能為他組織人馬剷除「荊棘」之人，保江山穩定之人，處理掉了，可能連這樣的人也找不到了。

水滸裏，大小高俅們幾乎沒有覬覦上位的野心，都在恪盡職守地撈錢取物，無論是相當於市監獄長的戴宗，還是相當於上將國防部長的高俅。即使是標榜「替天行道」漸成氣候的宋江，也沒有野心「奪了鳥位」。這是一個典型的物欲社會，奉行的規則是拿錢來。高俅們安於本職牟利，並不掌控某一方軍隊，也無嫡系所在。童貫的收捕梁山的八路軍馬，還是高俅的征剿梁山的十路軍馬，都不是他們個人所屬，都是臨時組合，統帥也是臨時統帥。高俅們的任何行為對皇帝個人構不成任何的威脅，皇帝不怕，也不用擔心。一個沒有野心的人群，為什麼要處理他們這些人呢！

最後就是高俅們這個「四個幫」，他們很團結，面對問題通力合作共同對付皇帝。只從一件事就可知，童貫被打得「片甲不回」去太尉府見高俅，高俅這樣安慰童貫：「樞相不要煩惱，這件事只瞞了今上天子便了，誰敢胡奏！我和你去告稟太師，再作個道理。」看高俅語氣，朝堂之上，已經沒有任何人敢講話了，天下似乎已經不是趙家的。到了太師蔡京家，也是不讓「聖上得知」。皇帝似乎已經不是皇帝，倒像是一個木頭疙瘩擺在椅子上。

到第一百二十回，皇帝知道了宋江等人死之真相，也就罵了蔡京、楊戩兩人一句：「敗國奸臣，壞寡人天下！」之後對其四人「不加其罪」，後來的「靖康之恥」你還用感到意外嗎？

大名府的司法問題

盧俊義「長在豪富之家」，是當時典型的「富N代」，但他「做事謹慎，非理不為，非財不取」，可稱合法良民地幹活。不怕賊偷，就怕賊惦記，盧俊義被梁山惦記上後，他的命運就翻了個。看盧俊義被抓進大名府監獄後的一系列事情，知道大名府的司法問題很值得人思考。

暴力是大名府的執法手段。監獄真不是「躲貓貓」那樣好玩的地方，盧俊義一到審判大堂，「高富帥」的「玉麒麟」就被打得「皮開肉綻，鮮血迸流，昏暈去了三四次」。這還不算完。被押到大牢裏監禁，可憐的「高富帥」進了牢門，「吃了三十殺威棒，押到庭心內，跪在面前」，又是一頓打。等到案子定下來離開大名府時，盧俊義又實實在在地挨打了：「脊杖四十，刺配三千里」。「行刑問事人傾膽，使索施枷鬼斷魂。」恐怖吧，造化小、命不大的人，真出不了這樣的監牢。通觀《水滸傳》，不只是大名府堅持「不打如何肯招」的執法方針，似乎整個趙家司法系統都在執行這個鐵律。只要沾了邊，就一個字「打」。在這樣的執法環境中，奉行「生為大宋人，死為大宋鬼」的盧俊義屈打成招了。盧俊義是大名府地域上的知名人士，無名人士中，又有多少屈死的鬼？冤死的魂？

大名府吃完原告吃被告。在盧俊義的這個案件中，大名府上下人等，都吃了原告吃被告。一夥子人在「玉麒麟」身上，全都發了一筆大財。「佔了他（盧俊義）家私，謀了他（盧俊義）老婆」的原告李固「上下都使了錢」還不放心，為了徹底剷除盧俊義，又是宴請，又是送「五十兩蒜條金」。司法人員蔡福嫌少，李固又加了五十兩，蔡福還嫌少：「李固，你割貓兒尾，拌貓兒飯！……一個盧員外，只值得這一百兩金子？你若要我倒地他，不是我詐你，只把五百兩金子與我。」這段話告訴我，監獄人願意與貓聯繫上，再一個就是大宋朝的司法人員根據被告的價值來決定吃被告多少東西。最後司法人員蔡福與原告李固最終達成協定：「明日早來扛屍。」如果被告家裏一個人都沒了，案子就此結束，沒有下文。幸運的是我們的「玉麒麟」不僅有謀害他的李固，還有坑害他的梁山弟兄們。

柴進是以被告代理人的身分隱秘出場的：「不避生死，特來到宅告知：如是留得盧員外性命在世，佛眼相看，不忘大德；但有半米兒差錯，兵臨城下，將至濠邊，無賢無愚，無老無幼，打破城池，盡皆斬首！久聞足下是個仗義全忠的好漢，無物相送，今將一千兩黃金薄禮在此。」不愧是梁山黑道上的大周皇帝嫡派子孫，先表明態度是不避生死，然後進行恐嚇，最後是重金收買。對此，蔡福果斷地撕毀了和李固的口頭合同：吃了比李固更強大的被告。於是，蔡福「暗地裏把金子買上告下，關節已定」。總得向原告有個交代，說：「我們正要下手結果他，中書相公不肯，已有人分付（咐），要留他性命。你自去上面使用，囑付（咐）下來，我這裏何難？」接著，「李固隨即又央人去上面使用。」別的司法人員接著去吃李固這個原告了。

這是「金帛錢財，家中頗有」的盧俊義家，要是一般般的家庭，哪裏能經得起這樣的折騰。後來盧俊義的「家私金銀財寶」，統統地搬運到了梁山。到了第六十七回，盧俊義手拿短刀凌遲李固和賈氏後，盧俊義「上堂來拜謝眾人」時，我理解了「被賣了還幫著點錢」這句話的生動腳本。

梁中書一人決定司法處理結果。大名府知府——領導人是梁世傑，因為曾在東京汴梁做過中書侍郎，所以被稱梁中書。盧俊義是大名府地片上的首富，處理這個案子的主要人就是這個梁中書。對盧俊義的提審、過問、判決，都是梁中書一人決定。梁中書是個什麼樣的人呢?蔡福的弟弟蔡慶說:「梁中書，張孔目，都是好利之徒。接了賄賂，必然周全盧俊義性命。」這樣我們也就可知他孝敬岳父的十萬生辰綱是從哪裏來的?不知收了原告與被告多少好處的梁中書，對原告方李固的代表說:「這是押牢節級的勾當，難道教我下手?過一兩日，教他自死。」蒼天啊，大地啊!大名府最高審判長，說出這樣的話來，可知宋朝的法律腐敗到了什麼程度?人們到底生活在什麼樣的境遇中?草菅人命的一疆大吏，令人毛骨悚人。

至此，你可能還不知道宋朝的大名府在哪?現在的北京。

兩個「能幹」的機器人

《水滸傳》裏，董超、薛霸是趙家政府司法戰線上的兩個很典型的人物，他兩人最早進入我們眼裏是押解林沖去滄州服刑。兩人的行為，注釋了漢朝周勃說的「吾曾將百萬軍，然安知獄吏之貴乎」？讓我們深刻記住了哪怕是最最底層的司法人員，在犯人面前就是百般折磨並要你命的「閻王」。最初見到這兩個「閻王」人物，憤怒填滿我胸，不過到了後來他倆押解盧俊義到三千里之外的沙門島，我的憤怒便沒了。因為書中的一段話點醒了我。

「原來這董超、薛霸自從開封府做公人，押解林沖去滄州路上害不得林沖，回來被高太尉尋事，刺配北京。梁中書因見他兩個能幹，就留在留守司勾當。今日又差他兩個監押盧俊義。」眼睛長久地停留在這段話中的兩個字——「能幹」上。

董超、薛霸兩人在押解林沖的過程中，確實「很能幹」，將八十萬禁軍教頭的林沖折磨得一點兒脾氣都沒有了，卑微聽話得如學校裏的小學生。如果沒有魯智深的突然「空降」，董超與薛霸兩人偷偷對林沖執行死刑的任務就會獲得兩個圓滿：除了出門前陸謙送的十兩銀子外，還會得到完成任務後的十兩銀子的「獎金」，另外就是日後會有陸謙等人的很多「照顧」。說不定因為任務完成的乾淨俐落，人不知鬼不覺，而獲得一次不小的晉升。當然，這是假設。

於是，在高太尉的眼裏，兩人就是不能幹，不能幹是因為沒有利用法律完成個人目的。兩人被找茬「調離」首都汴梁這個最高的司法系統，到了不被高俅待見的大名府。到了大名府，兩人的這段經歷，大概不會說給梁中書，因為說出去等於出賣了陸謙和高太尉，誰都不會幹這蠢事。對於一個瞭解了一點點高層秘密的人來講，要麼清高躲開，要麼同流合污，變得更壞。薛霸面對陸謙要他們結果林沖的性命時這樣說道：「老董，你聽我說：高太尉便叫你我死，也只得依他，莫說使這官人又送金子與俺。你不要多說，和你分了罷，落得做人情，日後也有照顧俺處。」推理起來，他們只會行使第二個要麼，因此到了大名府後，在梁中書的眼裏特別的「能幹」。也可看出，薛霸比照董超更加深刻理解權力在工作生活中的偉大意義。從而讓我們知道，首都汴梁最高法律就在權與錢的使用中，變成了行使個人目的的堅厚擋箭牌。

到了大名府的董超、薛霸，似乎吸取了經驗教訓，被梁中書「留在留守司勾當」。從押解盧俊義的過程中，兩人倒是繼續發揚著這種「能幹」精神。押解林沖時，還有部長級幹部高俅這個權力者在迫使兩人殺人，到了盧俊義這裏，已經沒有權力要脅，只剩下李固的「揭取臉上金印回來表證，教我知道，每人再送五十兩蒜條金與你」。可見，他們更加大膽，也更加放肆地利用手中的權力謀取私利，草菅人命。唉，也不知有多少人就在他們如此的執法過程中，喪失了財產與生命。他們被官員認可並嘉獎「能幹」的原因，也許就在這裏吧！

他們這樣「能幹」，但沒有變得聰明起來。押解林沖還是押解盧俊義，兩人所用的手段和辦法，沒有一絲一毫的創新和改革。都是折磨被押者，使其肉體疼痛，精神痛苦。整個過程是先開口大罵幾句，然後用滾熱的水燙他們的雙腳，讓他們無法走路，最後到某一個人跡稀少的大樹林裏將被押者綁起來殺人。說實話，看完這兩個章節後，覺得他們兩人實在算不上能幹，怎麼瞧怎麼都像兩個機械人在行動。區別只在於，押解林沖這次，按電鈕的是權力，押解盧俊義這次，按電鈕的是金錢。兩人的手段、行動，還是言詞都太單一、太拙劣、太機械，從首都汴梁最高司法機關裏混出來的人，怎樣說來都太沒水準兒了。想想也是，高俅的水準尚且如此，況他人乎？

幸運的是，林沖和盧俊義都沒死成，兩人如果不幸死了，說法會是什麼呢？風吹死？喝水死？發熱死？心臟死？睡覺死？嘻嘻，不知道。還請你告訴我！

第三輯　俯視三國

人民那麼愛劉備嗎

劉備所到之處，那裏的人民全都高興地歡迎他的到來，看起來，他的人民真的無限熱愛他，無限敬愛他！不管你信不信，反正我不信。

陶謙臨死要將徐州讓給劉備，劉備扭扭捏捏不接徐州「大印」的第二天，「徐州的百姓，擁擠府前哭拜曰：『劉使君如不領此郡，我等皆不能安生矣！』」劉備在徐州人民的心中，就是大救星，似乎沒了他，徐州人民就徹底不能活了。劉備謙讓了兩回後欣然接了徐州的軍政大權。這是劉備第一次擁有實實在在的地方權力。而大救星並沒有給徐州人們帶來「安生」。曹操聽說劉備做了徐州的領導，大怒，立刻傳號令要「克日起兵去打徐州」，幸虧荀彧動之以情，曉之以理地說服了曹操，才免去了徐州人民的兵燹之苦。不過徐州也沒消停：一忽兒呂布夜襲徐州「殺將進來了」，一忽兒呂布又殺向徐州的小沛，一忽兒曹操親提大軍與劉備來徐州打呂布。徐州人民就生活在如此動盪不安的戰火中，大救星也沒給他們帶來什麼安寧安生啊！

劉備投奔劉表，居於新野。新野的人民見到這位傳說中的「偉大領袖」，也是「軍民皆喜」，但喜的時間一點兒也不長。曹操又生氣了：「差夏侯惇引兵十萬，殺奔新野來了。」於是有了「諸葛亮火燒新野」；於是有了「劉玄德攜民渡江」；於是有了「趙子龍單騎救主」。地域狹小的新野先是經歷火燒，後是經歷遏河放水。新野的人民真的沒有感受到新主人帶來的喜悅和幸福。最後新野人民在「可令人遍告百姓，有願隨者同去，不願者留下」的逃跑佈告中，選擇離開：「號哭而行。扶老攜幼，將男帶女，滾滾渡河，兩岸哭聲不絕。」火燒水淹之後的家園還有什麼？他們還剩下什麼？他們依憑什麼繼續在這裏活下去？留下來的日子就能比這樣淒慘地走更好嗎？「千里無雞鳴」的時代，殺來的曹操還是又回來的「胡漢山」，讓人民過的都不是好日子！

第六十五回裏，劉備入成都。成都人民也是熱烈歡迎這位劉氏領袖：「百姓香花燈燭，迎門而接。」此情景，也不知道是提前到達成都的劉備的幕賓簡雍組織的，還是已經投降的益州牧劉璋特意安排的，還是那裏的人民自願自覺地來到城門的。劉璋時期，像趙雲說的：「益州人民，屢遭兵火，田宅皆空。」苦難中的益州人民希望新的主人給他們帶來新的生活，擺脫往日的苦難，又聽說劉備是個與其他人不同的「大救星」，以我推斷，極可能是發自肺腑地熱烈歡迎劉備的來到。

暫不論這個，說說成都等地人民在他們「朝也盼晚也盼」的劉備領導下生活得怎麼樣這個問題。最開始，人民過了一小段非常非常短的幸福日子：「兩川之民，忻樂太平，夜不閉戶，路不拾遺。又幸連年大熟，老幼鼓腹謳歌。」不過這樣的日子不到三年，劉備進位漢中王，接著當了皇帝。然後，提幾十萬軍馬雄心勃勃出川，要「今先滅吳，次滅魏」統一中國。劉備死後，諸葛亮代劉禪繼承遺志，開始數次出川，進行一次次戰爭。打仗，誰都知道那不是打嘴仗，打的是錢、財、物、人，缺了哪個都打不贏。在劉備遺留的「英明思想」指導下，成都再怎樣「米滿倉廒，財盈府庫」，也會被連年不斷的戰爭拖垮，最先亡掉的就是蜀國。

讀到第一百一十八回，鄧艾進入成都，成都人民也是「皆具香花迎接」（看來成都人民十分願意用香花，而不願用紅綢帶來表達他們的心情）。我突然知道人民並不是那麼愛偉大的劉備，也不是從心裏歡迎劉備等人進入他們的領地。在哭泣不好使，哀求不好使，告狀不好使，反抗不好使的困苦而無奈現實生活中，他們只剩下了希望：對新的主人報以希望，報以夢想。希望新的主人改變他們的現實，改變他們饑寒交迫的日子，能給他們帶來翻天覆地的幸福生活。人民所盼望的人也正利用了這一點，所以才有「替天行道」，才有「殺富濟貧」，才有「迎闖王，不納糧」，才有推翻什麼分點什麼……然而，他們一次次迎來的是更加艱難的生活，迎接來的是加倍盤剝他們以實現個人願望目標的一個個極權統治者。人民，人民不過是他登上寶座的一塊塊磚頭。

劉備當了皇帝之後

無論是《三國志》，還是《三國演義》，還是電視劇《三國演義》，每次我看到劉備出場時，也不知道為什麼我總是想笑。後來，我終於找到了一點兒原因，那就是他稱帝後與稱帝前的一系列表現的對比。在人們普遍的認識裏，瞭解很多劉備未稱帝前的奇聞軼事，而對他稱帝後的表現，似乎也就知道他白帝城托孤了。

劉備稱帝是在二二一年，於曹丕二二〇年自立為帝之後。劉備聽說曹丕稱帝和漢獻帝死去的「報說」後：「痛哭終日，下令百官掛孝，遙望設祭，上尊謚曰『孝湣皇帝』。玄德因此憂慮，致染成疾，不能理事，政務皆托與孔明。」這裏說劉備「因此憂慮，致染成疾」，而沒說劉備「因此悲傷，致染成疾」。以小人我推測，曹丕稱帝對劉備構成了巨大的刺激。一向將自己介紹給別人時，都不忘了說自己是「中山靖王之後」，當代皇帝之「皇叔」的劉備，這一年六十一歲。在平均壽命普遍偏低的年代，這個歲數已是高壽之人。對年輕時就有遠大理想抱負，現已做了漢中王的劉備來講，時不我待，急啊：這天下怎麼就成了他曹家的了？他將「政務皆托與孔明」的行為和宋江在晁蓋死後「每日領眾舉哀，無心管理山寨事務」，簡直如一個文本的複製。孔明勸說劉備的話是：「目今曹丕篡位，漢祀將斬，文武官僚，咸欲奉大王為帝，滅魏興劉。」吳用勸說宋江的話是：「哥哥聽稟『國一日不可無君，家一日不可無主。』」一樣都推三阻四假模假樣，然後又都就座，真是「陽光底下無新事」。吳用與諸葛亮真是宋江與劉備肚子裏的蛔蟲，不管你信不信，反正我信！

要是評選歷史上的表演帝，在下第一票就投給劉備。再能表演，也有穿幫的時候。穿幫一般不是在艱苦困難時期，而是在志得意滿的時候。劉備：「朕想布衣時，與關、張結義，誓同生死；今朕為天子，正欲與兩弟同享富貴，不幸俱死於非命！」一不小心，劉備就露了馬腳穿了幫：做天子是為了和弟兄們享富貴，也不是「同滅曹賊，共扶漢室」啊！既沒「扶」也沒「復」。劉備的這個「漢室」帝真是可憐巴巴的，地盤小，人員少。不過，跳蚤再小也是肉。

稱帝後的第一件事就是「欲起傾國之兵，剪伐東吳」。表面上，劉備要為關羽報仇，其實也未必如此。關羽被吳國殺掉時，劉備還是漢中王。第七十八回裏，劉備要提兵為關羽報仇，孔明一句：「不可。方今吳欲令我伐魏，魏亦欲令我伐吳：各懷譎計，伺隙而乘。王上只宜按兵不動，且與關公發喪。待吳、魏不和，乘時而伐之，可也。」劉備沒二話地聽從了勸阻。到了第七十九回，他曾說過這樣的話：「曹操已死，曹丕繼位，威逼天子，更甚於操。東吳孫權，拱手稱臣。孤欲先伐東吳，以報雲長之仇；次討中原，以除亂賊。」細看文字，「東吳孫權，拱手稱臣」才是惹惱劉備的根本原因，還有就是劉備的勁敵曹操這時死了，也是急切的他能固執出川的一個外部原因。那時，和劉備一個年齡段的人，並能和劉備較量的人基本都去見了閻王，孫權也好，曹丕也好，劉備根本沒把他們放眼裏。

劉備稱帝後一再強調「今先滅吳，次滅魏」。東吳在三國之中的力量最小，劉備要消滅已經稱帝的曹家政權，他必須先打敗吳國。這在戰略上是對的，只是劉備在稱帝後，忘記了自己到底有多大的地盤，多大的力量，多大的本事。打仗這事，不是你握有將軍的印信，就具有將軍的才能。做皇帝也一樣，不是你當了皇帝，你就擁有了天下，五代十國的皇帝們真是太多了。在勸說劉備稱帝之初，許靖對劉備說：「今天下無不欲王上為君，為孝湣皇帝雪恨。若不從臣等所議，是失民望矣。」這裏的「天下」太小了，不過是處於偏遠地方的益州之地，也許劉備以為是整個華夏大地這個天下呢！

劉備稱帝後的第二天，就決定興兵伐吳，遭到所有大臣的反對，但劉備拿出了皇帝的派頭，先要殺掉諫阻的秦宓，後又將孔明奏表狠狠地扔到地上：「朕意已決，無得再諫。」（此時，我為諸葛亮一哭，也為自己出氣，活該！）權力真是不用吃的最好壯陽藥，昔日那個動不動就鼻涕一把眼淚一把的劉備就這麼「陽剛」起來。隨後的劉備越加的「陽剛」自大與目中無人。

向東吳進發的初期所向披靡，並不是劉備多麼有能耐，也不是軍隊的戰鬥力多麼強大，而是東吳孫權集團的應戰能力太差，沒有合理使用人才。面對陸遜的戰略部署，劉備狂妄傲慢地說：「朕用兵老矣，豈反不如一黃口孺子耶！」用兵哪裏在年齡？他倒是「用兵老矣」，實施的是「七百餘里，連結四十餘寨」的愚蠢部署。其實，不是他用兵老矣，而是他這個人太老了：剛愎自用，自我膨脹，目空一切，盲目自大，過度自負。一個已經有了這樣「偉大」性格的「朕」，一般情況下，離死就不遠了。

西元二二三年，在這次出征失敗後不久，劉備死在白帝城。

華屋裏的一隻乳燕

漫漫黃沙古道上，一行悽楚悲涼之人攜帶全部家當，離開居住多年的益州，前往目的地「南郡公安」，也就是現在的湖北公安。這個隊伍裏的主人昨日還是榮華富貴萬人俯首、瞬間決定他人生死，而此時起就要在公安默默地開始另一種日子——沒有一寸土地，也沒有一個人可以命令的真正孤家寡人的生活。這個人就是劉璋，將他趕到公安的人是他曾經十分信賴的劉備。

說到劉璋，總有一種說不清的滋味在心頭。劉璋乃漢家正派子孫，出身明朗，不像劉備的血統那樣模糊迷離，而且劉璋的父親是益州牧，是名副其實的官家子弟。益州所轄地區相當於現在的四川與雲南大部地區。益州牧那是最高統帥，統管軍事、政務、財務、人事等所有權力，似乎是那裏的土皇帝。生長於這樣家庭的劉璋，在父親死去後，繼承了益州牧這把椅子，成為益州地地道道的土皇帝。

這個土皇帝，既不「土」，也不「皇帝」。偏安一隅的益州，雕樑畫棟的華屋，劉璋這樣的出身與成長決定他從沒扎根過人們這塊土壤。他不像劉備那樣，曾經編席賣履，在人們水深火熱中摸爬滾打出來，又與眾多陰謀家及陽謀家們打過無數交道。劉璋實在沒有經過「風雨」的歷練，哪裏是劉備這個有著多樣人生經驗之人的對手呢？事實也告訴我們，按照常規出牌打仗的人，往往打不過不按常規出牌之人。在中國的土地上，要想在某一片地塊上坐穩了，定要在那塊土地上將自己弄得渾身土腥味兒，必要時還要土腥味兒夾雜著血腥味兒。「聞遍」劉璋的全身也沒有一絲的土腥味兒。在他執政的過程中，似乎只殺了三個人：張魯的母親和弟弟，還有就是出賣他的張松。與那些手上沾滿鮮血的眾多地方軍閥相比，劉璋的手還是蠻乾淨的。

皇帝這個稱呼，總透著一種霸氣、殘忍、為所欲為，而劉璋身體的細胞中，似乎沒有生長這些。諸葛亮說劉璋失去基業是他「皆因太弱耳」。後來就思考這個問題，是弱的問題嗎？中國人有時就是怪，遇到一個強悍、霸道、野蠻的主子，他們受不了時就希望一個仁慈的人來做他們的主子，而真正的仁慈之人做了他們的主子，他們又欺負起這個仁慈之人，欺騙他、出賣他、諷刺他，等到趕走了他，還要給他一頂「昏弱」的帽子。歷史怕認真去讀，更怕揭開表像去思考。「人類一思考，上帝就發笑。」上帝的這一笑，大概告訴我們終於跳出了權力書寫者的樊籬，有了一點點的自由思考能力吧。董和曾勸劉璋說：「城中尚有兵三萬餘人；錢帛糧草，可支一年：奈何便降？」劉璋這樣回答：「吾父子在蜀二十餘年，無恩德以加百姓；攻戰三年，血肉捐於草野，皆我罪也。我心何安？不如投降以安百姓。」使我明白，無論是勸說劉璋投降的人，還是阻止劉璋再戰的，都是在為權力層著想，都沒有一個人為民眾的苦難著想。只有這個所謂的土皇帝想到了水深火熱中的人們，且是到了無奈的處境才想到。想到民眾的生命還有另一種可能，就是劉璋在為自己的投降找了一個光明正大拿得出手的響亮理由。

另外，劉璋遭遇的是個戴著虛假帽子，玩著詭計，懂得陰招的老手。曹操都能被玩弄，一個小小的劉璋還能怎樣？張松懷著巨大的希望「欲獻西川州郡與曹操」，而曹操沒看出這個長相不咋地兒的人手中竟然有那麼大的一塊寶貝要獻給他。後來知道了，也許後悔得要打自己幾個耳刮子吧。備受曹操冷落的張松，準備將西川獻給劉備，早有趙雲在路上等候多時，真是想打瞌睡就有人抱枕頭。劉備真正落實了「操以急，我以緩；操以暴，我以仁；凡每每與之相反，遂能如願也」之語，超高規格地接待了這個即是「川奸」，又是叛徒的張松。張松到曹操那裏，看來劉備不僅知道，而且知道張松在曹操那裏不受待見。才派趙雲在路上去迎接這個天上掉下來的「大肉餅」。看來劉備在曹操高層組織裏，派進去了「ＫＧＢ」，並且反應迅速。曹操上午吃了幾碗乾飯，下午要去幾趟廁所，劉備可能都知道。看來間諜與接待工作確實是搶奪戰中最不可忽視的力量。

劉璋與劉備的見面，讓人體味出劉備的虛偽小人氣。劉備握著劉璋的手，鼻涕一把眼淚一把地說：「非吾不行仁義，奈勢不得已也！」行了不義之舉就算了，還非要扯「用勢不得已」這塊布來遮羞。數數中國歷史，有行仁義而贏得天下的嗎？有靠仁慈獲得江山的嗎？誰都明白的事情，還在那裏假模三四地裝。此時，羅貫中沒有寫劉璋的任何言行，只能靠我們自己去想像當時的劉璋以怎樣的心態和表情面對劉備的哭泣和言語。遭遇這樣一個無賴級的老辣對手，未經風雨，未歷霜雪的劉璋，有贏的可能嗎？真誠鬥不過奸詐，善良敵不過野蠻，美好勝不了醜惡。天空有時不是留給真誠、善良、美好，而是出賣給奸詐、野蠻、醜惡的。

三國時代的天空裏，有太多的老鷹，劉璋這個華屋裏的乳燕，總有一天會被「吃掉」的，不幸的只是他被他信任的劉備「吃掉」了。離開益州七年後的西元二二〇年，劉璋在公安默默地淒涼死去。西元二六三年，劉備的兒子劉禪在益州被曹家將領鄧艾「吃掉」，場面更加悲慘：面縛輿櫬——車上裝著棺材，雙手捆在身後，面朝著勝利者。離劉備進入益州的西元二一三年正好五十年。

許攸因何而死

大批人馬簇擁著一個領導，浩浩蕩蕩向他們千辛萬苦攻克下來的冀州城前進，要到城門，一人縱馬越過領導，使勁揮舞鞭子回頭對領導說：「阿瞞，汝不得我，安得入此門？」領導聽到這句話沒有大怒，反而朗聲「大笑」。這個人是許攸，這個領導是曹操。

許攸原是袁紹手下的謀士，而他的計策袁紹「言不聽，計不從」，還有袁紹的另一位謀士審配向袁紹告狀，說許攸「嘗濫受民間財物，且縱令子侄輩多科稅，錢糧入己」。又聽說自己的子侄已經被審配關進了監獄，許攸決定背叛當「袁奸」。剛到曹營的許攸承受住了曹操對他的智力測試，曹操獲得一個滿意答卷後，接受了許攸的「不過三日，使袁紹百萬之眾，不戰自破」的計謀：劫烏巢孟德燒糧。經此一役，受到重創後的袁紹逃回了冀州，他像我們電視劇裏所有病了人那樣：咳嗽、吐血了。取得大捷並知道袁紹病重的消息後，曹操「勝勇追窮寇」，進攻袁紹的根據地——冀州。袁紹在這樣憂恐之中不幸死去。

冀州城是一個歷時多年堡壘堅固的城池，想攻下這個城池不是容易的事。強攻攻不下，「挖地道而入」又失敗，後面還有冀州的救兵前來，以曹操當時狀況特別想短平快地取得勝利。從許昌來到冀州城下的許攸又獻一計：「何不決漳河之水以淹之？」一計驚醒苦惱人兒曹操。曹操欣然用此計，不費吹灰之力一舉拿下冀州城。於是有了本文開頭那一幕。

可以說沒有許攸的這兩個計策，曹操的隊伍不能進入冀州城，或說至少不能這麼快地進入。

這個冀州城門，對曹操來講，是「勝利門」，而對許攸來講，那是「死亡門」。有一天，許攸出此門，正遇到要進此門的許褚，也不知道許攸的哪根神經痙攣，大聲對許褚說：「汝等無我，安能出入此門乎？」許褚是曹操手下著名的能征慣戰的一員猛將，聽到這樣具有蔑視意味的言語，抑制不住心頭的怒火：「吾等千生萬死，身冒血戰，奪得城池，汝安敢誇口！」不知死的許攸完成了他人生中的最後一句話：「汝等皆匹夫耳，何足道哉！」許褚是個匹夫，但他手裏的劍可不是「匹夫」，許攸的腦袋就這樣被提到了曹操的面前。

曹操見到少時之友許攸的頭顱，從文字上我看不到曹操有絲毫的悲傷，不過輕描淡寫的一句「子遠（許攸字）與吾舊交，故相戲耳，何故殺之」就完了。為此我曾合上書，靜靜去想許攸，也想曹操。

許褚殺了許攸後對曹操說的話是「許攸如此無禮，某殺之矣」，從曹操的回答看，這個「無禮」無疑是指許攸在冀州城門口，縱馬越過領導沒個尊卑大小，還有揮舞鞭子對領導大聲豪氣地說什麼沒有我你進不了這個門。曹操的「大笑」就有內容。不怕領導哭，就怕領導笑，你問為什麼？我說，領導當著你的面哭，說明沒當你是外人，當著你的面笑，那笑的內涵太豐富。後來我猜測，許褚一定聽到了曹操的笑聲，也一定深刻理解了曹操的笑聲。不識時務的許攸，將這個功勞演變為城門的一把「大鑰匙」。曹操進入，許攸用這個「大鑰匙」擰一下，許褚進門他使勁擰一下，想來其他人進此門，被許攸見到也要使勁擰的。如果許褚不殺死他，隨曹操回到許昌，大概也得不時提起這把「打鑰匙」。此時，我才深深理解為什麼許褚提著許攸的腦袋來見曹操時，曹操是那樣的從容淡定，不懷一絲的悲傷。後來，我又進一步推測，善於借刀殺人的曹操，在無形中是不是已經授意他人這樣幹了？許褚，不過就是曹操的一頭狗，讓他咬誰就咬誰。

我總想到書中一個場景——曹操在聽到禰衡死在黃祖之手後，笑著說：「腐儒舌劍，反自殺矣！」可憐的許攸至死也不知道，他一心一意幫助少時之友的結果就是「厚葬」了事。寫到這裏，突然想到「書生輕議塚中人，塚中笑爾書生氣」，不覺望向迷茫而遼闊的窗外，無情碧水日日流，不覺長歎一聲！

陳宮——男人也怕選錯人

「我自橫刀向天笑，去留肝膽兩昆侖。」每次想到三國裏的陳宮昂首飲刀白門樓，都禁不住想到譚嗣同的這兩句詩。三國裏非正常死亡的人很多，唯有陳宮之死讓我一拋粉淚。

陳宮一出場就是救助那個被「遍行文書，畫影圖形」的曹操，此時的曹操是亡命他鄉的犯人。陳宮冒著「窩藏者同罪」的危險，拒絕「擒獻者，賞千金，封萬戶侯」的優厚酬答，不帶一絲猶豫地將曹操的命救下，並且毅然放棄中牟縣令的官職和曹操一同逃跑了。陳宮以救曹操的命登場，以曹操橫刀殺他而退場。這一始一終的對比，讓你不得不覺得人生怎麼就這麼的逼仄。

最開始見到曹操，陳宮對他充滿了欽佩，聽到曹操要「召天下諸侯興兵共誅董卓」的慷慨陳辭後，陳宮立刻「親釋其縛，扶之上坐」而且再拜曰：「公真天下忠義之士也！」因此，陳宮決定和曹操一起去實現曹操的夢想。世間的事情真的不能光聽嘴說，更要看他怎樣去做，怎樣去落實他的語言。三日後，曹操在成皋的呂伯奢家，實實在在地給陳宮上了一堂生動而血腥的軍閥行為課，粉碎了陳宮三天前的夢想。陳宮見證了曹操的毒辣與兇狠，也明確地知道自己跟錯了人，走錯了方向。夜色中，陳宮悄悄地背起劍騎上馬飄然離開，奔向東郡。陳宮的第一次擇主讓他認識到曹操和他不是一條道上的人。

等到在東郡做事的陳宮再見到曹操時，曹操已今非昔比，「文有謀臣，武有猛將，威震山東」。陳宮滿以為憑他當年救曹操命的份上，能給他個面子，從而解救好友陶謙的危境和州縣百姓之命，但曹操根本不領他的救命之情。推斷起來，陳宮的識人能力還是不夠老道。至少應該認識到一個以「寧教我負天下人，休教天下人負我」為行為準則的人，對你陳宮會是個什麼態度。因為，對他曹操來講，你陳宮不言不語離開了，就是對他的「負」。事實上，曹操見到陳宮，無半句救命之恩的感激之語，倒是厲聲責備陳宮：「公昔棄我而去，今有何面目復來相見？」這一次見面，徹底摧毀了陳宮對曹操的希望，這次見面也許是陳宮在心靈上與曹操的訣別。以後的陳宮徹底站在了曹操的對立面。

陳宮投奔另一個軍閥張邈，從而結識了呂布。這一次陳宮又看錯了人。呂布像一條流浪狗一樣，憑著身上的一把好武藝到處尋找棲身之地，最後又都因為那把好武藝散發出來的傲慢氣而被趕了出來。這樣一個勇士級別的人物，確實不是陳宮該侍候的人。三國時期這輛歷史之車是軍閥們在刀槍劍戟的橫飛中躑躅前進，推動其前進的力量本質上還是政治問題，而不是軍事戰爭。陳宮選擇呂布，更多的是想利用軍事力量來解決政治問題。這是他犯的根本性錯誤，而他至死也沒有認識到這點。陳宮的軍事計謀固然正確，但計謀要有帥才之人來落實，可惜的是呂布乃衝鋒陷陣的先鋒之才，並且是個「吾匹馬縱橫天下，何愁曹操！待其下寨，吾自擒之」的自大驕傲之人。這樣一個人與他一起「霸業可圖」，可能嗎？陳宮後來也認識到自己選擇的錯誤：「意欲棄布他往，卻又不忍；又恐被人嗤笑。乃終日悶悶不樂。」

後來我總在想，陳宮建議已近窮途末路的呂布投奔徐州的劉備，為什麼不改弦易轍，劉備不也是被當世之人看成梟雄嗎？細看呂布陳宮與劉備三兄弟見面那一場面，就知道陳宮對劉備骨子裏是個什麼東西已經有了初步認知，到了後來發生的張飛與呂布刀槍相戰，轅門射戟，張飛奪馬等等事件，陳宮發出了人生裏最正確的推斷：「今不殺劉備，久後必為所害。」這句話已經告訴我們陳宮徹底地明晰了劉備就像曹操一樣都是那個時代裏的「奸臣」，不過一個來的直白，一個來的隱蔽；一個赤裸裸，一個擋著遮羞布。

呂布困守下邳小城，劉備與曹操聯手對付這個籠子裏的「老虎」時，陳宮還在為這個臨死之人做最後的努力。但陳宮沒有看到呂布經過若干年來的疆場廝殺，已經疲憊不願再戰：「吾方屢敗，不可輕出。待其來攻而後擊之。」一洩氣話「操多詭計，吾未敢動」衝口而出。這個霸王級人物再無昔日的霸氣與自負，已由進攻型變成保命型的人物了。只能用「汝無憂慮。吾有畫戟、赤兔馬，誰敢近我」這樣貌似強硬之語來安慰妻妾家小。項羽都保證不了虞姬的性命，況一支畫戟，一匹赤兔馬？陳宮絕望地向天悲鳴：「吾等死無葬身之地矣！」

下邳城中，勝利者曹操針對陳宮離開他而選擇呂布的問話，讓我們知道，陳宮在當時真的沒有可選擇的人了，要麼「詭詐奸險」，要麼「無謀」。陳宮面對曹操對他智力的羞辱，說出的「恨此人不從吾言！若從吾言，未必被擒也」，讓我的眼睛久久地停留在「此人」兩字上，陳宮心裏有多少的無奈、遺恨、不屑、絕望啊！他怎麼還能選擇再活下去呢？人說女怕嫁錯郎，其實，男人也怕跟錯人，關乎一輩子的大事，有時也關乎生死啊！

「吾聞以孝治天下者，不害人之親；施仁政於天下者，不絕人之祀。老母妻子之存亡，亦在於明公耳。吾身既被擒，請即就戮，並無掛念。」最後，陳宮用他的智慧和毅然向死救下了自己的妻兒老母，自己昂然下樓走向死亡。我想陳宮的臉上一定沒有眼淚，或許還仰天而笑：大丈夫用性命維護了自己的尊嚴與立場！

禰衡
——拿性命來玩兒的人

禰衡的登場，是因為一事件的出現。曹操要招降劉表，劉表喜歡接納名流，所以派去接納的人一定要是個名流，於是孔融推薦了自己的好友禰衡，這樣禰衡就出現在朝堂之上。

就今天的話講，禰衡是個「高富帥」的藝術青年。這樣一個青年，都愛玩點酷，以酷來突顯與眾不同。玩什麼都要有個度，就像在懸崖邊上跳舞，是很酷，可跳不好就要掉懸崖下面粉身碎骨了。所以，玩什麼東西都行，就是不能拿性命來玩，因為朝堂那個地方是個如履薄冰的地方；是個充滿陷阱的地方；是個殺人不見血的地方；是個……但我們的這個「高富帥」藝術青年，不曉得這些，拿自己的性命玩兒了起來。

初始禰衡被曹操任命為鼓吏，因為禰衡初來沒有先歌頌曹操如何偉大、光榮、正確，如何英明、不凡、高尚、有才華，手下有能人，反而大大的自我表揚一番：「天文地理，無一不通；三教九流，無所不曉；上可以致君為堯、舜，下可以配德於孔、顏。豈與俗子共論乎！」別說是曹操，任憑誰，都要反感。禰衡的第一次敲鼓就讓人膽戰心驚，遮眼擋臉。古代高層吃飯不像我們今天找個包間啞默悄地推杯換盞，要先有鼓聲來開胃，而且這個鼓吏還要「撾鼓必更新衣」。禰衡先把鼓敲的讓所有人產生了巨大共鳴：「音節殊妙，淵淵有金石聲。坐客聽之，莫不慷慨流涕。」然後採用超常規手段來反擊曹操讓他做鼓吏的羞辱，將自己全身精光，變成最早裸體行為藝術的先驅人物，也藉此成就了一出中國著名的老生傳統京劇《擊鼓罵曹》。

好在是曹操，沒把禰衡怎樣，換了其他舞槍弄棒之人，禰衡的這次廳堂行為，會立刻讓他的小命玩完。羞辱實際上的最高權力者，這本身就是玩命，況且還在大庭廣眾之下公然大罵：「汝不識賢愚，是眼濁也；不讀詩書，是口濁也；不納忠言，是耳濁也；不通古今，是身濁也；不容諸侯，是腹濁也；常懷篡逆，是心濁也！」無論是誰，眼濁、口濁、耳濁，還是身濁、腹濁、心濁都不重要，最重要的是手裏的刀不濁。這也是「我有一百萬讀者……」不如「我有一百萬軍隊」的道理。其實哪裏用什麼軍隊，只要一隻手槍，或一根大棒、一片大刀就可以了。「吾乃天下名士，用為鼓吏，是猶陽貨輕仲尼，臧倉毀孟子耳！欲成王霸之業，而如此輕人耶？」輕了仲尼，毀了孟子，又能怎樣？槍桿子出權力的世界哪是文人生存的星空，說這樣的話，本身就是「不通古今」。真正通古今的人，《三國演義》裏只有一個人，那就是司馬徽老先生，他根本不屌你這個茬兒。

我們東北有句話叫「上趕著不是買賣」，意思是在社會活動中做任何事都要沉得住氣，不要太急迫，太急切就不會成功。禰衡在這個問題上就犯了錯誤，曹操派人一召，禰衡就著急忙慌地跑來了，人家連個座也不讓坐。諸葛亮就深深地懂得這個道理，讓劉備這個到處自表皇叔的人頂風冒雪屁顛顛地跑了三次，使劉皇叔這個老小子以後不敢小看。禰衡，縱有如天之才，也該矜持矜持。不讓曹操請三次，起碼也要請兩次再出山也行啊。東晉的王述每次被提升到新的官位，從來不虛情假意地推辭，他的兒子王坦之就勸說他：「依照慣例，應該表示辭讓。」就是說心裏喜歡得開了花，表面上也要假了吧唧地說「本人才疏學淺，不能勝此大任」什麼的。曹丕、劉備、司馬炎等等人在坐上寶座之前，不也都是假模假樣地拒絕三回兩次嗎？這是規則，當時的人都知道。而自命博古通今的禰衡不按這樣的規則出牌，說明他還太嫩了。看禰衡從出場到結束生命為止，禰衡充其量是個辯才罷了。朝堂上的明規則還是潛規則，無一樣明白，無一樣知曉，哪是在政治漩渦裏浪遏飛舟之人？

不是人家重金禮聘來的，又不是人家躬身幾次延請來的，更不是自己假模假樣拒絕後才來的，而一上來就開罪大家：「天地雖闊，何無一人也！」得罪人可以，但不能得罪所有人，滿朝人都成了禰衡的對立面。還不甘休，說這個可以弔喪，那個可以看墳守墓，那一個可以關門閉戶，統統都是「衣架、飯囊、酒桶、肉袋耳」！禰衡將自己陷入多麼可怕的境地啊！即使曹操留下禰衡並重用他，讓他坐上某重要位子，那麼禰衡以後的工作怎樣開展？誰願意讓這樣一個人行走在朝堂之上？一個人把所有人變成自己的敵人，敵人就會空前團結地聯合起來圍攻這個人。事實上也確實如此，禰衡離開前往荊州劉表處時，那些被罵的人全體出現在「東門外」，「眾皆端坐」不理他。

禰衡的朝廷行為，哪裏是在展示才華，分明是將性命扔在朝堂上，供人宰殺。聰明的曹操將禰衡的性命扔到了劉表那裏，劉表又很聰明地將他的性命扔到了黃祖那裏。禰衡罵黃祖實在沒有像罵曹操那樣兇狠毒辣，不過說了句「汝似廟中之神，雖受祭祀，恨無靈驗」罷了。其實曹操早已知道禰衡的命，不會長久：「腐儒舌劍，反自殺矣！」何必殺禰衡，來汙自己的雙手，聰明的政治者不會這樣明目張膽地幹。

玩才華，玩音樂，玩行為藝術，玩自吹自擂都可以，但不能和政治玩自己的性命。在政治面前，性命本就是夾著尾巴的狗，主人決定你的死活，也決定是否扒你的皮。因為進入朝堂，性命就不是自己的了，刀槍劍戟還有陰謀詭計隨時都在伺候柔弱的生命。禰衡還自己跑來拿著性命來玩兒，不是自尋死路嗎！

如果我是諸葛亮

於三國中，最讓我這個小女子動心的人物非諸葛亮莫屬。如果諸葛亮活在今天，那我誰的追星族也不當只當他的追星族，就是撿一根他掉的頭髮，我都要像吝嗇鬼珍愛金條那樣藏起來。如果能讓我走近他的話，我會啪啪地吻他的腳趾頭。想想，在窮鄉僻壤的破茅屋裏就定了天下「三足鼎立」，小扇子一扇，風兒就變了向，對人還那麼忠心赤膽，一腔熱血為劉備灑春秋。這麼高的水準，這麼高的智慧，那麼儒雅的風度，那麼超凡的氣質，賽過多少倍「四大天王」呢。雖然今天，諸葛亮不可能成為全球明星，但我心依舊。

諸葛亮確是有水準，否則也不能架子拉得那麼大。如我類，劉備這位大家認可的皇叔派個小廝來請我，都會屁顛地跑去效力。那時是真要水準也唯水準是舉的時代，是馬就是馬，是驢就是驢，來不得半點虛假，真刀真槍地幹上了，可不是鬧著玩的。但通讀了《三國志》和《三國演義》後，小女子突然想諸葛亮沒那麼高的水準，又想出門做點指點江山的事兒，他會怎麼辦？會採用什麼樣的辦法呢？我不知道，但我是會這麼幹：

首先，組建一個謀事班子，不能像孟嘗君那樣養士三千，也要養他三二十個秘書，以替我運籌帷幄決勝千里。諸葛亮當年犯了累死的錯誤，就是沒有正確認識到集體的團隊的力量所在，只憑藉自己的一個腦袋瓜來與曹操集團和孫權集團進行較量，低估了集團的智慧力量高估了個人的力量。豈不知「三個臭皮匠，頂個諸葛亮」呢。況且，生在琅邪（山東）那個小地方，成長在南陽那個破山坡子上，離政治文化中心遠著呢。能出山還多虧了沒進劉備的帳中但做了一個合格組織部長的徐庶，才有機會登堂入室出頭露面，靠著「鞠躬盡瘁，死而後己」來為劉備效命的，結果弄得吐血而死。否則的話，這麼高智商的人，在謀士班子的幫助下，功業會更大，活的歲月也會更長，單槍匹馬地作戰，哪裏能宏圖大展。

其次，派刺客幹掉曹操、孫權。三國裏幾乎是沒有這類想法，大多都是用計用謀，然後真刀真槍去拚殺。講究的是兵法陣法、兵多將勇。諸葛亮是個很會排兵佈陣的帥，但沒用這招，而這招來得多麼快。派個精明強幹有石遷本領的ＫＧＢ藉著月黑風高之夜潛入曹軍大營，找準了腦袋一刀下去，問題解決了！像有些人殺影響自己前途的人那樣。

再次，瓦解敵方陣營的領導班子。用什麼聯吳抗曹？多笨。多用金條銀條等稀世珍寶什麼的賄賂敵方陣營的強將硬帥，古人也是人，抓住他的弱點，該送什麼送什麼，喜歡什麼給什麼，敵方陣營的凝聚力要大打折扣的。這世上有幾個「刀槍不入」的人？諸葛亮愣是沒這麼做，今日多少人學會了這招。假如把曹操營中的夏侯淵、張遼、曹洪等各大將統統地挖過來，把孫權帳下魯肅呂蒙等全部地拉過來，不橫行中原才怪呢！

謀事班子外，要成立廣告班子、寫作班子、服務（女性）班子。這些班子統統歸諸葛亮一個人領導，都要拿出新舉措。當然這些班子的頭兒都要競聘上崗，寫好競聘報告，有能想出征服曹軍吳軍辦法的優先錄用。如果有在曹吳兩者身邊工作的直系親屬優先考慮。同時，都要有滅曹破孫的計策報告或論文，當然署名要落上諸葛亮，寫孔明也可。

如此，諸葛亮的小扇子扇的地方，就不只是蜀地了，而是解放中原人民，劉備也不是蜀地之小地方的皇帝，而是整個漢朝的大皇帝了，但這樣，諸葛亮也就不是諸葛亮了，而是小人我了。

王允的表演才華

屍橫街頭，脂膏塗地，肚臍上還用火點燃著的董卓，作夢也不會相信這樣的結局是他親信的王允幹的，但歷史事實就是這樣令人難以相信地存在著。王允以他極具才能的表演，把自己的心思深深地埋了起來，浸入骨子中血液裏，等著時光來助他殺了董卓。他的表演才能在等待的過程中發揮著關鍵的作用。

王允是如何在董卓面前表現表演的書中未細表，但從董卓將「朝政大小，委允主持」，就知道王允在董卓的手下會是什麼樣的角色形象。王允「事多白卓，卓因結為密友，無嫌無疑」，這顆不定時炸彈就這麼從從容容地埋在了董卓的身邊。可怕而又可憐的是董卓尚以滿心的歡喜，去欣賞去撫摸這顆表面充滿了花紋的炸彈。「卓見允面色尪瘠，總道是為己分勞，格外體恤，表封允為溫候，食邑五千戶。」王允穩穩地把真實的自己埋了起來，剩下的是一個為了目的在盡情表演的王允。王允的高超才能就在這裏。其實細追究，人生是舞臺，都在表演，只是表演的水準不同，所以會獲得不同的結果。董卓時期，具表演性的人物一樣很多，但最成功的自然要屬王允，因為他獲得了看表演的董卓的萬分信任。

董卓是個刁猾的人，不會隨隨便便就聽從別人的話。但聽從了尚書周毖，城門校尉任伍瓊勸說他「力矯前弊，徵用天下名士」的話。他也確實做到了推賢進士，聚集了一大批知識分子。執掌國家政權的董卓是個武夫，是沒有多少才能和心思調動人的。他相信以武力去解決一切問題的程度，就像他用武力來謀得權力一樣。同時人都有個羨慕的心理，董卓也不例外，沒有多少文化的董卓敬拜知識分子，對學富五車的蔡邕恭敬有加，蔡邕的話他無不聽從。王允在他的眼中也屬知識分子、有文化的人，當然心中也有了對他的敬服。在這樣的土壤中，王允的表演空間存在了，舞臺架上了。剩下的是他的表演，要如何贏得董卓的信任和目的的實現。

王允在董卓面前「曲意取容」。違背內心的意願去做某件事，而且要做得「結為密友，無嫌無疑」，是要有怎樣的城府和內涵？戴上一個完全相反的「面具」去表演且要恰如其分，是怎樣的艱苦卓絕？王允的高妙之處就在這裏，狠毒之處也在這裏。董卓野蠻殘暴到了截舌斬足、鑿眼目的程度，但他的殘暴是明目張膽地進行，是有目共睹的，誰讓他不舒服不快樂，就明箭明槍地放。看起來令人毛骨悚然，可這種行為總能讓人有所準備，王允的行為與此相比也絕不值得稱道。對王允來講，他的目的是好的，但手段總讓人有些疑問。董卓對他是十分信任，「向司徒王允拱手，囑託朝事，登車而去。」王允正是利用了信任對董卓下了「絆子」，使了「毒」。品味起來，這更可怕。當明晃晃的大刀砍來時，人有防備的心理，而且死也死得明白。暗處的親近之人的「冷箭」射進心窩，連死都要做個糊塗鬼，是不能讓人瞑目的。當然以董卓的罪惡是該死，但讓人死總讓人死個明明白白。知識分子的王允以這樣的手段去實現目的，怎麼說來也有點那個了。

事情有時也真怪，或許是在捉弄人類的思維，往往讓最瞭解自己的人、自己最信任的人、最欣賞的人來打敗自己。對方就怎樣的才能高超、演技絕頂嗎？也未必。對他人過分的信任和欣賞，會讓自己的眼睛變得朦朧起來，對方做的一切似乎都合乎心思，對方所暴露出的問題錯誤便不那麼重視了，不會進行進一步地思考，防備心理消失了。而這種情況又給對方增加了更大的表演空間，特別在政治的舞臺上，表演者更是穿上了令人眼花繚亂的舞衣，迷離得讓人難以分辨一切。騎著自行車上班的大貪官，穿著破軍大衣的大巨貪，不是一再地出現嗎？他們的演技也是相當高超的，人們在他們的演戲中並不知道他們是貪官，是喝著他們「血」的豺狼。他們埋得更深，讓人更難以辨認。這比那些一眼就讓人懷疑為貪官的人更具殺傷力。人們會被欺騙得更久遠，貪婪的東西更隱秘。

王允的戲演得逼真到位，但在殺了董卓後，就脫了舞服露出了他的本來面目，那些「好人貪官」也一樣。演戲演得過了火自然會有結果，這結果就是失敗。王允的戲並未過火，但他砸了。不是他的演技窮了，而是不演了。王允繼續演下去，還是個讓人欣賞的人，歷史就欣賞「演戲」的人。演得越假、越沒自己了就成功了，真實的本質的就要被淘汰。當人擁有了絕對的權力時，有時就不願意演下去了，也就要砸了。比如董卓，比如王允，比如魚朝恩。當人凌駕一切之後，不演了，回歸本真了，他死亡的日子就不遠了。

楊修到底被誰所殺

提起楊修，總要想到「雞肋」。如果沒有楊修，曹操的口令「雞肋」是不會如此地傳揚後世。妙就妙在經過了楊修的「棄之不甘，食之無味」解釋，頓讓曹操與楊修的名字永遠連在一起了。在傳統的看法中，我們都認為是曹操忌嫌楊修。因為每一次曹操的小把戲都被楊修識破了，讓曹操大折面子，從而動了殺楊修的心思，結果就把楊修殺了。但我臆想，事情並非這麼簡單。

曹操也是個肚子裏能撐船的人物，否則也不會聚集了像荀彧、孔融、張部、曹仁等一大批文人武士。僅從曹操的詩歌中就可品味出一些肚量來。那又為什麼那麼果斷決絕地殺了主簿楊修呢？從資料上看是：「思主簿楊修，依附子恒，且為袁氏外甥，將來我死，他必導恒為非，亂壞我家，因誣修洩漏機密，勒令自殺。」這樣看來並不是因楊修的聰明和曹操的嫉賢妒能而殺了楊修。

首先，怕楊修的聰明給他的子孫統治天下帶來麻煩；其次，怕楊修的智謀與先見性讓他的子孫不易統治。以曹操的聰明，他很清楚他兒子們是沒有他的雄才大略的，更沒他的兇狠狡詐高超權謀。以他的能力還能駕馭得了楊修，而他的子孫們是沒這個能力的。為了他辛辛苦苦得來的江山，他是不能在睜著眼睛之時，就甘心放手不管。曹操他要為子女負責，所以，他將深知他的楊修遠見卓識的楊修殺掉了。我們不是看到好些人為了子女的幸福為了子女的將來，培養大批的嫡系人物，排除與己不和之人嗎。假使以後的在位人物六親不認，某天「包公」起來或「與己不和之人」統治著他的後代，他能不擔心子女的命運？先給子女弄好位子謀好房子，事情都消停了安全了再大撈一把回家的人物少嗎？道理是一樣的。

假如曹操能活一輩子不死，他是不會殺楊修的。曹操是很會玩些智力遊戲的，並以此為快樂。從他知道楊修破解「黃絹幼婦，外孫齏臼」為「絕妙好辭」，就從內心裏嘆服楊修的知識淵博、足智多謀。一個人要玩什麼遊戲，如果沒有對手，只是一個人居高不下地玩那是很沒意思的。曹操在遊戲的過程中，固有對楊修的嫉妒之心，但也肯定有自愧之意。因為曹操也是蓋世的英傑、一代梟雄，對楊修的智謀也是有著某種欣賞與肯定的。曹操的把戲沒人破解應答，時間久了也會枯燥無味的，需要有人來和他唱戲，這從我們某些人物身上就能找出幾點證明來，細心去看看就知道了。無論是多大的領導，他也不希望他的身邊都是傻瓜，共鳴可能不大需要，心有靈犀一點就通還是好事，減去了不少的麻煩。和上司玩撲克、打橋牌，總讓他贏，他會覺得沒意思，偶而戰勝他一二次，他會很喜歡，就像王熙鳳和賈母玩一樣。

從曹操讓楊修做主簿就可明白一二。主簿的官職主要負責節杖文書、內傳外宣、參與機要總領府事。對於這個部門的人員，曹操是不會用一些草包的，而楊修在他的所有主簿之中，是聰明有餘，城府不足的一個人。楊修沒有主簿司馬懿的老謀深算，精於掩藏自己的政治水準。如果深究的話，這要從楊修的知識分子共性上挖。一般來講，知識分子都比較單純，胸中有什麼就說什麼，不會指著三卻說著四。看人做事時喜好表現自己，沒有顧忌別人喜怒的腸肺。有時在火候上更是把握不準，有礙那些握有生殺大權之人的尊嚴面子，從而對他的統治造成威脅。因為懼怕自己的無知在眾人面前一覽無餘。無形中知識分子給自己樹立了敵人，而敵人不是單一的一個，是有後代的，他們要為後代思考。楊修知道「雞肋」的意思後，馬上整理行裝準備回家，而且大膽無忌地把這場戰爭的結果高聲說了出去。這是純粹的知識分子行為，如果是司馬懿、司馬昭、曹操、劉備、孫權這些政治家會這麼做嗎？不會的，一定不會。這就可以讓曹操想到他死後，「參與機要」的主簿楊修，會怎樣去對待他的子孫？會對他的子孫構成什麼樣的影響？把這樣的一個人留在子孫的身邊，他怎麼能放心地走？

這樣的事，也不只有曹操會這麼做，一個握有政權的執政者，都會進行這樣的思考。唐太宗臨死之時，將太子詹事李世績出調為疊州都督，怕李世績構成對他兒子的皇權威脅。聰明練達的李世績一經受詔，家都來不及回就上任去了。唐太宗告訴太子：「我今外黜世績，就是為你打算。他若徘徊觀望，我當責他違詔，置他死刑。」時代向前發展了，唐太宗到底比曹操高明，沒有殺死李世績。但道理是一樣的。對於不好駕馭的人物，他們只能殺了他或罷免他以保護他的子女。所以如果曹操活著就不會殺了楊修，是權力的延續帶來了死亡。成為殉葬品的楊修，到另一個世界陪曹操去了。楊修不構成對曹操的威脅，而是對他兒子的威脅。

呂布

——孤獨的流浪乞兒

呂布與貂蟬的故事傳了千百年，不是因為愛情，而是由於政治。呂布是政治的犧牲品，貂蟬也是。從他與貂蟬的開始就註定了他要浪跡天涯。騎著一匹紅馬穿著一襲白衣，提著一把方天畫戟的他，孤獨地在險惡的江湖中搏擊，政治的潮水把他沖向不同的方向。他只能這樣，否則他活不下去。

驍武是他生存在後漢時的看家本事。手中的畫戟，胯下的紅馬，就如同浪跡四海的乞兒左手中的打狗棒，右手中的討飯碗。在動盪的後漢末期，呂布的出身是低微的卑賤的。與那些出身有門第的人相比，他是個草一樣的人物，但他又有著一顆不甘平庸的心，要用武藝來求得生存的更好空間。他擠到了群雄逐鹿的中原，在每個大家庭的院中，出賣他的武藝，出賣他的力氣，哪裏都不是他的家。在門閥體制下，呂布沒有憑藉的靠山，只能悲壯地以身體去說話，去贏得他想要的一切。

先擊著一把畫戟依附丁原。如保鏢一樣出賣他的力氣。此時呂布只是丁原家中的狗。當丁原被董卓圍困沒有生存之機時，呂布是沒有生的希望的，只好投靠新的主子。在必須先殺掉丁原的前提下，在生與死的面前，呂布只會以犧牲他人的生命謀求自己的生命。他殺丁原之時，一定也有過痛苦的抉擇。這在呂布要殺董卓的時候就能看出來。當王允與呂布謀殺董卓時，呂布曰：「奈如父子何！」他還是全心全意以董卓為父的。而董卓卻未必如此。「卓性剛而褊，忿不思難，嘗小失意。拔手戟擲布。布拳捷避之，為卓顧謝，卓意亦解。」呂布在董卓的屋簷下的生活可見一斑。在殺了董卓之後，呂布也同樣一心一意緊跟王允。奸詐善於權謀的王允在謀得了權力後，也重演了董卓的殘暴，也同樣利用呂布，且瞧他不起看做一介武夫，不可參政的人物。一切事情獨斷專行。呂布雖有看法也無可奈何，但他並未背叛王允。在與李傕、郭汜的生死交戰中，呂布在敗北的情況下，仍不忘派人接王允離開生死之地，不可謂不義。

毫無立錐之地的呂布，懸著董卓的頭顱，投奔袁術。袁術以他四世三公的身世，更加瞧不起這個布衣驍將，拒而不受。呂布又騎著他的赤兔去求助袁紹，向他討一口飯。而袁紹以他的狹隘之心，在一個月黑風高夜，派人刺殺這個流浪兒。在經過種種艱難後，總算有了立足之地。袁術看到了呂布的力量所在後，又想利用呂布了——要娶呂布的女兒為兒媳。一根腸子的呂布在權衡了之後答應了已有相當影響的袁術。但又中了曹操的反間計。即使不中曹操的反間計，呂布也處在被蔑視被利用被殺被打的命運之中，無論是他處在依賴丁原，投靠董卓，投奔袁術、袁紹，還是奔向張揚之時。

呂布是處在一個權謀遍地陰謀滿天的群體之中，而他又是一個不善權謀的人。他單純無害人之心，性格中只有烈火在他的血管中流淌燃燒。他滿以為他在幫扶別人打天下之時，會求得一處生存的空間，會用刀槍體力為自己殺出一片天地來。但他的出身他的性格，註定成為別人手中的棋子，幹掉對方的工具，也註定了他要一輩子孤獨地流浪天涯。

曹操之所以能殺掉呂布，並不是曹操怎樣的高。群雄逐漸退出舞臺，只剩新生代的人在戰場上角逐。袁術敗了，袁紹也走了下坡路，劉表也漸入絕境。其他的人也七零八落。權力更集中了，需要呂布的人沒了，呂布舞弄刀槍的戰場沒了。新生代人更注重權謀的東西，而不是武力的硬拚。呂布的世界一去不復返了。呂布被曹操抓住時，尚以為他的高超武功能救自己：「公為大將，布為副使，何事不能成功呢！」在他還有一線希望活下來時，無情的劉備用他賣席子的嘴說出：「公不見丁原董卓事嗎？」這致命的一刀將呂布殺死了。此前，袁術派三萬大兵攻打劉備時，呂布曾豪邁地用他高超的武藝舉弓射戟，把生死線上的劉備救了下來：「玄德，布弟也，弟為諸君所困，故來救之，布性不喜合鬥，但喜解鬥耳。」從中不難看出劉備的無情與狡猾，呂布的豪俠風度。

呂布死了，武藝生命結束了，但和他一樣命運的人並未死掉，他們不願意這麼生存的，而是必須這樣生存。每次看到歷史上對呂布的評判時，都生起些許的疑問。在人的生命中，基本上渴望寧靜的生活，沒有人願意過漂泊動盪的日子。皇帝也好，高官也好，百姓也好，概莫能外。出了東家又進了西家的流浪，呂布就那麼喜歡？難道呂布就有那個累嗎？我想未必。

袁紹被什麼打敗

與曹操、劉備、孫權相比，袁紹是老一輩的梟雄。袁紹起兵之時，曹操等三人還未怎樣成氣候。袁紹與袁術、張揚、張邈、劉表、呂布那是屬於老一代的革命家。在他的眼中，曹操等人乳臭未乾，「太祖少與交焉。」同樣在曹操的眼中，也沒夾下袁紹等老一輩。只有劉備、只有孫權才進了他的眼中，「生子當如孫仲謀」，「今天下英雄，唯使君與操耳」。當曹操崛起之時，袁紹就走了下坡路。而使他下滑的不是他的能力，而是他的情感。打敗他的不是敵方而是他自己。

袁紹的家是四世三公。在很講究門第的東漢，袁紹家可謂望族。袁紹在朝中初期「以大將軍掾為伺御史，稍遷中軍校尉」，大將軍那時是虛職沒有什麼實權的，而「中軍校尉」「伺御史」在後漢時期那是負責監察軍隊幹部的領導，後來他才走上了純武職之路的。「能折節下士，士多附之」，可知袁紹的周圍聚集了多少文人雅士。當時的名人幾乎分別謀生在袁紹、袁術、劉表的周圍，就是原先在董卓麾下的人也都分散到了他們的幕下。形成了自己的智謀集團。但這些人員是幫助不了骨子裏時刻都在流淌著貴族血統的袁紹。他所處的是個以武力以刀槍搶天下活命的時代。這樣的血液情感往往不像純武夫那樣決絕，快刀斬亂麻。他性格中有著更多的優柔寡斷的成分，顧念的東西很多，更多的時候情感佔了上風。在是否謀取許都端曹操的老窩的問題上，袁紹表現得尤為明顯。眾人紛紛勸說袁紹進攻曹操，以獲得一石二鳥的效果。但袁紹果斷地回絕了，原因是袁紹的三公子袁尚正在大病。面對兒子的病，袁紹父性的情感顯出來：「我三子中，唯少子尚最中我意，今不幸罹疾，累我憂勞，尚有何心再談軍事。」人性躍然紙上。這關鍵之時，如果出兵，確實會如田豐所言：「曹劉相爭，未可猝解，何不乘機襲許，既可殺備，又可滅操。」在政治上，這是一招好棋，可令袁紹挾天子以令諸侯。但在心愛的兒子面前，袁紹選擇了兒子。他被情感打敗了。如果得到了天下，失去了兒子，在袁紹的內心是不會平靜的。其實，無論袁紹選擇了哪個，他都是失敗的，這是他的性格註定的。他沒有劉備摔孩子的演戲手段，也沒有曹操用醉酒來掩蓋殺人的計謀，更沒有劉邦那種為自己的命而把兒女推下車去的兇狠。在素有「無毒不丈夫」之說的中國，像袁紹這樣的政治家，他是必敗的。因為，重情感的人基本上是軟弱的。而成為一個真正的封建政治家，那是要拋棄一切情感性的東西。

比較而言，在袁紹的本性中，殘忍的成份是不多的。在《三國志》中，他殺的有名人士推算起來就是田豐。並未像有些人不順心了，懷疑誰了，就找個理由殺了。勢傾天下的袁家，要想殺個人，那還不是如殺個雞一樣。殺田豐時，他也十分坦率地說了「吾不用田豐言，果為所笑」之後才做了。要是曹操或現代的某些人那是要先放點什麼風，弄點什麼景，然後理直氣壯地殺。一部《三國志》，這樣的事真是不少。

董卓、李傕、郭汜，還是曹操、孫權、劉備，從根子上講都是行伍出身，是從底層摸爬滾打出來的，殺起人來眼都不眨。經歷上，袁紹沒有這些人豐富。曹操有了疑慮，就唠嚓幾刀把呂伯奢家殺個精光。劉備聽到說他是當今英雄，就以驚雷來掩藏他的驚恐，把自己偽裝成小癟三一樣，肚子裏卻是滿載著奪天下的雄心。袁紹則不同了，當他明知自己不是董卓的對手後，「橫刀長揖而去」，絕不像王允那樣裝模做樣地討董卓的歡心，然後再腳下使絆子暗下毒手。他到了冀州，揭竿而起，真刀真槍地和董卓大幹。雖說曹操也逃離了董卓，但他們基本上都是掛著為漢家討江山的幌子，賣的是挾天子以令諸侯的狼肉。袁術在臨死時，把帝位讓給了袁紹，從史料上看，袁紹似乎並未拿這個「皇位」當個什麼事。以當時的情況看袁紹，袁紹的力量還是相當不小的。

當他的手下人沮授勸他西迎帝駕，以便挾天子以令諸侯，袁紹動搖了，但其他人勸阻他說：「漢室久衰，勢難再興。且英雄並起，各據州郡，連徒聚眾，動輒萬計。這好似贏秦失鹿先得可王的時勢了！今若迎入天子，動須表聞；從命即失權；違命即被謗。」曹操挾了天子的結果不正是這樣的嗎？聽從天子之命，袁紹的權力還能有？違背天子之命，就要受到四方的指責。兩難的境地，袁紹不可能不明白。袁紹的選擇是艱難的，以袁紹的性格一定也徘徊猶豫過，出生於官僚之家的他是沒有曹操那股勇氣魄力的。袁紹在挾天子上是失敗的，在儒家的思想道義上卻是勝者。

這不是袁紹的悲劇，而是人性的悲劇。在以成敗論英雄，而不以人性論英雄的時代，在看重結果，不看重採用什麼手段的歷史環境中，擁有人性的人，他的結局肯定是失敗的。

司馬懿裝傻的學問

居於這個詭譎的世界，哪個不希望自己既聰明又能幹？能幹，領導喜歡；聰明，領導更喜歡。領導的眼睛一眨，就知道他要幹什麼，然後，按照領導的意圖那麼一做，心花不開在領導的臉上才怪呢。但用老子的話講，這是小聰明，即小學的水準，還沒有大學本科畢業呢。大聰明絕不是這樣的水準。那是司馬懿的水準，那是朱棣的水準。

司馬懿在諸葛亮死後，他就沒了對手，曹操的子孫只是他掌上的玩意而已，但他仍然要保持做皇帝曹芳的顧命大臣的身分。皇帝的直系親屬曹爽對顧命的司馬懿就不那麼放心了，玩了個把戲，把司馬懿的將軍印給拿走了。司馬懿這個能讓諸葛亮都有些懼怕的人，能服輸嗎？所以，他採取了非常機智的辦法來對付曹爽。在李勝要到青州上任，曹爽就派李勝以辭行的名義到司馬懿的府上，去看看司馬懿到底病得怎樣，以之觀察司馬懿的動靜。司馬懿是誰？諸葛亮的計，他都能識破，小曹爽的雕蟲小計還在話下嗎？但他不採取硬碰硬的辦法，而是用麻痹對方的裝病來對付小小的曹爽。

當李勝告訴他說：「我要到青州上任了，向您辭行。」

司馬懿嘴裏像吃著饅頭地說：「並州接近匈奴，可要好好防備。」

李勝說：「是青州。」

司馬懿說：「你從並州來？」

李勝說：「是山東青州。」

司馬懿大笑說：「你剛從並州來？」

最後李勝把事情都寫在紙上了，司馬懿才明白，然後說：「原來是青州啊，我病得耳聾眼花了，刺史路上保重吧！」說完，司馬懿用手指指嘴巴，丫頭捧上湯水，司馬懿就喝得滿衣襟都是。最後，他流著淚對李勝說：「我年老力衰，活不長了，剩下兩個兒子，要托曹大將軍照顧，請刺史在曹將軍面前多多吹噓！」李勝走了以後，司馬懿立即下了床。對兩個兒子下了命令：「曹爽不會疑我了，如果他再出去打獵就可動手了。」結果，司馬懿用這小小的辦法，不費吹灰之力，就輕而易舉地把大權拿了回來，致使他的子孫在以後當上了皇帝。

明朝的朱棣，為了攫取皇位，也採取了類似這樣的辦法。朱棣的侄兒建文帝當上了皇上，朱棣本來就不滿，所以，在他自己的封地進行地下工作：打造兵器，集中兵力，廣納黨羽。但他的行為，建文帝知道了一些情況，嚴厲責備了他叔叔。朱棣看時機還不成熟，還沒有足夠的條件來推翻他侄兒的天下，他用了最簡單的辦法來對付建文帝——裝瘋。在大街上發狂地奔跑，大喊大叫；在大街的泥水溝裏睡覺；在大熱天裏，穿著羊皮襖圍著火爐還說冷。當建文帝的情報員把這個情況報告給建文帝后，建文帝也就相信了，不再成天琢磨怎樣對付朱棣了。朱棣在麻痹對方的同時，也為自己贏得很多寶貴的時間。後來造反大計敗露了，但朱棣已經羽翼豐滿準備好了一切。他順利地成功了。

這裏僅指出兩個例子，在權力的範圍裏，他倆只是比較典型，因而易被人們記住。洶湧澎湃的權力鬥爭中，最後勝利的往往不是那些鋒芒畢露之人，而是那些把自己的精明埋起來，裝成傻乎乎之人。為什麼他們裝傻就獲得了成功呢？

首先，裝傻給自己設置了一個進能攻、退能守的屏障。「明槍易躲，暗箭難防。」在時機成熟之時，他可以打開屏障衝出去；在時機不成熟之時，他可以靜觀態勢，蓄勢待發。世界是瞬息萬變的，你是無法知道風向會怎樣的變化，怎樣的狂勁。要借來東風，就要有足夠的底蘊和洞悉能力。裝傻，本身就是力量的儲備。

其次，裝傻可以避免與人直接交鋒。真的猛士敢於也勇於直接去和對手交鋒，但結果沒有不流血的。在沒有足夠的力量，足夠的信心來打敗對方之時，避免自己力量的損失是最好的計策。在風雲突變的政治戰場上廝殺，政客是經不住失敗的。敗了，要翻身那是要比登天還難。裝傻，則可以避免這種情況出現，不前進，可以維持現狀；前進那就是勝利。

再次，裝傻造成一種對別人構不成威脅的假像，即使存有威脅，也在以假像迷惑著對方。這無形中，在「雲」裏在「霧」裏把自己保護起來。等到人家懈怠糊塗了，冷不丁放一箭，而且是要命的一箭，成功率自然很高。聰明人，會成為眾矢之的、矛頭的焦點。中國的社會，是最煩最嫉妒冒尖的，裝傻則轉移或化解了一些矛盾，不費多大的力氣，就為自己蓄勢待發清除了道路上的障礙。

三十六計不只適用於戰馬嘶鳴的戰場，在中國的每一個角落，它都有生存的土壤、空氣、陽光。中國的政壇也不例外，因為這更是一個硝煙滾滾的戰場，詭計無處不在，血腥也無處不在。在中國沒有走上健全徹底的民主化道路之時，司馬懿的假癡發癲，就不會失去生命。當然，其表現其內容絕不會是如此的單一，而會變得更複雜更豐富。

第四輯　探秘紅樓

賈雨村——被官場化的書生

在《紅樓夢》裏，賈雨村這個人物不是最重要的，但在紅樓裏，還真的不可低估。第一回裏賈雨村就出場了，而在第一百二十回裏，賈雨村又做了結尾。曹雪芹把賈雨村放在開頭，一定有他的深遠用意。

賈雨村最初應該是個好學上進的學子。在第一回裏他這樣亮相：「葫蘆廟內寄居的一個窮儒。」窮儒的家世曾經是詩書仕宦之族，出生時就已是家道零落了，窮的「只剩得他一身一口，在家鄉無意，因進京求取功名，再整基業」。可說此時的他是一個有志而純潔的青年，落泊在廟裏以「每日賣文作文為生」。這個學子在物質上貧乏，在精神上倒有著不小的雄心抱負，從他在圓圓的中秋月下寫出的兩句詩「玉在櫝中求善價，釵於奩內待時飛」就可知道。帶著這樣的理想，也帶著甄士隱給的五十兩銀子，在「五更」時就迫不及待地登上了尋求美好未來的路途。我們的賈雨村就這樣出場了。

中了進士，當了知府的賈雨村因了「才幹優長，未免有些貪酷之弊，且又恃才侮上，那些官員皆側目而視。不上一年，便被上司尋了個空隙，作成一本，參他『生性狡猾，擅纂禮儀，且沽清正之名，而暗結虎狼之屬，致使地方多事，民命不堪』」。於是，我們的賈雨村知府被革職了。讀這段文字後細分析，可以知道這時的賈雨村還是個青澀澀的生瓜蛋子，沒有任何的官場經驗和歷練。一般的情況下，初生的小牛犢子大多憑藉自己的才華，不喜理睬那些上司，無意中會因為這個因為那個得罪那些官場老人兒，因此而栽跟頭的不在少數。賈雨村大概也是因初出葫蘆廟而遭遇第一個跟頭，否則也不會獲一個「沽清正之名」的罪狀。在我年少時讀這段話時一瞥而過，後來再讀時，就知道為什麼曹雪芹是偉大而不朽的作家了。這個年輕的進士被革職的最主要原因應該是「才幹優長」和「恃才侮上」。賈雨村真正有「貪酷之弊」，直接奏寫出他這條罪狀不就可以嘛，何必要尋個空隙，而且上奏的內容還與他的「貪酷之弊」沒有直接關係。再看「暗結虎狼之屬，致使地方多事，民命不堪」之句，一個剛當了知府的新科進士，還沒有被官場油缸浸泡成官油子，結「虎狼」的可能性似乎不太大，即使結了也可能是紙「虎狼」。這從他借了賈府的門路，複官審理薛蟠案子最初表現，可以看出他並沒有「暗結虎狼之屬」，否則，審理薛蟠案子時也不至於那麼幼稚。可能這個剛出廟門的書生，良心還沒有泯滅，對於百姓上訪遞狀子的事情，也許會有更多的同情心，也可能還因為老百姓的事情「炮轟」過幾次上司。另外，屢次不能順利遞狀子伸冤屈的「民」增多，「地方多事」就會成為一個現象，懂得把責任推出去，才能保自己官位的人，還不是這個剛當知府官的賈雨村應有的經驗。至於民命是堪還是不堪，不能由官方一紙奏本說了算，奏本上的水分擠出來都能淹死人。打著民命的旗號，幹違民命的事情，我們的先人也不是沒幹過，或說沒少幹過。

革賈雨村官職的「文書一到，本府官員無不喜悅」。在腐敗的官場，這些「官員無不喜悅」，只能有兩種情況，要麼賈雨村將所有汙款據為己有，分文不予下屬與上司；要麼就是賈雨村確實沽清正之名，分文不取，致使手下和上司每每白忙活一場，沒有任何灰色收入。而第一種情況，又與「暗結虎狼之屬」不相符合，因為「虎狼」都愛吃「肉」，無肉無以來結。出生於沒落書香之家，又落泊在廟裏讀書賣字的窮書生，所受的都是「修身齊家治國平天下」的正統教育，而官衙裏的規則和正統教育又有多少的一致性？都要脫胎換骨，重新做人。初次當知府，常識上講他還不可能有那麼大的貪婪膽量。從第四回賈雨村審理薛蟠殺人命案，門子給他上的那堂課來看，也可曉得賈雨村還嫩的很，要樹清正之名幹一番事業的可能性倒是蠻大，而這正好侵犯了某些人的利益。好了，奏一本讓你賈雨村土豆子搬家滾球子吧。

得了革職文書的賈雨村這樣表現：「心中雖十分慚恨，卻面上全無一點怨色，仍是嘻笑自若」。「慚恨」兩字真是妙的很，慚愧的肯定是自己，惱恨的也許是他人。面對這樣的革職原因，外人看來他是「嘻笑自若」，賈雨村的內心也許是不屑一顧，否則，他怎麼會安排好家屬後「自己擔風袖月，遊覽天下勝跡」。

人翻過跟頭，才知道翻跟頭的滋味，肉丸子在油鍋裏炸了幾次後，才會成為焦黃的香丸子。官場就是個大油鍋，歷練就是被炸。在探花林如海家做一個五六歲小女孩子的家庭教師，閒適倒是一定的，可也一定有失落寄居之感。那日他看了「身後有餘忘縮手，眼前無路想回頭」這副對聯後，禁不住想到：「想必有個翻過筋頭來的。」對於官位，誰都能拿得起，但不是誰都能放得下。

工部員外郎的賈政是相當於現在建設部的一個副司長，賈雨村見到這個中央級的領導後，立刻華燈初放復職候缺，不到兩個月就當了金陵應天府尹。到了應天府，他審第一個案子即薛蟠殺人命案時，門子的話讓他知道了原來不知道的官場秘笈，也讓賈雨村初步瞭解了人際關係在仕途上的重要性。「老爺既榮任到這一省，難道就沒抄一張本省『護官符』來不成？雨村忙問：何為『護官符』？我竟不知。門子道：這還了得！連這個不知，怎能作得長遠！如今凡作地方官者，皆有一個私單，上面寫的是本省最有權有勢，極富極貴的大鄉紳名姓，各省皆然，倘若不知，一時觸犯了這樣的人家，不但官爵，只怕連性命還保不成呢！所以綽號叫作『護官符』。」也許賈雨村此時才曉得他當年為什麼被革職的大概原因了。

門子的一番教導，賈雨村內心深處尚存的最後良知終於被扔到了陰溝裏，那個青澀的果子變黃了，還沒有變紅。門子的話沒錯，那是他多年在官場看到的放之四海的真理，是每一個人在官衙中存活高升的根基。在隨後的日子裏，賈雨村不時的出入賈府，認了同宗親戚，然後助紂為虐。到了第五十三回裏，賈雨村高升為大司馬，「協理軍機參贊朝政」。到了第九十二回裏，賈政這樣對馮紫英說他：「幾年間門子也會鑽了。由知府推升轉了御史，不過幾年，升了吏部侍郎，署兵部尚書。」真正實現了他在葫蘆廟裏寫的「天上一輪才捧出，人間萬姓仰頭看」的理想。

賈雨村有過被革職的教訓，也在官場裏通曉了官場的明暗規則，他想繼續高升，而不重複他的教訓，改變自己，就是他不能不選擇的路途。對於賈雨村，他只有兩條路可走，要麼選擇繼續過貧寒且沒有地位的生活，要麼選擇過處處有官家負責，哪怕是一袋醬油也能報銷的有地位的日子。而這樣的選擇，首先必須放棄真正讀書人一向追求的清高、道義、品德、情誼。而這些與封建官場絕不相容，因為是做人的規則，而不是做官的規則。

人有恩義之心，行為做事時就要有顧慮有限制，一旦喪失，也就無所顧忌，任意而為。藉著賈府的肩膀高升的賈雨村，在賈府敗落被參時：「那個賈大人更了不得！我常見他在兩府來往，前兒御史雖參了，主子還叫府尹查明實跡再辦。你道他怎樣？他本沾過兩府的好處，怕人說他回護一家兒，他倒狠狠的踢了一腳，所以兩府裏才到底抄了。」官場這個粉碎機已經把葫蘆廟裏的窮書生賈雨村徹底粉碎，重塑再造為符合官衙規則之人了。想來賈雨村走過的路，一定也有不少人這樣走過。

透視探春的改革

《紅樓夢》第五十五、五十六兩個章回，充分展示了探春的才華和能力，使我們認識到了一個大家庭裏，並不都是酒囊飯袋行屍走肉之人，也會有能人。只是在那個封建體制的大家庭裏，個人無法真正轉變這個強大的制度，無法扭轉這個頑固的現實。

這樣的體制，無法改變。一個封建皇權制度下的大家庭，所遵循的規則與皇權制度是大小一個模子，就如孟德斯鳩所說：「在專制國家裏，每個家庭就是一個個別帝國。」賈家所實行的體制是不變的，探春管家後的改革只能是「興利除宿弊」，就像剪掉幾個病樹梢一樣。這個大樹根依然按照自己的規則生長，雖然探春的努力與初衷是為了這棵大樹繁榮昌盛，但對於這個有著若千年歷史的封建家庭制度，真的是沒有什麼大用處。對於探春的改革，以王熙鳳等為代表的管理者很支持，一方面改革對他們實在構不成任何損失和傷害，另一方面也是因為改革沒有對這個大家庭的根本制度構成任何星點的危害。在不改變制度的大前提下，任何人的改革都只能是展示或表演執政者個人才能的一場戲，區別所在就是有的暫時成功，有的永遠失敗。無論是商鞅，還是王安石，還是張居正，還是……因為他們所處的體制，沒有改變，也不允許你改變。

這樣的政權，無法丟掉。賈府所具有的政治權力，是維護賈家存在的根基，想盡辦法保護還來不及，豈能丟掉。對內，賈家在人力安排上，就體現了對這種權力的頂級維護；對外，更是不惜寅吃卯糧來維持這種政治權力的持久性。探春的改革，深層次講也是對這種權力的維護，或說也是在利用這種權力，來挽救一個江河日下、迅速衰落的家族權力。在政治權力決定一切通吃一切的大背景下，探春的經濟變革必定會走向流產。就是神仙在這樣政權制度下進行改革，也要無功而返神境。當然我們對於探春的行為還是充滿讚賞，畢竟她看到了賈家的現實，並採取了有益的行動。

這樣的格局，無法扭轉。如果樓房的格局已經確定，想怎麼改造，怎麼裝修，都要在這個基本格局下進行小心的改造。雖然有一些變化，但基本是不能變的。探春所處的賈府時代，其經濟還是政治上的格局那是固定的頑固的，以探春之力無法改變，更不用說扭轉，況她本身就是格局中的一個受益者。在第七十四回抄檢大觀園中，探春的表現更加證明她的改革不過是大格局中一個受益者擔憂未來格局穩定與否的外化行為，或說她的行為只能是為格局的穩定進行小小的修飾，把一些無關緊要的贅物割除掉。一個龐大、經久、頑固的賈家格局，小小的探春動不了它一根毫毛，也不能動。

賈家的註定衰敗，是制度、政權、格局的必然結果。在制度、政權、格局不徹底變革的框架下，任何人對這個家族紕漏的縫補，都沒有任何的意義，即使他鞠躬盡瘁死而後已，即使他粉身碎骨渾不怕，也沒用。

大觀園沒讓賈府更美好

賈元春省親，對賈府來說，無論從什麼角度來講那都是百年不遇的一樁盛事。這樣的一件盛事，讓賈家全府上下何等的振奮，何等的喜悅，即使是賈璉的奶媽趙嬤嬤都歡欣鼓舞。為此，賈府的重要董事會成員賈赦、賈政、賈珍等召開緊急會議，具體承辦人賈璉、賈蓉、賴大、來升、林之孝、吳新登等人分頭行動，還聘了總設計師山子野先生，來「一一籌劃起造」。聲勢浩大的建園工程就這樣在一個賈家盛世裏開始了。

在賈府來看，具有劃時代意義的省親園子，代表了賈府雄厚的物資基礎；代表了賈府發展的里程碑；代表了賈府的未來地位；也代表了賈府與「接駕」的逐步接軌。進一步說，建園子對賈府具有深遠的歷史影響，建造這樣的園子，可以有力的表達「給賈府一個機會，還皇家一個驚喜」的真實訴求。

但，有如此重要意義的大觀園，並沒有讓賈府更美好，也沒有讓賈府走向繁榮，更沒讓賈府走進輝煌時代，反而加速了賈府衰敗的腳步。為什麼？

大觀園沒有成為賈府發展的助推器。我們知道，大觀園是賈府傾全府之力，聚全府之智，集全府之財，建造的一座超豪華「賈府園」，連賢德妃賈元春見了都禁不住歎息。「奢華過費」的大觀園具體花了多少錢，我讀了幾遍也沒有弄清楚，只知道那銀子河水一般流了出去。賈家府大地大，大觀園佔地「三里半大」，雖然都是自家的地，不需要支付民房拆遷費用，也不需要搶別人家的地塊，但建造這樣一座龐大而別具風格的園子，不知賈家的家底到底拿出了多少？從賈家越來越空的花架子知道，他們的家底真的不厚實了。假如再有一個「接駕」，大概無異於一場地震。如此的投入，並沒有多麼巨大的產出。從後來的章節來看，賈家並沒有因省親建園子，而在政治、經濟、文化上有什麼提升。不過是元春回宮彙報後，「龍顏甚悅」，賞了賈政等人「內帑彩緞金銀」等物，與巨大的投入實在不成比例。好在賈家有幾個小姐和一個公子哥來這耗資巨大的園子裏享受生活。否則，不能賣門票的大觀園，真會成為賢德妃賈元春的一次性消費品。也許你會說，賈府要的不是物質，要的是社會效應，要的是朝廷效應。事實上，賈府在這令人歡欣鼓舞的事件之後，日漸頹廢衰敗了。不過，在封建中國，人們要的往往不是經濟效益，而是乾癟的面子工程。越往後讀《紅樓夢》，越感到大觀園建成後，賈府就加快了走假、大、空道路的步伐。省親建園子讓賈府變得更加追求豪奢，也變得更加不知自己是誰。與其說大觀園是彰顯賈府影響力的省親園子，不如說它是賈府快速走向毀滅的加速器。

大觀園極大地拓展了賈府的腐敗與陰暗。大觀園是賈府頭等大事，但頭等大事並不見得能發展出頭等的好事來。拉關係、走後門、腐敗賄賂無不得到發展。聞得省親風聲的賈璉奶媽趙嬤嬤，一溜煙地跑到賈璉這個奶兒子家，為她那名字起的蠻有氣魄的趙天棟和趙天梁兩個兒子謀差事。鳳姐不知道這兩個人，也不知道兩個到底能幹什麼，就一口對賈薔說：「我有兩個在行妥當人，你就帶他們去辦。」賈薔要辦的是去姑蘇「聘請教習，採買女孩子，置辦音樂行頭等事。」就這麼個事，他帶領著來管家的兩個兒子，還有「單聘仁、卜固修兩個清客相公」。加上趙嬤嬤的兩個兒子，算上賈蓉一共是七個人去辦這件事。以此可推斷，建造這樣一座園子，無疑解決了不少就業問題，但我們也要知道解決的是誰的就業問題。賈薔和賈蓉來鳳姐這裏，絕不是來解決賈府的「就業問題」，不過是臨出差前來向榮國府實權派夫妻進行賄賂。賈蓉對鳳姐說：「嬸子要什麼東西，吩咐我開個帳給薔兒弟帶了去，叫他按帳置辦了來。」而賈薔也悄悄地對賈璉說：「要什麼東西？順便織來孝敬。」明顯的賄賂行為，明顯的公權私用。當公權力被無限制地侵犯，當公權力成為實權者謀私的權柄時，必會加深腐敗的深層發展，同時也必會加劇深層次的各種矛盾。也不知道建大觀園從賈家「公」裏的銀庫裏，就這樣流出幾成？這兩個人不過負責這一小任務，大宗的事物裏面又有多少見不得陽光的事情？又有多少銀子為承辦者所貪污？貪錢好色的賈赦這樣一級成員，他們又得了多少好處？高級員工如賴大、林之孝等又有多少的貪污？賈府不公開賬目，也沒有任何監督機制，任憑誰都難以知道，但我們知道賈家的管家奴才們一個個都有自己不小的園子呢！

從大觀園的建造來看，已經體現出了賈府內部，充滿了以權謀私，充滿了虛榮，也充滿了賄賂。可以說，大觀園成了昭示賈家巨耗、虛榮、腐敗、無能的「展覽園」。這樣的「展覽園」，能讓賈府更美好更輝煌嗎？只能讓賈府的生活更糟糕，更糜爛，更腐朽！《紅樓夢》後邊的事情，也證實了賈府的生活沒有因此而實現預期的願望。

賈府的第四代

紅樓賈府風風光光地發展到賈珍、賈寶玉這代已經是第四代了。從第一代賈演、賈源寧榮二公到了第四代到底經歷了多少年的歲月，書中沒有確切的描寫，只知道到了第四代時，賈家已經到了只有「兩個石頭獅子乾淨」的地步。當然地下棺材裏的寧榮二公有知，也是無可奈何的事情。

賈家的第一代，代表人物有甯國公賈演與榮國公賈源兩兄弟。在第七回裏，從閃亮登一回場就被人們永遠記住的焦大身上，我們知道這兩兄弟是行伍出身，經歷了戰爭年代，冒著槍林彈雨為皇家立下了汗馬功勞，也為自家奠定了宏大的家業。賈家的興起靠的是真刀真槍的武功得來，就是賈家第一代奴才也是憑藉忠心救主得到恩惠。可憐的是創業第一代奴才，無論是「從死人堆裏背太爺」，還是「半碗水給主子喝」，還是「自己喝馬尿」，都將永遠是奴才，並將沒有好結果。賈家的第一代，無論主子還是奴才，無疑是奮鬥的一代，是勇武的一代，或許勇武們在當時也鬧出不少軼聞趣事，但無論怎樣那時的月亮還是太陽，都落山了。

賈家的第二代，代表人物是賈母。這一代，書裏活著的人物只有這個老祖宗，其他都在享受了「公二代」的榮華富貴後，去見了寧榮二公。從賈母身上，我們可知這一「公二代」盡情地享用了「公一代」樹蔭。賈母的氣派，以及對物品的鑒賞能力，都讓人知道這是個見過世面，見過大場面的人物。從她身上，可以看出賈家「公二代」無論在哪方面都佔有當時絕對的優勢。否則，金陵侯家史小姐怎可嫁入剛剛興起的武門弟子。第一代「九死一生掙下的這家業」就是為了子孫的榮華富貴，富貴的標誌不僅僅在物質上，還在於新權貴與舊權貴侯門的聯姻。第二代，使賈府從一個暴貴的武家，行駛到了權貴高層的軌道中。第一代的勇武血液在這代人身上還在部分地流淌，這樣的血液在戰場上是勇武，不在戰場上可能就是殘酷。從賈母言詞中，我似乎看到這一代在發展著富貴，也在盡情地損耗著富貴。

賈家第三代，代表人物賈敬、賈政、賈赦等人。處於孫子輩的第三代，在前二代的陽光雨露滋潤下，他們活的確確實實幸福指數很高。擁有著得天獨厚的優勢，爺爺的功勞還在隱隱約約的閃現，賈政就因為爺爺的餘蔭升了員外郎。祖輩的美德勇武蕩然無存，只剩下驕奢兇狠，賈赦就是代表。從王夫人對王熙鳳說的話中，也可知賈府的第三代的生活有多麼奢侈：「你這幾個姊妹也甚可憐了。也不用遠比，只說如今你林妹妹的母親，未出閣時，是何等的嬌生慣養，是何等的金尊玉貴，那才像個千金小姐的體統。如今這幾個姊妹，不過比人家的丫頭略強些罷了。」這第三代生活，真正是達到了鐘鳴鼎食的程度。但「主僕上下，安富尊榮者盡多，運籌謀劃者無一，其日用排場費用，又不能將就省儉，如今外面的架子雖未甚倒，內囊卻也盡上來了」。大觀園是在第三代的主政下建造起來的，這個賈家盛事，是即將結束的最後高音。可以說，這一代的驕奢淫逸，為下一代更加驕奢淫逸做了好榜樣，同時創造好了敗家的一切條件。

第四代，代表人物賈寶玉、賈珍、賈璉。這是敗家的一代，糜爛的一代，猥瑣的一代。《風波》裏九斤老太說的「一代不如一代」用在賈家人身上，再合適不過。如果說賈寶玉是賈家的無能者代表，那麼賈璉就是無能加無賴的代表，而賈珍就是無賴加流氓的代表。困境四處暴露的賈府，在璀璨的省親之後，江河日下一瀉千里了。才能上，賈府上上下下，已無一人能拯救頹敗不堪的賈府；物力上，錢財耗盡，寅吃卯糧，維持虛假面子；人脈上，祖上餘蔭消失，剩下了都是啃爹者，靠殆盡餘蔭行坑蒙拐騙勾當；家規上，縱容淫靡，變相鼓勵腐敗。無論是決策層還是管理層在行為做事上，都表現出集體的弱智與無能，當然他們也知道自家已經衰敗，也知道好日子沒多長時間了。賈寶玉就對林黛玉說：「憑他怎麼後手不接，也短不了咱們兩個人的。」而賈璉夫妻為自己大力聚斂錢財，那時不能將錢財轉存外國，否則，定會「裸官」。賈珍做的和「我死後哪管它洪水滔天」沒什麼區別。這樣一夥子的第四代來當賈府的家，賈府不亡，天理不容。

　　我想曹雪芹成為一個偉大作家的原因，並不是他如何的前瞻，而是他準確細膩地描寫了一個家族就是這樣的發展過程，而這樣一個家族不是一個，而是無數個家族的縮影。寫至此，我家樓下正放著成龍的歌：「都說國很大，其實一個家……」哦，打斷了我的思路。

板兒家怎麼就敗了

板兒是劉姥姥的外孫子，是劉姥姥的女婿王狗兒的兒子。劉姥姥能與賈府扯上瓜葛，是因為王狗兒的爺爺曾與王夫人的父親連了宗，自願做了王夫人父親的侄兒。王狗兒的爺爺是京城本地人，而且做了「小小的一個京官」，且與「東海缺少白玉床，龍王來請金陵王」的王家在一塊兒做官，怎麼就在二十來年間殘敗到子孫「只靠兩畝薄田度日」的地步？王狗兒爺爺畢竟大小做過一個官啊，以我推測，別說是個京官，就是個村級幹部不在職了，也不至於淪落到如此的境地。

王狗兒的爺爺是本地京官，王夫人的父親是外籍來京的京官，這樣兩人就認識了。當時王夫人的父親只帶了王夫人和她的大哥兩個人來京。初來京城，想來也有諸多的不便，對許多事情的陌生，與地方京官多交往，自然會多熟悉本地情況，多瞭解京城官場潛規則，這也是初來乍到之人首先要做的事情。剛有初生牛犢之氣的賈雨村，第一次審案子不就在當地門子的勸導下沒有走歪潛規則嘛。推測起來，王夫人老爹與王狗兒爺爺的連宗大概也會有這種潛在的因素。劉姥姥就曾這樣說：「二十年前，他們（王夫人家）看承你們還好。」地位懸殊，沒有任何瓜連的官場人之間會有多大的必要去連宗呢！王狗兒家在二十年前對王家絕不是一星點兒用處都沒有的。

暫不管它，只說王狗兒家大小也是京城官場裏混過的人，「家業蕭條」到孫子們種地，孫媳婦沒有衣穿的境地，從我的認識經歷來看，實在難以理解。王狗兒爺爺至少要利用手中的某種權力給子孫弄幾個錢，無法存到外地銀行，也弄點實實在在的乾貨埋在魚塘裏、菜地裏，牆角下等等比較安全的地方，以防不測。然而，這個爺爺似乎沒有，或許有，死時沒來得及和兒孫們說。這是我猜，還請你也猜猜，會是什麼樣？

再有王狗兒的爺爺確實弄了一些銀兩，留下的獨生子王成這個小「官二代」，不成氣候，憑藉老爹的小京官地位，吃喝嫖賭樣樣俱全，為非作歹，時不時地「我爸是李剛」一把，鬧出很多事情來。王狗兒的爺爺就要不時地出來為兒子「救火」，救火要用水，那水就是銀子。薛蟠不過是家裏有錢，有舅舅姨夫什麼的在京城裏做官，就目無國法在各地胡作非為嗎？薛家為薛蟠擺平幹壞事所花的銀子不也是像流水一樣嗎？細想起來，王狗兒的爹王成在那樣的大環境下，成為大大良民的可能性比較小，當然也不是沒有可能。不過，現實是王狗兒家在王成手裏「因家業蕭條，仍搬出城外原鄉中住去了」。

當然也有另外一種可能，王狗兒的爺爺是個極清廉的小京官，王狗兒的爹王成也是個極其老實本分的好人。但可能正因為這樣的清廉和老實本分的原因，造成了他們的家境逐日蕭條敗落起來。在只有考中進士，才能進入官場為官的年代，王狗兒的爺爺似乎苦讀多年而後才有這個小官做。賈政做官是借了祖宗的餘蔭，皇上特批而已。往往富貴高官的世界不是留給誠實本分正直的好人，而是讓壞人施展他們邪惡奸詐腐朽糜爛的平臺，被逐出的永遠是善良忠誠廉潔之人。在專制官場運行中，逆淘汰的現象已成為大家普遍的共識。把大家都染黑了，自己才能不那麼顯眼的黑。「如今自然是你們拉硬屎，不肯去親近他，故疏遠起來。」也許狗兒爹與爺爺在歲月流逝中，漸次看清了當初連宗的王家，到底是個什麼樣的人家，也知道騰達的王家已不是昔日那個剛來京城的王家，王家已經不是自己該走動聯絡的人家了。逐漸淡出與王家的聯繫，過自己清清談淡的日子。

「想當初我和女兒還去過一遭。他們家的二小姐著實響快，會待人，倒不拿大。」劉姥姥這樣的話，讓我們知道不「拿大」的只是王夫人，見劉姥姥「拿大」的人還是蠻多的，否則也不會這樣說。被人「拿大」，對於一個自尊而清高自愛的人來講，無疑是一種巨大的人身羞辱。寧肯「搬出城外原鄉下」過清苦的日子，也絕不再敲富貴之門，是所有自愛清高之人的選擇。「不食嗟來之食」向來是有骨氣與氣節之人一貫堅守的防線。這也許就是狗兒的爹與爺爺，為什麼和王家「疏遠」與「不肯去親近」的根本原因吧。當然，又是我猜，還請你也猜猜！

無論什麼原因，反正板兒家就這麼敗了，敗到靠一個劉姥姥去祈求去「打秋風」，來將日子一點點扳轉過來的慘狀。板兒家的日子因之好起來了，但也自有一把辛酸淚。

賈蘭能否振興賈府

賈蘭是賈府裏輩分最小的公子哥，曹雪芹對他著墨不多，要瞭解他的未來，必須從他母親李紈入手。

李紈是賈政的大兒媳婦，恪守寡婦的本分，帶著一個兒子領著一群小姑子過著寂寞淒涼的日子。在書中第五回裏，關於她的判詞也處處充滿淒涼與無奈。判詞說她最後「戴珠冠，披鳳襖」之後不久就「無常性命」了。在夫榮妻貴的年代，死去丈夫無疑是屋倒牆塌的事情，好在還有一個盼頭——兒子賈蘭。這個由寡母帶大的兒子，在整部書中，始終處於一個若有若無的狀態，這個重孫子的地位與待遇是那麼的微妙。賈母在交代身後事時，最後才想到這對孤兒寡母，說：「珠兒（賈蘭爸爸）媳婦向來孝順我，蘭兒也好，我也分給他們些。」我不時地感覺到，賈蘭似乎成了賈府裏一個被遺忘在牆角的孩子。

一個被遺忘不被關注的孩子，一種可能是狠下心來刻苦追求顯赫明天，另一種可能是撒潑耍賴乖張不軌，以此來證明自己的存在，賈環走的就是這條道路，也是這類人群的代表人物，而賈蘭與賈環正相反。大宅門，門高樓大無限風光，不過矛盾也多，紛爭也多，暗鬥更多。他們母子二人像兩隻無助的燕子一樣靠著月例錢苟延活命，賈府被抄家之後，他們更是關起門來「各自過各自的」的日子了。對李紈來講，她燦爛的明天，別無選擇地寄託在兒子將來高中黃榜；對賈蘭來講，他能為人們首肯矚目的也就是一條高中黃榜之路，而高中黃榜的依憑只能是他拚力刻苦讀書。事實也確是這樣：「獨有賈蘭跟著他母親上緊攻書，做了文字送到學裏請教代儒。因近來代儒老病在床，只得自己刻苦。李紈是素來沉靜，除了請王夫人的安，會會寶釵，余者一步不走，只有看著賈蘭攻書。」這對可憐的母子，就這樣為明天奮鬥著，堅持著。我似乎看到那稚嫩的肩膀所負載的巨大而沉重的包袱。

高鶚在後四十回續書裏，也完全按照曹雪芹所寫判詞去書寫，說賈蘭首次進考場，就「中了一百三十名」舉人。這似乎不是曹雪芹最終要表述的賈蘭的結局。「氣昂昂頭戴簪纓；光燦燦胸懸金印；威赫赫爵祿高登，威赫赫爵祿高登。」李紈判詞裏這些句子，推敲起來似乎是寫賈蘭金榜題名之後的仕途之態。以筆者猜測，賈蘭會乘著「一百三十名」的春風，繼續向進士挺進，結束那不被待見的淒慘日子，完成媽媽和自己積年來的夙願。是「氣昂昂頭戴簪纓」，是「威赫赫爵祿高登」，還是「光燦燦胸懸金印」，這不僅是權力的象徵，更是曾經被遺忘之人對自己輝煌之今我的證明與張揚。這個孩子委屈的時間太久了，他需要證明自己的存在。

賈蘭一直被紅學家們視為賈家最好的孩子，是賈府裏唯一一個可塑的「八九點鐘的太陽」，似乎能將衰敗賈府的未來照亮，完成振興賈家明天的重任。但在中國渾濁的歷史天空中，多麼閃亮的星斗，都在暗淡的夜空中被戕害，被污濁，被掩埋。

賈蘭生下來既含著金湯匙，即使不被那麼嬌寵，也是官宦之家的小主子。成長中，他能體嚐大家族中諸多的炎涼與叵測，但體會不到人間的苦難與艱澀。況他的官宦之路，是讀出來的，是考出來的，是從封建「應試教育」的八股中左攻右衝而突圍出來的。他的仕途，就像他弱小的身體一樣未免單薄而脆弱。「氣昂昂」與「威赫赫」六個字，讓人隱隱約約能看到仕途之上的賈蘭是個什麼樣子，什麼神態？由此，也想到通過科舉而進入仕途的賈雨村，他所走路途與賈蘭要走的路途沒有任何的區別。賈雨村也出身於「詩書仕宦之族」，只是他出生時「父母祖宗根基已盡」，不像賈蘭幼年還享受了幾年鐘鳴鼎食的好時光好日子。兩人的目標都是要通過刻苦讀書個人奮鬥來「進京求取功名，再整基業」。賈雨村在仕途上所經歷的一切，在賈蘭的仕途中，同樣要無法逃避地要經歷一番。這是任何仕途之人在那樣的社會制度中都無法規避的道路，所以，從賈雨村的身上，我已經看到了賈蘭仕途之路有著怎樣的明天。

中國的富貴窮通，轉瞬間的事。因為，生死富貴顯達，都操縱在極權之下，由不得自己取捨。高鶚寫賈雨村的結局是：「犯了婪索的案件，審明定罪，今遇大赦，褫籍為民。」他又回到原點，還好，是這樣的原點，而不是殺頭。人這樣，家族也是這樣。其實，賈府不也是又重回到原點嗎？在讀《資治通鑑》時，聯想到高鶚先生的續寫，覺得他還是蠻善良、蠻人性、蠻陽光，將賈府的抄家之事寫的很溫軟，沒有絲毫的血腥氣。真實的抄家可不是這樣子的，真實的家族敗落也不是這個樣子的。「舊時王謝堂前燕，飛入尋常百姓家。」那時的王家與謝家，要比此時的賈家不知富貴顯赫多少呢！

對賈蘭而言，他不佔祖宗經歷戰爭九死一生掙下家業之天時，也並佔賈家之地利與人和。祖宗那一縷淡淡而去的餘蔭，在一個個新皇帝的心中還有多少？賈蘭最多不過是衰敗家族院牆裏的一隻螢火蟲，努力地發光，努力地飛翔，亮也亮不到哪裏，飛也飛不到哪裏。

最終，留在賈蘭心中的也不過是「一把辛酸淚」。

劉姥姥

——拿尊嚴賭明天

年少時讀《紅樓夢》，劉姥姥這個人物形象就鮮活地立在我的心中，對她充滿了複雜的感情，喜愛她，佩服她，可憐她，時至今日，依然如此。以前覺得劉姥姥是個不屈服於命運，能充分利用自己的才幹將家庭從「山窮水盡」之地扳轉到「柳暗花明」之境的智慧老太，而今我已不以這樣積極的態度去看這個老太太了，對她的認識又多了幾許的哀傷與同情。

無疑劉姥姥是個精明幹練的老人，在資源挖掘和公關能力上具有非凡之才，能將飄渺的事情變成響噹噹的現實。劉姥姥女兒婆家的曾做過京城小官的祖上與嫁到賈家的王夫人的老爹認識，因都姓王就「連宗」，甘心降輩做了王夫人老爹的侄兒。可以說劉姥姥就是一蹦十竹竿子高，也掛不到賈府的鉤子上，但劉姥姥硬是將自己掛在了這個「大鉤子」上。問題的起源是劉姥姥女兒家太貧窮了，女婿曾經是小「京官」的孫子，對於靠「兩畝薄田度日」的這個官孫子，未免十分鬱悶氣惱，拿家人發火出氣。劉姥姥對此進行了擲地有聲的教育：「姑爺，你別嗔著我多嘴。咱們村莊人，那一個不是老老誠誠的，守多大碗兒吃多大的飯。你皆因年小的時候，托著你那老家之福，吃喝慣了，如今所以把持不住。有了錢就顧頭不顧尾，沒了錢就瞎生氣，成個什麼男子漢大丈夫呢！如今咱們雖離城住著，終是天子腳下。這長安城中，遍地都是錢，只可惜沒人會去拿去罷了。在家跳蹋會子也不中用。」看劉姥姥的話，既指出了女婿的缺點之原因，又指出了現今所處的地理優勢，又點明要走出去才能「中用」的道理。於是，劉姥姥替女婿想到了嫁到賈府的王家二小姐。

不怕想不到，就怕做不到。一番企劃後，劉姥姥決定：「捨著我這付老臉去碰一碰。果然有些好處，大家都有益；便是沒銀子來，我也到那公府侯門見一見世面，也不枉我一生。」銷售人員的心理素質，劉姥姥百分之一百二的具備，不過這樣的「碰一碰」總有種壯士上戰場的意味，讓人知道劉姥姥多麼無奈地挎起包袱走出家門。「見一見世面」不過是劉姥姥自我安慰一下心靈罷了。

劉姥姥既敢於正視自己的卑微，也敢於將自己踩在他人的腳下：「我們家道艱難，走不起，來了這裏，沒的給姑奶奶打嘴，就是管家爺們看著也不像。」劉姥姥並不因為將自己踩在腳下就毫無羞恥之心，當她說「論理今兒初次見姑奶奶，卻不該說，只是大遠的奔了你老這裏來，也少不的說了」之前，就已經「語先飛紅的臉」。後來說出「今日我帶了你侄兒來，也不為別的，只因他老子娘在家裏，連吃的都沒有。如今天又冷了，越想沒個派頭兒，只得帶了你侄兒奔了你老來」時，劉姥姥已近于乞求了，和伸手要飯的沒什麼區別。

第一次進賈府，劉姥姥是在用自己的尊嚴做了一次賭博，賭的是明天的日子，把自己的尊嚴毫無餘地地扔在別人的腳下，來贏得希望。「舍著我這付老臉」的另一層意思就是我不要這張臉了。結果她賭到了「二十兩銀子」，夠「我們莊家人過一年來」了。此時，想到困境中的女兒一家會有美好的一年時光，劉姥姥會認為她這樣付出老臉，值。儘管心中有諸般無奈的滋味。

到了第二次進賈府，懷抱著答謝與感恩，劉姥姥已經沒有了第一次的緊張與忐忑，更加輕鬆地放逐自己的尊嚴，將作踐自己進行到底。因她「扛了那些」答謝物——純綠色農產品為她贏得了王熙鳳的「緣」，得以讓賈母知道這個鄉下老太太的存在。劉姥姥見到比自己還小好幾歲的賈母，說的是「請老壽星安」。開場就討了賈府最高地位人的歡心。接下來兩個人閒聊的更是老年人之間輕鬆的話題，而在交流過程中，劉姥姥更讓賈母通體地舒服。這樣的舒服不是成群兒孫們所能代替的。劉姥姥似乎認識到了自己被賈母喜歡的原因，盡情地讓人取笑兒，盡情地自我作踐。

在大觀園一次次小丑般的「表演」中，初讀起來讓人大笑，再讀起來讓人心酸。劉姥姥在賈府家是個什麼角色，其實誰個都清清楚楚明明白白，劉姥姥自己也透明透白：「姑娘說那裏話，咱們哄著老太太開個心兒，可有什麼惱的！你先囑咐我，我就明白了，不過大家取個笑兒。我要心裏惱，也就不說了。」鴛鴦曾非常直白地說：「天天咱們說外頭老爺們吃酒吃飯都有一個篾片相公，拿他取笑兒。咱們今兒也得了一個女篾片了。」王熙鳳對此更是隨聲附和笑說道：「咱們今兒就拿他取個笑兒。」卑賤者就這麼成為了所謂的高貴者眼中解悶的「笑兒」。這樣的「笑兒」是賈府稀缺品，而對劉姥姥而言，她得心應手，也是最不需要掂掇的東西。劉姥姥的種種表現，總讓我想起作踐自己逗上司高興的人，那種神態，那種行為，那種表演簡直就是劉姥姥的翻版，區別只在於男版與非姥姥版。共性都是拚全力將自己弄扁了，弄得不像樣子了就成了。劉姥姥在作踐完自己，讓他人高興後，劉姥姥看著李紈與王熙鳳對坐著吃飯，歎道：「別的罷了，我只愛你們家這行事，怪道說『禮出大家』。」這不經意間的輕輕一語，已道出劉姥姥心中那濃濃的心酸與無奈。甘心如此與被生活所迫的心跡區別就這麼被曹雪芹淡淡一筆寫出。王熙鳳與鴛鴦似乎都聽出了劉姥姥的這句弦外知音，於是王熙鳳立刻說：「你可別多心，才剛不過大家取笑兒。」鴛鴦也說：「姥姥別惱，我給你老人家賠個不是。」劉姥姥知道自己無意間說走了嘴，忙上笑道：「姑娘說那裏話，咱們哄著老太太開個心兒，可有什麼惱的！」又將自己的表情於表演回歸到讓人開個心兒的狀態中。

大觀園裏的劉姥姥，用尊嚴換取了她想不到的收穫，這收穫改變了她的家境，而劉姥姥的內心又是怎樣，我們無法知道。不過，可憐的劉姥姥這次回去之後，一直到第八十回也沒有出現，默默消失了一般，直到高鶚的一百一十九回才出現。

劉姥姥進入後的大觀園，漸次凋敝，從它迎來的第一個尊貴到極點的客人賈元妃，到送走卑賤到極點的客人劉姥姥，讓我知道從尊貴到卑賤並沒有多遠的路途，由尊崇到戲弄並沒有多大的變化。尊貴與卑賤，尊崇與戲弄，一路上不過都是心酸的大笑與無聲的哭泣。劉姥姥如此對待自己，那一把辛酸淚，怎一篇小文說得清呢！

賈母——我什麼都知道

《紅樓夢》裏，筆者最關注的不是那正副十二釵，而是賈母這個老太太。這個老太太真是個了不起的人物，筆者每每掩卷而思，就發現其蘊藏更多的深意。無論那些從天上來的，還是從人間來的，還是從天上人間來的俏佳人，在她面前太遜色了。

一個神情的賈母

賈母除了在寶玉挨打的那場外，幾乎每此出場都是一個神情——每天的今個兒真高興！她明知道兒孫們個個不成器，還是淡定如常，快快樂樂，由著子孫們去「鬧」。明知道賈府日益衰敗的現實，她這個賈府最高權威者，依舊過著奢侈的生活，依舊講究著氣派。賈母真是個會玩會吃的侯門小姐，在省親之後的大觀園裏的那天遊玩，對物品的鑒賞能力，對家庭擺設的不俗之論，以及兩次擺宴，讓我們知道賈母永遠都是高興的，永遠都是快樂的，永遠是樂觀的。從她身上看不到一個家族正在走向毀滅，更看不到一個家庭權威為家族未來的憂慮和思考。似乎她這個家長的任務，就是負責出席家庭舉行的各樣活動，然後負責帶領孫子們享受快樂，消耗物資。

一個裝糊塗的賈母

歷經幾代的賈母，已是個「人精」人物，賈府衰敗的現實，賈母看得分明，然而她不管。對這個問題，年少時始終鬧不明白為什麼賈母就不治理治理整頓整頓，後來才一點點地清楚了。賈母是侯家小姐，以她的見識也許知道，大廈將傾，無力扭轉。趁著還沒倒，將自己剩下的有限日子過好了，過舒服了就行啦。確實，賈府這個大家庭不是她這個人所能左右，也不是她個人就能扭轉乾坤。賈家整個家族已經成為一處四面漏風的破屋子，佈滿屋子裏的蛀蟲正在快速地侵蝕。我總認為，王熙鳳不是貪財，而是掌握賈家財政內幕的她看到了賈家並不美好的未來，她要為自己和女兒做一個打算。紅學家們認為，王熙鳳沒有聽從秦可卿的在「祖塋附近多置田莊房舍地畝」等合理建議，其實，王熙鳳聽從了，只是秦可卿為整個賈氏家族的未來著想，而王熙鳳是為她自己小家的明天做打算。秦可卿對王熙鳳「樹倒猢猻散」的提醒，無形中引導了王熙鳳為自己準備些錢財的想法。在「嫁出去的女，潑出門的水」的年代，「大樹倒後」的她能靠的也就是手中的硬通貨了。後來她大肆斂財，絕不能排除秦可卿對此的提醒。居於賈家最高位子，賈家腐敗糜爛的現實，賈家江河日下的頹廢，她有推卸不掉的責任，因為她也在用自己的行動去推波助瀾，雖然上一輩是這個糜爛頹廢現實的始作俑者。就像崇禎皇帝時，萬曆已經將明朝江山弄得支離破敗，任誰來當明朝的皇帝，也是要滅亡的。賈母對於自己家裏這樣的情景，了然在胸，只是裝糊塗得過且過。

一個沒有接班人的賈母

賈母無疑是精明而有心機的人，當年在治家方面也許比王熙鳳更加的潑辣。如果說王熙鳳是「辣椒」，那麼通過看賈母的言行做派，就可知當年的她是「麻椒」，賈母之所以欣賞王熙鳳，是因為她們是同類。當然，有侯門小姐身分的年輕賈母是不會說出「仔細你的皮」或「先打折你的腿」之類的話，可能使用的手段文明一些，使用的語言伶俐一些。面對誇讚自己「巧」的薛寶釵，賈母曾這樣誇獎當年的自己：「我如今老了，哪裏還巧什麼。當日我像鳳哥這麼大年紀，比她還來得呢。」賈母對王熙鳳的喜愛，其實是對當年自己的欣賞和追想，在王熙鳳身上賈母不過看到了自己年輕那會兒的美麗影子，溫暖一下漸趨老去的肉身。「我進了這門子作重孫子媳婦起，到如今我也有了重孫子媳婦了，連頭帶尾五十四年，憑著大驚大險千奇百怪的事，也經了些。」看賈母對自己進這個家門的時間記得多麼清楚，賈母這句話真的很有水準，時間是一種資本，經歷更是一種資本，況且比當年的王熙鳳「還來得呢」，她和王熙鳳的最大區別是她經歷過大金錢，經歷過大富貴，而王熙鳳卻沒有，這與她的家庭有關。王熙鳳說：「那時我爺爺單管各國進貢朝賀的事，凡有的外國人來，都是我們養活。粵、閩、滇、浙所有的洋船貨物都是我們家的。」大概「東海缺少白玉床，龍王請來金陵王」就是指那個時候吧，細看知道王家和薛家一樣也是商家，不過王家做的是國際貿易。再大的商家也是商家，無法和侯門貴族家的氣派見識相倫比，也沒有歷練過侯門貴族家所經歷的「大驚大險千奇百怪」。王熙鳳的貪婪與暴發戶行為，也給了我們一個有力證明：在江河日下的賈家，賈母也沒什麼人可選擇，只剩下一個「鳳辣子」了。賈母對這個接班人所具有的感情，似乎在她對王熙鳳調侃中已經看到。一代不如一代的現實，賈母已經了然，隨他們去吧！

賈母是《紅樓夢》裏非常重要的一個承上啟下的人物，讓我們從她身上看到，賈府不斷衰敗的現實，也看到賈家所娶媳婦檔次門第的逐漸降低，更讓我們看到賈家無法扭轉的明天，就像她的生命走向一樣慘澹而無奈。

鴛鴦要嫁賈赦了

香氣四溢美豔沉魚的鴛鴦騰雲駕霧來到我面前，告訴我要嫁賈赦了。聽到這話不覺一驚，急忙問她：「你瘋了，當初你為了不嫁賈赦進行了那麼艱苦卓絕的鬥爭：啐你嫂子，痛罵你哥哥。捶胸頓足不惜以斷發出家乃至尋死上吊來對抗他賈赦，有今日何必當初。」鴛鴦並不氣惱而罵我，坦坦然侃侃而談：

賈赦是老了，頭髮白了鬍子也不黑了，可是他有銀子啊！賈府那銀子滿地流水般，你知道「有錢能使鬼推磨」，我有了錢讓誰幹什麼他不幹？我一個沒星點能耐的奴才只能侍候人，將來沒錢怎麼活命，趁現在年輕多弄倆錢。哼！愛情，僅有窮苦的愛情是不夠的。賈赦是老了點，但可以美容啊。頭髮白可以染，沒了能戴假髮，臉皮出紋可以去皺。是小老婆不假，有大把大把的雪花銀子彌補彌補，心裏完全可以平衡。那時我多傻呢。

賈赦是兒子孫子一大群，但賈赦有權啊，也是皇親國戚。賈赦乃朝庭命官，權力非同小可。做了他的姨娘「二奶」，或說「N奶」，確實比不上正配邢夫人的牌位，但借賈赦的光也是毫無疑問的，邢夫人一大把年齡能活幾年呢。告訴你吧，賈赦已聘我做了他的經理助理，並利用權力給我購買了別墅，光車子我就有好幾輛，還都是名牌車子呢！嫂子在賈府也做了管事婆，多掙好多好多銀子，哥哥進朝當了什麼縣的縣令。權衡一下，為什麼不嫁賈赦？想當初，每每悔得腸子發青。

賈赦說過：「憑她嫁到誰家，也難逃出我的手心。」我何不主動投其懷取其利，跟著他隨處娛樂，有機會還能出國風光吶，再不必侍候他人。賈府現在正在精簡，琥珀、紫鵑、豐兒已被減掉離崗，沒了差事都不知道上哪吃飯。我現靠了賈赦老爺什麼都不愁，安然舒適，別人想嫁賈赦他還不要呢？

對了，告訴你，賈赦兒子賈璉的美妾平兒你是知道的，現在發跡得很，鳳姐都成了老芸豆角——乾閒著，整天待著，連賈璉的影兒都看不見，聽說現被送到了海外。平兒想怎樣就怎樣，風光得很，被提拔到賈家關鍵部門做了什麼局長。好多人羨慕她呢，不信，你來看看。

再說我要做賈赦小老婆是邢夫人保的媒拉的線，是公開的，比三媒六聘只差那麼一點兒。不像你們那偷著養「鐵子」「姘子」亂七八糟的，還有什麼「三陪」「四陪」「二奶」啊什麼的。你啊，就別大驚小怪指責我了，嫁賈赦老頭我是堅定不移的了。唉呀，我得回去收拾收拾了，你也改革改革你那頑固的腦袋向我學學。鴛鴦說完飄飄然帶著雲霧走了。我要駁倒她的話，使勁追呀追……

「北京時間六點整——現在是本溪新聞節目時間。」鄰床小趙已打開了收音機。

尤二姐悲劇之因

《紅樓夢》裏，歷數所有女子的命運，悲慘莫過於尤二姐。與三姐的美麗善良相較，她的悲慘讓人生發出縷縷哀歎的同時，環顧四周，不覺感歎尤二姐的命運：她選擇了錯誤的未來，也選擇了錯誤的情郎，更選擇了錯誤的生活，最終怎能不是淒慘的結局。這個成長於破敗之家，又不時接觸賈府腐爛生活的女子，要憑身體擠進那個本不是她該生活的圈子，結局只有死路一條。

首先，將未來想的太美好。小時候上山採菜，極目看去突然發現一簇又大又嫩的山菜，歡歡喜喜跑過去，一腳踩到地兒，媽呀，挖走屍骨留下腐爛棺材板的大坑就在眼前。那一簇菜因此才安然地又大又肥。後來長大了，明白了陷阱的前方常常佈滿「香花」。賈璉的說客賈蓉，給予尤二姐的未來，就是一個大大的插滿鮮花的墳坑。尤二姐的未來，賈府的人，誰都知道沒個好結局，只有她自己不知道，滿以為「暫且買了房子在外面住著，過個一年半載，只等鳳姐一死」就可以「進去做正室」，沒想到卻被這個正室弄得個吞金而亡。推理起來，就是做了正室，尤二姐的生活也好不到哪兒。這個窮二白又沒有良好出身的女子，在「賈家上上下下都是一雙富貴眼睛」的視野裏，會是什麼樣，不用再多說。把未來想的美好不是錯誤，但按照美好的未來過現在的日子就是錯誤。尤二姐的家庭已經「著實艱難」，進入賈府固然可改變目前的苦難生活，可她憑什麼站穩腳跟？在魯迅說的人吃人的社會裏，在弱者被吃掉才有強者生活的天地中，憑美貌成不了婚姻大戰中的勝方。當遙望美好未來時，千萬要低頭看看叵測的現實。其實，尤二姐嫁給張華，未嘗不是一種幸福。

其次，將賈璉想的太美好。賈璉這個賈府帥哥，在品行上和所有的紈絝子弟一樣具備所有的缺點毛病，沒有多少可供人稱道的地方。家裏有能幹的媳婦，又有俊美溫婉侍妾平兒的賈璉，書中寫了他兩次在家裏公然出軌，可憐的鮑二媳婦上了吊，另一個比較幸運，頭髮被平兒逮著了，否則也是一場關乎生命的大戰。由此可以看出賈璉和他老爹的品行及愛好確實一脈相承，只是賈璉骨子裏沒有他爹老子那麼強硬霸道，相對來說比較軟弱。正像冷子興說的：「誰知這樣鐘鳴鼎食之家，翰墨詩書之族，如今的兒孫，竟一代不如一代了！」尤二姐當初見到這個大家族裏的「青年公子」就輕易將自己的命運交了出去：接受賈璉的「漢玉九龍佩」。喜歡上這樣一個人並將他作為自己的終身靠山，對誰來講都無異於將自己的生命放在一座小冰山上。太陽一出來，小冰山是要化的。賈璉是有婦之夫，嫁給他就是妾，而且還名不正言不順，偷偷摸摸地成為妾，地位都沒有趙姨娘來的光明正大。在中國向來講究名正言順，尤二姐底子沒打好，所看中的人又是那麼的惡劣，想有一個美好的結局，那是緣木求魚。大家族的好日子，不是誰都能承受的；大家族的公子哥，也不是誰都能嫁的。因為，他們多麼的壞，在意料之中，他們多麼的好，那就在意料之外了。

最後，將賈府想的太美好。「白玉為堂金作馬」的賈府經過若干年來持續不懈地腐敗，已經成為一個寅吃卯糧的空架子。精明的外面人知道，不精明的內部人也知道，這個大家族已經衰落破敗。只有懵懂之人看賈家還是那麼華貴顯赫。曾在賈府門外面瞭望過賈府的賈雨村就對冷子興說：「去歲我到金陵地界，因欲遊覽六朝遺跡，那日進了石頭城，從他老宅門前經過。街東是寧國府，街西是榮國府，二宅相連，竟將大半條街佔了。大門前雖冷落無人，隔著圍牆一望，裏面廳殿樓閣，也還都崢嶸軒峻，就是後一帶花園子裏面樹木山石，也還都有蓊蔚洇潤之氣，那（哪）裏像個衰敗之家？」受到冷子興的嚴厲批評：「虧你是進士出身，原來不通！」賈雨村是男「懵懂代表」，女「懵懂代表」就是尤二姐了。從尤二姐「常怨恨當時錯許張華」來看，她對於破敗張家的貧困生活充滿恐懼，嚮往賈府那「美好家園」，而選擇了「寧在寶馬車裏哭，也不在自行車上笑」的生活。可憐的尤二姐「寶馬車」沒坐著，「自行車」也沒坐著。內部的骯髒而腐敗，外人也知道：「除了那兩個石頭獅子乾淨，只怕連貓兒狗兒都不乾淨。」柳湘蓮一針見血地指出了賈府這個大家族裏面的骯髒。比尤二姐還小的探春就曾直白地說「一家子親骨肉」一個個「恨不得你吃了我，我吃了你」。

賈府這個王國裏，有權力之人個個濫用職權、個個犯有嚴重錯誤、個個負有重大責任；都在利用職權為自己謀利，直接或間接收受他人賄賂；都在與多名女性發生或保持不正當性關係；個個違反賈府紀律，用人失察失誤，比如重用賈芹；個個都在齊心合力地損壞賈府的聲譽。可以說，朝廷內外都已經知道賈家已經不是一個美好的地方了。尤二姐進入這樣一個大家庭，無疑是羊落狼群，還能好嗎？

賈府的媳婦們

晚上看紅雲落日，不覺就想到《紅樓夢》，不覺就想到賈家媳婦們，這些媳婦讓我聯想到賈府日漸衰敗的現實。

先不說賈母這一輩，單來說賈政賈赦這輩的媳婦，王夫人與邢夫人的家世還不錯。「東海缺少白玉床，龍王來請金陵王」的王家畢竟是個大商家，後來「富而優則仕」，從此王家亦官亦商。從邢夫人的弟弟邢大傻子的嘴裏，可以知道當年的刑家，也不是小門小戶，當年一定也十分富貴。以當年賈家的富貴程度而言，賈母夫妻為小兒子擇偶的門第尚且如此，為大兒子擇妻的標準也不會低到哪裏。儘管老年邢夫人的一系列行為不那麼招人待見，畢竟符合封建家族對媳婦的基本要求。當然，與賈母這輩的媳婦相比，邢、王二夫人自是低了一個檔次，無論是言談，還是審美，還是理家。

再來說說賈珍、賈璉、賈珠這一輩。賈珍妻子尤氏的家境，書中交代甚少，不過可以透過她的繼母尤老太太來看出一點端倪。尤老太太是帶著兩個女兒再嫁到尤家，兩個女兒以前姓什麼都沒人知道，能接納這樣一個女人進入家庭的人家，以前怎樣富貴顯赫不得而知，但至少尤老太太再嫁的當時，尤家一定是破敗了。再從尤氏的做派言談與對賈珍的態度上來看，尤氏肯定不是出自貨真價實的書香門第，也肯定不會是萬貫財產之家。

賈璉的妻子王熙鳳，是貨真價實的富商之家，見過財富的世面，卻沒有見過豪門的世面。從其家庭的子女教育就可看出諸多的問題，就王熙鳳來講，居然不識字，這與賈府的小姐們如林黛玉的媽媽賈敏等相比，讓人覺得財富滿堂的王家真是讓人費解。書中說，王熙鳳在娘家是被當成男孩子來養的，那為什麼要讓這個孩子變成不識字的睜眼瞎呢？也許王家知道財富不是靠詩書文化贏得，而是靠其他手段才能致富。我們再來看王熙鳳的穿著打扮：「頭上戴著金絲八寶攢珠髻，綰著朝陽五鳳掛珠釵，項上戴著赤金盤螭瓔珞圈，裙邊繫著豆綠宮絛，雙衡比目玫瑰佩，身上穿著縷金百蝶穿花大紅洋緞窄褃襖，外罩五彩刻絲石青銀鼠褂，下著翡翠撒花洋縐裙。」她的這一打扮讓人直覺得富與俗，而沒有貴與雅。想到賈母的藝術眼光，便知道侯家的這位史小姐，絕對是受過相當高的家塾教育，也絕對受到家庭不俗的薰陶。否則，無論如何也沒有這樣的審美標準。就這點而言，王家與史家相比較，王家充其量不過是個一夜暴富的窮小子，還顧不上用文化來打扮自己。出身這樣家庭的王熙鳳，後來鐵檻寺枉法弄錢、放高利貸、盤剝下人等等也就不值得奇怪。

李紈，賈珠的妻子。賈珠似乎是一個好學上進的好青年，是賈府青年人學習的好榜樣。可能老天也喜歡這樣的好青年，或不希望賈家有一個好青年繼續「榜樣」著，將他迅速果斷地帶回天堂。李紈通曉關於女人的「三四種書」，且精通「紡績」等家務事。娘家不及四大家族富有，卻出身金陵名宦，父親李守中曾為國子監祭酒，相當於國家最高學府的校長，「族中男女無有不誦詩讀書者」，是實實在在的書香門第。不過文字獄不斷的清朝時期，文人已經被整得膽戰心驚如履薄冰，這樣的家世既不會拿來做驕傲的資本，也不會趨炎附勢「多事逞才」。李紈在賈府「問事不知，說事不管」，一心掃好自家門前雪也就好理解了。好多人都以為李紈是因為丈夫去世了，才如此低調，我倒是認為她的成長家境和冷眼旁觀使她如此低調淡然。即使她丈夫活著，她也變不成王熙鳳，也變不成薛寶釵。

秦可卿，賈蓉之妻，又小了一輩的媳婦，她的出身更慘：養生堂抱來的孤兒，幸運的是她被營繕郎秦業抱養了。營繕郎是五六品的官，相當於現代的司局級幹部。賈珍是世襲三品將軍，三品將軍與五六品結親，秦業似乎高攀。這讓人想到營繕郎是個幹什麼的，其主管朝廷的各大工程，是個肥差，也就不值得人們奇怪了。只是不知那時有沒有豆腐渣工程，有沒有回扣，有沒有以權謀私。反正這個可憐的抱養女兒，無福消受三品將軍家的豪華生活，駕鶴西去。後來賈蓉再娶的妻子，已經無人知道她的姓名和來歷，想來其身分已經不值一提。

再來說說重要人物賈寶玉的妻子。高鶚的後四十回本，說薛寶釵成了賈寶玉的媳婦，有好多人不同意這個說法，以我看來賈寶玉娶誰，都無關緊要。賈寶玉所娶妻子的身分，都不會怎樣的榮華顯赫。這由賈府上面所娶妻子門第逐層降級來看，他們家就已經逐漸地被朝廷所拋棄，真正有權勢，有門第的家族已經不屌賈府。賈府還停留在曾經的那個四大家族圈子裏，而四大家族都已經敗落了，其他新興的家族已不是他們所能進入的圈子。處在京城天子腳下，男子在朝為官，女子進宮為妃，他們沒有與皇家哪怕是皇家遠親結成一門親事，最多和北靜王有了一點兒外交聯繫。賈家在朝廷裏沒有可供依靠的姻親關係，一個元妃不久還去世了。朝廷那是個盤根錯節的地方，沒有關係，就沒有道路，沒有道路就沒有未來。冷子興就說：「如今的這寧榮兩門，也都蕭疏了。」怎麼能不蕭疏呢！

都說一個女人就是一所學校，賈府的「學校」逐層地降低，也從一個側面看出賈府走向衰亡的必然歷程。

後記

在中國文學歷史中，《西遊記》、《水滸傳》、《紅樓夢》、《三國演義》四本書，向來是人們關注並喜愛的書籍。我十一二歲開始讀《西遊記》和《水滸傳》時的情景，彷彿就在昨天。那個還不能理解其間真味的趴在土炕上讀書的小女孩，一眨眼的工夫臉上已經爬上條條皺紋，可是依然喜愛他們，像喜愛自己的孩子，像抱著自己的孩子。

有一天突然覺得他們在我無數次的擁抱中，變得日益沉重，他們讓我難以釋懷，讓我常常徹夜難眠，他們的生命已經融化在我的生命裏，我和他們一起哭笑，一起悲喜，一起歡樂，一起痛苦。我似乎離他們很近……

有那麼多的人研究，有那麼多的人喜愛，但他們依然蘊藏著無窮的寶藏吸引人們走近他們，成年的我面對著深厚博大的他們，感覺自己走近他們時，是那麼的渺小而卑微，有時禁不住用我瘦弱的雙手將他們捂在胸口：上蒼，我們的祖先已將他們生命中的一切，以這樣的方式傳給我們，默默地不求任何回報。我自當以一個努力走近他們的角色，將我看到的、覺察到的、認識到的、感悟到的說出來，以慰自己多年來那顆對他們的欽佩之心。

在中國歷史上，大多的人都處在各自不同的生存狀態，在各自的狀態中掙扎著，有些人透過不同的途徑離開原有的生存狀態，進入另一層生存狀態。但人類生存的狀態似乎沒有大的變動。就四大名著而言，他們就反映了不同生存狀態中的人們怎樣的生活，怎樣的生存。

《紅樓夢》這部我眼中的空前絕後的好書，它體現的是貴族階層的生存狀態。他們這個階層是利益的最大獲得者，因為他們最初是這個制度的幫兇，獲得了幫兇後的甜果——爵位。隨著時間車輪的不斷前行，他們如何的糜爛，如何的墮落，如何的走向滅亡，又是如何的想盡辦法掙扎著不亡的履歷，都被曹雪芹那如椽之筆記錄下來。曹雪芹寫的不是賈家一個貴族階層的演化歷史，他寫的是整個極權社會中貴族階層的興起與滅亡的歷史過程。曾對好友說，我們都不瞭解貴族的生存狀態，但我們可以透過《紅樓夢》知道古今貴族的生存狀態和未來是個什麼樣子！

《水滸傳》體現的是強盜黑社會組織的狀態。黑社會，似乎因了一個「黑」字而讓人陰森森的。強盜固然有一個「義」字，但不是對著善良而柔弱的百姓。他們不過是通過一種利益的互利化，結成共同跳出原有不遂意生活的團夥。他們依然是強盜，儘管後來戴著閃閃的官帽，儘管他們舉著「替天行道」的大旗，儘管他們打著「打倒什麼分點什麼」的小旗。強盜黑社會的內部，就像所有合法社會裏所具有的一切一樣，充滿等級、陰謀、暴力、詭詐。你可以不瞭解社會，但你不可以不瞭解水滸這個黑社會。因為《水滸傳》告訴你的不僅僅是強盜是個什麼樣子，黑社會是個什麼樣子，還告訴你組織是個什麼樣子。

《西遊記》體現的是百姓多災多難的生存狀態。我弄不清自己到底讀了幾遍《西遊記》，又看了多少遍電視版《西遊記》，我對其的喜愛，超越了對其他書籍的喜愛。後來針對這個問題，我曾問自己為什麼，但我回答不了自己。某一天讀著讀著，突然明白這部書是寫唐僧取經的故事，但這個肉骨凡胎，所走過的路途，所遭遇的無數災難，所經歷的風雨，所承受的欺壓，不就是我們每一個平凡人生裏所處處經歷的嗎？對我們這些凡夫俗子而言，何止「八十一難」？每到一處，每做一事，不是時時坎坷，處處艱難？人們太渴望自由了，才用夢想塑造了孫悟空這個能上天、能入地，能打敗邪惡妖魔的自由能人。人們是邪惡的受害者，也是極權的被壓迫者，更是制度的被捆綁者。人們苟延生存在所有可以侵害他們的人之中，被迫而無奈。

《三國演義》體現權力最高層如何地弄權。我曾想，中國歷史是個皇權統治的社會，如果沒有一部書寫皇權的小說那將是多麼大的損失。偉大的中國人民真的沒有忘記這個皇權，用歷史演義的辦法將這個權力如何搶奪，告訴給了我們這些子孫。曹操也好，劉備也好，孫權也好，他們都在利用各種手段和辦法奪取這個最高權力，他們所使用的辦法與手段，不過是奪取強權這個歷史河流中的三朵小浪花，但讓我們曉得最高層的權力鬥爭之慘烈、之詭詐、之動盪……怎樣想都不為過。曹操、劉備、孫權都是最高層權力的代表，人民用鮮活的形象與生動的故事告訴給了我們，他們就是這個樣子，我們不必對他們抱任何的幻想，也不必抱任何的希望。

書內的六十多篇小文，大部分在媒體上發表過，也有一些屬於自家欣賞之作，今日結成小集，深深感謝那些喜歡拙作的人們，在他們的鼓勵之下，我寫了下來。我願將這本小書恭敬地捧給他們：謝謝！

新銳文學24　PG0974

新銳文創
INDEPENDENT & UNIQUE

另眼看四大名著
——西遊記、水滸傳、三國演義、紅樓夢

作　　者　馬亞麗
責任編輯　林泰宏
圖文排版　陳姿廷
封面設計　陳佩蓉

出版策劃　新銳文創
發 行 人　宋政坤
法律顧問　毛國樑　律師
製作發行　秀威資訊科技股份有限公司
114 台北市內湖區瑞光路76巷65號1樓
電話：+886-2-2796-3638　傳真：+886-2-2796-1377
服務信箱：service@showwe.com.tw
http://www.showwe.com.tw
郵政劃撥　19563868　戶名：秀威資訊科技股份有限公司
展售門市　國家書店【松江門市】
104 台北市中山區松江路209號1樓
電話：+886-2-2518-0207　傳真：+886-2-2518-0778
網路訂購　秀威網路書店：http://www.bodbooks.com.tw
國家網路書店：http://www.govbooks.com.tw

出版日期　2013年6月　BOD一版
定　　價　300元

Printed in Taiwan

國家圖書館出版品預行編目

另眼看四大名著：西遊記、水滸傳、三國演義、紅樓夢 / 馬亞麗著. -- 一版. -- 臺北市：新鋭文創, 2013.06
面； 公分. --（新鋭文學；PG0974）
BOD版
ISBN 978-986-5915-77-3（平裝）

1. 古典小說 2. 文學評論

827.2 102007721

讀者回函卡

感謝您購買本書，為提升服務品質，請填妥以下資料，將讀者回函卡直接寄回或傳真本公司，收到您的寶貴意見後，我們會收藏記錄及檢討，謝謝！如您需要了解本公司最新出版書目、購書優惠或企劃活動，歡迎您上網查詢或下載相關資料：http:// www.showwe.com.tw

您購買的書名：________________________________

出生日期：________年________月________日

學歷：□高中（含）以下　□大專　□研究所（含）以上

職業：□製造業　□金融業　□資訊業　□軍警　□傳播業　□自由業
　　　□服務業　□公務員　□教職　□學生　□家管　□其它_____

購書地點：□網路書店　□實體書店　□書展　□郵購　□贈閱　□其他

您從何得知本書的消息？

□網路書店　□實體書店　□網路搜尋　□電子報　□書訊　□雜誌
□傳播媒體　□親友推薦　□網站推薦　□部落格　□其他__________

您對本書的評價：（請填代號　1.非常滿意　2.滿意　3.尚可　4.再改進）

封面設計____　版面編排____　內容____　文／譯筆____　價格____

讀完書後您覺得：

□很有收穫　□有收穫　□收穫不多　□沒收穫

對我們的建議：________________________________

____

____

____

請貼
郵票

11466
台北市內湖區瑞光路 76 巷 65 號 1 樓

秀威資訊科技股份有限公司 收

BOD 數位出版事業部

....

（請沿線對折寄回，謝謝！）

姓　　名：＿＿＿＿＿＿＿＿＿＿　年齡：＿＿＿＿　性別：□女　□男

郵遞區號：□□□□□

地　　址：＿＿＿＿＿＿＿＿＿＿＿＿＿＿＿＿＿＿＿＿＿＿＿＿＿＿

聯絡電話：（日）＿＿＿＿＿＿＿＿＿＿＿＿（夜）＿＿＿＿＿＿＿＿＿＿＿＿

E-mail：＿＿＿＿＿＿＿＿＿＿＿＿＿＿＿＿＿＿＿＿＿＿＿＿＿＿